言葉の人生

片岡義男

左右社

言葉の人生

目次

バッテンボーからビル・ライス・テレビの国へ

いまから六十六年前、この僕は中学生になり、四月の晴れた日の午後、新しい教科書をたくさんもらったか買ったかして、かかえるように持ち、学校から自宅へ向かった。僕は、教科書があってもなくても関係がないくらい教科書と縁のない子供だったが、たまたま英語の教科書を開いてみた。『ジャック・アンド・ベティ』という題名の教科書だった。

僕はその教科書を見て仰天した。子供の僕に可能だった範囲いっぱいに驚いた。だから仰天という言葉をここで使う。それ以外の言葉はいまだにないのだ。あまりにも驚いたので、その英語の教科書を最初から最後まで、僕は歩きながら見てしまった。いったいこれはなんだ、という驚きに満ちた問いに、答えはない。だからこそ、日本における英語、つまり日本語と英語に関するおそらく無数の問題が関心事のひとつとなり、そのことはいまも続いている。

これは一九五二年、昭和二十七年の出来事だ。これより二年前、一九五〇年、「バッテンボー」という言葉が日本じゅうで大流行した。一九四八年に製作された西部劇コメディー『The Paleface』は、一九四九年十二月には日本でも公開され、そのときの日本語題名は『腰抜け二挺拳銃』という素晴らしいものだった。主演のボブ・ホープが劇中で歌う『Buttons And Bows』という歌が主題歌で、ポピュラーソングのひとつとしてダイナ・ショアが歌い、アメリカでも日本でもヒットした。日本では池真理子さんという歌手がレコードにし、それは一九五〇年の七月に市販された。

日本じゅう、どこへいっても、年寄りから子供まで、男女の別なく「バッテンボー」が飛び交った。なにかの気合を入れたいとき、合言葉のように「バッテンボー」というひと言が、機能した。「バッテンボー」は、この歌の題名である「Buttons And Bows」をメロディに乗せて歌うとき、たとえばダイナ・ショアが歌うのを聞いた当時の日本の人たちには、「バッツアンボゥーズ」と聞こえたことに由来する。「バッツアンボゥーズ」のメロディには、「ドドファレ　ミファソファ　ドレミファ」の三とおりある。どう聴いても「Buttons And Bows」でしかないのだが、「バッツアンボゥーズ」と聴こえたのだから、そうでしたか、と言うほかない。池真理子さんの歌を聴いてみると、ダイナ・ショアとまったくおなじに「Buttons And Bows」と言っているのだが、世のなかの大勢にしたがって、「バッツアンボゥーズ」と歌っている、という気がする。この「バッツアンボゥーズ」が庶民のあいだで簡略化されて、「バッテンボー」となった。「バッツアンボゥーズ」という表記は、池真理子さんのCDについている歌詞のブックレットでも、そして一九五〇年に市販された『ボタンとリボン』の楽譜でも、おなじようにこうなっている。楽譜では「バッツアンボゥーズはボタンとリボンの発音」と注釈すらつけてある。「バッテンボー」のひと言がなぜこれほどまでに日本じゅうで流行したのか、僕にとっては謎だったが、こうして書いていくと、謎は解けていくような気配がある。もともとそれほど深みのある複雑な謎ではないのだから。

太平洋戦争に大敗した日本を占領するため、連合国軍の総司令官ダグラス・マッカーサーが厚木に飛行機で降り立ったのが、一九四五年の八月三十日だった。九月のはじめにはアメリカ軍がジープで東京に進駐した、という記載が手元の歴史年表にある。

ということは、日本のあちこちで、秋風が吹き始める季節に、底のすりへった粗末なズックの靴にぶかぶかの半ズボン、そしてもうずいぶん洗っていない、おなじくぶかぶかのカヴァーオールのようなものを着た日本の子供が、連合軍の兵士を見かけるとそばへ寄っていき、「ギヴ・ミー・チョコレート」と言ったのだと、戦後日本をめぐる伝説はいまに伝えている。「ギヴ・ミー・チョコレート」は、当時の日本の大人たちの願望だった、と僕は判断している。当時の子供にこんなことが言えるわけがない。ちゃんと英語の構文になっているではないか。それまでの日本にはどこを探してもなかった、しかしアメリカには安い値段でふんだんに、どこにでもある大衆文化のほとんどすべてに関する、尽きることのない強い渇望が大人たちにはあった。「ギヴ・ミー・チョコレート」はそのような渇望の表現であり、自分たちのそれほどまでの渇望を、子供たちのせいにした。子供たちは連合国軍の兵士たちを取り囲み、なんの遠慮もなく、「ギヴ・ミー・チョコレート」とせがんだ、ということにしたのだ。

一九五〇年の「バッテンボー」からさかのぼること二年、一九四八年、昭和二十三年、僕は疎開先の山口県岩国から広島県呉へ移っていた。九歳になって半年後の夏の終わり、広島リッツ劇場という映画館の前に僕たち子供が集まり、その日の半日をどう過ごすか、相談していた。大敗戦から三年後、占領下の日本の街に、アメリカ軍の兵士たちは景色としてなじんでいた。

僕たちがいた映画館の前を、アメリカ軍のジープが徐行していった。

それを見た子供の一人が、ジープに向けて斜めに駆け寄り、「チョコレート・ワン・サービス」と叫んだ。ジープのうしろを走りながら、彼はおなじ言葉を何度か叫んだ。チョコレートをひとつちょうだい、と日本の子供にせがまれていることにまったく気づかないまま、アメリカ軍のジープは走り去った。

当時の子供は、「ギヴ・ミー・チョコレート」とは、言いたくても言えなかった。英語の構文を知らなかったからだ。彼にできたのは、「チョコレートひとつちょうだい」という日本語の語順どおりに、「チョコレート・ワン・サービス」と、英語の単語を当てはめていくことだけだった。

サービスとは、小売り店舗の店頭用語で、これはおまけです、無料です、という意味であり、昭和二十三年に地方都市の子供がとっさに使えるほどに、この言葉はすでに普及していた。いまでも小売店の店頭でこの言葉は現役だし、サービス残業という言葉のなかには、日本語そのものとして堂々と生きている。

昭和二十三年の日本の子供による、「チョコレート・ワン・サービス」という叫び声。その二年後、昭和二十五年の日本ぜんたいで、老若男女の誰もが合言葉のように使った、「バッテンボー」。それからさらに二年後、昭和二十七年、中学一年生になった僕が、英語の教科書『ジャック・アンド・ベティ』を見て、これはいったい何なのか、と仰天したこと。別になんでもない。日本における英語、というものなのだ。

「チョコレート・ワン・サービス」で始まり、「アイ・アム・ア・ボーイ」「ジス・イズ・ア・ペン」で地ならしされた戦後日本の上を、カタカナ語が急激に増えて洪水のように流れ込み、人々の日常のなかに浸透していくことへの、全面的な歓迎と了承のひと言が、「バッテンボー」だったのではないか。

なぜカタカナで表記されたのか。戦後の日本に主としてアメリカから急速に大量に入ってくる、それまでは日本になかったさまざまな事物のひとつひとつに対応することのできる言葉が、日本語のなかにはなかったからだ。

どんな外国語でもひとまずカタカナ書きすると、そのとたんにそれは日本語になる、という魔法が日本語にはある。日本の人たちは、その魔法を、ごく当たり前のこととして、きわめて日常的に、じつに気安く、あらゆる領域で使った。

外来語辞典というのどかなものが僕の子供の頃にはあった。いまでもあるだろうか。カタカナ書きされて日本語となった、もとは外国の言葉の辞典だ。そんな辞典を編む意味がもはやまったくないほどに、いまの日本語にはカタカナ語が多い。外来語辞典がまだあるなら、たとえば「マター」という言葉は掲載されているだろうか。責任を持って対処すべき事案、というような意味の会社員用語で、「それはそちらマターですから」というふうに使う。

数多くのカタカナ語と日本社会とのこの上ない固い結びつきを俯瞰すると、その手前のほうでひときわ大きく立ち上がっているのは、ビル、ライス、テレビの三語だ。いまに続く戦後の日本の基礎を作ったのは、この三つの言葉とそれぞれが持った実体ではなかったか。

ビルというまではごく普通の日本語は、ビルディングという英語が日本語的に略されたものであることを知らない人は、すでに多いだろう。ビルの建設は敗戦の焼け跡からの復興であり、高度経済成長の証しであり、それがどこまでも続いてほしいという願望だったし、造っては壊し壊しては造るという経済方針の具体化でもあった。

　テレビというひと言のなかにも、戦後日本の歴史がある。ＮＨＫが東京で一日に四時間だけＴＶ放送をしたのが一九五三年だった。「バッテンボー」の三年後だ。その翌年の一九五四年には、街頭に設置されたＴＶ受像機の放映の、なかでもプロレスの中継は、文字どおり黒山の人だかりだった。見えるか見えないかの小さな白黒の画面を、何重にも取り囲んだ人の肩や頭ごしに見たのだ。「テレビの普及による社会への影響が問題化」という記載が歴史年表の一九五六年のところにある。一九五八年には受信契約数が百万を超え、一九五九年の皇太子ご成婚パレードのＴＶ中継を見た人は千五百万人で、受信契約は二百万を超えていた。

　ビルとテレビの世のなかで、白いご飯は「ライス」となった。ライスがいつ頃から普通の日本語になったのか、いまの僕には特定できないが、外食と深く関係していることは確かだと言っていい。僕がまだ子供で、外食をしていなかった時期に、人々は大いに外食するようになり、外で食べるご飯は「ライス」となった。ご飯茶碗によそってあればそれはまだご飯だったが、皿に盛りつけてあれば、それは間違いなく「ライス」だった、とする細かい説がある。いまの僕に思い出すことのできる、もっとも初期のライスは、どこかの百貨店のなかの食堂で、なんの用意もなく直面したライスだ。料理を注文したまだ子供の僕は、「ライスになさいますか、それともパンになさいますか」とウエイトレスに訊ねられ、どう答えればいいのか、とっさにはわからなかった、という思い出がある。「パンではなくご飯にしてください」と頼むと、「ライスですね」としばしば念を押されたのは、いつ頃だったか。わざわざ念を押すからには、ウエイトレスたちが働く現場の言葉として、ご飯、というものはないのだ、と思わなくてはいけない。皿に平たく盛ったライスならある。箸を所望し、その箸でライスを食することは、しかしいまでも充分に可能だ。

　ビルもテレビもライスも、いまではすっかり日本語だ。もとは外国語であり、仮の姿としてカタカナ書きされているのだ、と思う人はいないと言っていいのではないか。日本にはないものが外から日本へと入ってくると、それに名前をあたえなくてはいけない。ふさわしい日本語を探すより、カタカナ書きしてしまえば、そのとたんに日本語になる。その便利な手法を採用した結果、日本社会はカタカナ語で埋めつくされることになった。

Zico とジーコはおなじなのか

東京生まれの彼女は名家に育ち、女子大生でなければ何事も始まらない時代に美人女子大生として薬科大学を卒業し、外国で就職し、オランダの男性と結婚した。オランダに住み、仕事をし、娘と息子を育てて家庭を維持し、いまではオランダで生きた年数のほうが多くなった。

東京からオランダを訪れる人を自宅に招くこともしばしばだ。ある日、日本からの客と談笑する席に、たまたま自宅にいた娘が同席した。母親の教育よろしく、娘は日本語の理解力が高い。客人が席を外したとき、娘は彼女に次のように言った。

「いまあのかたにオランダ語を教えたとき、ママはカタカナで言ったでしょう。カタカナはよくない」

「だって日本人にはそのほうがわかりやすいし、カタカナなら書けるでしょう」

という母親の反論に、

「そのどちらも、よくない」

と娘は言った。

「オランダ語の原語を、その発音で教えなさい。カタカナにするのは、絶対によくない」

なんという言葉だったか聞き忘れたのは、いつもの僕のミスだ。ごく平凡な、日常のひと言だった。なんと言うの、と日本からの客に訊かれた彼女は、そのオランダ語の言葉を、日本語のカタカナで教えた。日本人ならカタカナにしたほうがわかりやすい、と彼女はとっさに反応したからだ。オランダに住んだ年数のほうが、日本で過ごした年数よりも多くなったにもかかわらず、日本人にはカタカナで、という反応に彼女はとらわれていた。そしてそのことにまったく無自覚だった。「絶対によくない」と娘が言うのは、そのあたりのことすべてを指している。

　娘の言うことが僕にはよくわかる。カタカナで書いたとたんに、どんな外国の言葉も、日本語になってしまう。カタカナは魔法だ。しかも日本語のなかで日々を過ごしている人たちにとっては、カタカナの魔法はもはやごく平凡な日常であり、なにがどうカタカナになろうとも、まったく意にとめる気配はない。外国語はカタカナにしてしまう。そのとたんに、それは日本語になる。日本語としてすぐに自在に使えるようになる。自分たちの都合に合わせた変形も自由だし、本来の意味とは違った意味が加わっても、そのことに違和を覚える人はいない。

　かつて日本にジーコという人がいた。日本のサッカーチームの監督をしていた外国の人だ。僕にとってはまったく興味のない領域なので、監督の名が「ジーコ」といつもカタカナ書きされることに関して「ちょっと待てよ、それはおかしい」などと思うことは一度もなかった。「原語ではどのように綴るのかな」と思ったことはあったが、ほんの一瞬、ふとそう思っただけで、すぐに忘れてしまった。だからジーコはジーコにとどまったままだった。

　そのジーコが日本のサッカーチームの監督を辞めてしばらくしてからだったと思うが、英語の新聞を新幹線で読んでいた僕は、スポーツページを経由してほかのページへいこうとしたとき、「Zico」という綴りを見出しのなかに見た。人の名前だ、ということはすぐにわかった。そして次の瞬間、僕の頭に閃いたのは、この「Zico」はカタカナによる「ジーコ」と同じ人なのだ、ということだった。ジーコはZicoであり、Zicoはジーコなのだ。この閃きの瞬間を、僕は忘れないだろう。五年ほど前のことだが、ついさきほどのことのように、鮮明に思い出していま僕は書いている。

Zicoという名をこのとき僕は初めて見た。カタカナによるジーコは、僕でさえ、しばしば目にした。このことにまず驚かなくてはいけない。Zicoを目にするためには、そのときの僕がそうであったように、英語の新聞を手にしてスポーツセクションを開かなくてはいけない。片仮名のジーコは目に触れるが、Zicoは日本のどこにもなかった、と言っていい。

Zicoはジーコなのだ、と閃いたときの僕が、もうひとつ同時に、きわめて強く感じたのは、外へ向かう力と内へ向かう力、ということだった。Zicoは世界のどこへでも、このまま、出ていくことができる。ところがカタカナでジーコと書いたなら、そのジーコは日本のなかでしか通用せず、したがって、日本の外へと出ていくことはできない。単なる便宜の問題として、Zicoをジーコと表記しているだけではなく、ジーコという片仮名書きには、強力な内向きの力が内蔵されているのではないか、ということも僕は感じた。

ここまで書いてきた僕は、かつて手にして心から驚いた『Tokyo Transit Book』という、日本で出版された一冊の薄い小型の本を思い出している。東京の交通が英語で案内してあるのだろう、これは便利そうだ、と思って僕はその本を購入したのだが、便利そうだ、と思ったのは僕の早とちりだった。

東京の交通とは、その本では、いくつもの電車の路線であり、路線はどれもみな黒い一本の線であり、駅ごとに黒い丸があり、その丸から斜めに、日本語の駅名をすべてローマ字書きして印刷したものが、その本が言うところのtransitなのだった。「読売ランド前」という駅名は「YOMIURILANDMAE」となっていて、なんのことだかわからなかった。「HORIKIRISHOBUEN」「FUNABASHIKEIBAJO」「CHIBANEWTOWNCHUOU」など、ローマ字書きしておけばそれで通じるという考えかたは、Zicoをジーコとカタカナ書きすることの、ちょうど裏側なのではないかと、僕はしきりに思う。

ミーティングでペンディングとなる

戦後の日本を作ったのは、全国に林立する数多くの会社だった。会社は人が運営する。日本は会社の国となって日本株式会社と外国から言われ、サラリーマンの国となった。ほとんどあらゆることが会社仕様となり、サラリーマン向けとなった。カタカナ語を受け入れ、自らも大量に作っては、毎日のようにそれを使ったのが、サラリーマンたちだった。

コピー、という単純なひと言から、戦後日本の会社での、カタカナ語の海は始まった。富士ゼロックスという会社が、白い紙に乾式でコピーすることのできる装置を市販したのが一九六二年だった。コピー、というカタカナのひと言はここから始まった。コピーという言葉が普及する前、ごく短い期間、いまで言うところのコピーが「ゼロックス」と呼ばれたことを知っている人は、現役のサラリーマンにはもういないのではないか。

光が当たると電気抵抗が変化し、トナーの黒い粉がコピー用紙にくっつけば、文字として読め、図形として誰にも認識できる、という魔法のような装置が普及を始めて五十五年以上になる。大量にコピーして書類を作って配り、配られた人たちはなんら必要ではないコピー書類をかかえてミーティングに集まり、そのミーティングでは重要な案件、あるいはやっかいな案件ほど、ペンディングとなって先送りされる、というのは冗談だとしても、この短い冗談のなかに、日本語になって久しいカタカナ語が三つもあることには驚かなくてはいけないのだが、みんな平気だ。

日本の会社におけるカタカナ語の生産と需要にはすさまじいものがある。会社の人たちから聞かされたカタカナ語を、新旧まじえて、順不同で書いてみようか。シンビオーシス。コンソーシアム。ファンダメンタルズ。メジャラブル。ファーメンタティヴ。インダストリアル。コレクティビリティ。アリージャンス。「デバイスによってエンコードが違いますから」と部下に言われて、なんのことだかわからなかった、と告白した部長がいた。

インダストリアルとは、工場で生産された、という意味で主として食べ物に関して使われている。まったくおなじ意味で、外国の人にも通じるそうだ。コレクティビリティとは、「時間はかかるかもしれませんが、ひとつずつ集めていくという価値観が付加されますから」というようなことか。このような意味のことを、可能な限り少ない語数の日本語でとっさに言うのは、難しい。コレクティビリティと言って通じる相手なら、そう言ってしまったほうが手っ取り早い。

カタカナ語は手っ取り早い。ノー・アリージャンスは、支持する政党はもちろんなく、望んでいる政治の方向もはっきりしていない、という意味だ。彼らは基本的にノー・アリージャンスですから、などと使う。カタカナ語が二つ連なるようになったのは、第一次湾岸戦争の頃からだ。僕の個人的な体験では、喫茶店で打ち合わせをしていた編集者が、テーブルいっぱいに広げた資料や本、ノートブック、筆記具などを示して、「では私はここをラップ・アップしていきますので、どうぞお先に」と言ったのが、カタカナ語が二つ連なった使用例の最初だった。Wrap up と書く。

カタカナ語一つだけでは、間に合わなくなったようだ。さきほどのノー・アリージャンスは二語だが、支持政党なし、とはっきり言いたければ、ノー・パーティ・プレフェレンスという言いかたがあり、これはすでに日本語として使われている。二語を超えて三語ではないか。

最近になって聞いた、カタカナ語二つ以上が連なった例を、僕自身の復習もかねて、書きとめておこう。エモーショナル・ローラー・コースター、というのがあった。英語では陳腐な言いかたであり、ローラー・コースターに乗ったように上下する、という意味だ。日本語には、感情の起伏、という言いかたがあるのだが。テクニカル・ディフィカルティーズはわかるだろう。ベスト・ペイイング・ジョッブスには、給料のいい仕事、という意味しかないから、日本語ですんなりそう言えばよさそうなものだが、なぜカタカナ語になるのか。描きたい絵が、カタカナ語のほうが、くっきりと浮かび上がるからではないか。

いまの生活に満足している人たち、という日本語は誰にもよくわかるし、絵も難なく浮かんでくるのではないかと僕は思うのだが、ライフ・イズ・グッド・ピープル、というアメリカ語の言いかたが、日本語になりつつある。日本語による日本人相手の会話のなかで、こういうカタカナ語の言いかたを採用する人たちがいる。いまの生活には満足してるよ、という意味で、ライフ・イズ・グッド、と言う人たちはたくさんいる。そのひと言に、人たち、という意味でピープルをつけると、浮かんでくる絵は確かに生き生きしている。

地方がかかえるいろんな問題、という意味で、ローカル・イシューズと言った日本の人を僕は知っている。地方がかかえるいろんな問題、という言いかたでは、そう言っている自分自身が、まず満足できないのだろう、と僕は推測する。絵が浮かばないというか、切迫しないというか、おそらくは単なる言葉になってしまうので、それをなんとか避けようとすると、地方がかかえるいろんな問題は、ローカル・イシューズになるのか。

戦後の日本にカタカナ語が増えた理由は、少なくとも最初は、単純なものだった。それまでは日本のどこにもなく、つい最近になってアメリカから入ってきて、早くも日本で普及のきざしを見せているいろんな事物に、日本語で名前をあたえず、アメリカでの名前をカタカナ書きしたからだ。日本語では言いようがなかった、という問題に加えて、カタカナ語のほうがリアルだった、という問題があったのではないか。

すべてが片仮名語になった国とは

人々の生活のなかに、カタカナ語は無数にある。もとは外国の言葉であるそれらのカタカナ語なしには、もはや人々の生活はなりたたない。しかし人々は呑気だから、そんなことは考えてみたこともない。カタカナ語を、思いつくままに書いてみよう。

アパート。オートバイ。ガソリンスタンド。カメラマン。クーラー。サラリーマン。ポテトフライ。リンス。レンジ。デパート。シュークリーム。

まだまだある。とてもこんなものではおさまらない。だいじょうぶですか、という言葉をいまの人はさまざまな状況で気楽に使う。僕もここでおなじ言葉を使いたい。だいじょうぶですか。どうしちゃったの、というひと言をつけ加えておこうか。もっともっとある、と言ったからには、さらに具体例をあげておこう。

パン。トースト。スコーン。クロワッサン。イングリッシュマフィン。バター。ジャム。コンフィチュール。ミルク。クロテッドクリーム。ヨーグルト。ゴルゴンゾラドルチェ。スムージー。ベーコンアンドエッグス。サニーサイド。サラダ。マヨネーズ。ヴェジタブルジュース。コーヒー。

多くの人たちが日本全国で今日も明日も食するはずの、ごく日常的な朝食の品目が、すべて外国語になってしまった国が、ほかにあるだろうか。

　ケーキ、というひと言がかつて体現していたのは、どこかにある美しい非日常から、自分たちのいつもの日常のなかへと入り込んでくる、なにか特別な輝かしいものだった。いまから六十年ほど前の日本の漫画のなかに、最高級フランスケーキ、という言葉とその絵を見た記憶がある。そのケーキは三角形の白い立体で、上に苺がひとつ、載せてあった。

　ショートケーキやフランスケーキから戦後日本のケーキは始まった。

　クリスマスケーキ。バースデーケーキ。チーズケーキ。チョコレートケーキ。パウンドケーキ。フルーツケーキ。シフォンケーキ。

　ケーキは多様化の道をたどった。最後にはケーキバイキングという言葉のなかに安住の地を見つけ、あとをスイーツに譲った。

　ケーキ、というひと言は陳腐になったのだ。ケーキの多様化は、ほんの一例として、ガトーショコラやストローベリータルトなどを生み出した。ケーキ、というひと言で言いあらわすことは、とうてい無理だ。しかし、ケーキという言葉は、状況によっては、立派に現役だ。つい先ほども書いたとおり、ケーキバイキングのなかではいまも生きているし、なにかケーキでも買っていこうか、という気楽なひと言のなかでも、現役を張っている。

　レアというひと言は、ほんの少しだけ以前には、ステーキの焼き加減を言いあらわすためだけに使用された言葉だ。Rareと綴る。ステーキの焼き加減はどのようにしましょうか、とレストランで店の人に訊かれた中年男性の客が、高い金を払ってるのだから真面目にちゃんと焼いてくれ、と答えたという話は、半分が本当で残りの半分は冗談だろう。

牛肉の感触や、味そして色を、十分に残した焼きかたがレアで、その次はメディアム。そしてよく焼くのがウェルダンだった。しかしいまでは、このようなレアはもうないと言っていい。いまあるのは、珍しい、手に入れにくい、なかなかない、という意味のレアだけだ。

レアという一語が、それひとつだけでいきなりあらわれるのは、日本語の特徴だ。これは希少品だと思う自分の気持ちも含まれた上でのレアなのであり、その物の希少性だけを問題にしているのではない。だから最小限に言葉を補うとすれば、sense of rareness になるのだが、とてもそこまではいかないからこその、レアのひと言だ。

コストパフォーマンスという言葉は、コストとパフォーマンスがつながった二語だ。一語だけの時代が始まるとほぼ同時に、フランスケーキやオートドアなどからの、二語の時代がほぼ同時に始まっていた。一語ではとうてい言いあらわすことのできない内容が、そこにはあるからだ。

コストパフォーマンスがいい、悪い、などと使われる。安いけれどもその内容はかなり良いと、コストパフォーマンスがいい、となる。コスパ、さらにはＣＰと略される。

「あの店はシーピーがいいよね」と会社勤めの男性が笑顔で同僚に言うなら、昼食や飲み会で使う店で出てくる料理の、味や質と値段のつりあいに、値段の安さで彼が満足していることを意味する。

コストコンシャス、というカタカナ語が用いられた時期があったが、最近では聞かない。コストを常に鋭く意識する、というような意味だ。おなじような領域の言葉で、コストセンシティブ、というのもあった。コストの上下に細かく気を配る態度、のことだ。

コストコンシャスもコストセンシティブも、限られた枠のなかで利益をどれだけ上げられるか、ということだ。その利益にはプロフィットというカタカナ語が対応しているが、原価という言葉がきわめて明確に具体的であるのとおなじく、利益やプロフィットはあからさますぎるから、いまではリターンズという言葉に代わっている。

千差万別という面倒くささをいっきに解決するには

ゲットする。スタートする。オープンする。クローズする。ゴールする。コピーする。チェックする。トライする。まだある。いくらでもあるのではないか。カタカナの一語に、動詞として使っていることをあらわす「する」のひと言がついたかたちの、カタカナ言葉をいま僕は問題にしている。

思いつくままに、さらに列挙してみる。ダウンする。アップする。オミットする。キープする。イメージする。リリースする。ローンチする。コミットする。メールする。ボイルする。グリルする。シェアする。プレゼントする。ノックする。キャンセルする。チェンジする。リクエストする。オーダーする。カットする。フィーバーする。インクルードする。コントロールする。オファーする。リフォームする。シャワーする。シャンプーする。グリップする。

列挙していく過程でなにか気づくことがあるかなと思ったが、なにもない。雑多にいろんな領域に広がっている。人々が日常のなかで盛んに使う言葉だ。日常というものは、いま列挙した言葉が示すとおり、雑多で多岐にわたり、おたがいに脈絡はまったくない。

いちばん初めはなんという言葉だったか、と僕は考えた。カタカナ語ひとつに「する」がついた、いちばん最初の言葉はなにか。デートではないか、と僕は思いついた。これが人々の日常語になってから、六十年以上が経過しているはずだ。そして、デートする、という言葉はいまも現役だ。

ハッスルする、というのもあった。いまこれを使う人はほとんどいない。これは五十年くらいか。英語の原語にはいろんな意味があり、街娼が積極的に客を引く、というような意味もあるのだが、日本語としては、はりきる、とにかく頑張る、という意味だ。ハッスル・プレーというプロ野球中継用語のなかでは現役だ。

トライする、という言いかたは、いまから六十年ほど前の東京の都立高校のラグビー部で、タッチダウンを試みる、という意味で使われていた。オールする、という言いかたをご存じだろうか。オールはオールナイトの略で、夜どおし遊んで次の日になる、という意味。

ミスする、という言いかたは、ミスる、ともなる。こちらのほうが使用される頻度は高いだろう。ミスる、と言ったほうが言いやすいから。キスする、のことは、しかし、キスる、とは言わない。スルーする、というのもある。この場合は、スルー、というもとの英語に、日本語の「する」がついた、古典的なかたちを保っている。

なぜこうも、「する」ばかりなのか。「する」以前は、なんと言ったのか。思い出す行為を必死に持続した結果、モーションをかける、という言いかたがあったことに、思いいたった。主として女性のほうから男性に対して積極的に好意をしめすこと、という意味だった。いまはもう誰も使わない。こなをかける、という伝統的な言いかたから派生したものではないか。

人々の日常は複雑で多岐にわたる、とついさきほど僕は書いた。じつにいろんなことを、さまざまな場面で、人々はかたっぱしからしている。「する」ことの連続が彼らの人生なのだ。だからこその「する」ではないのか。ではなにをそんなに次々に「する」のか。「する」ことの内容は、もとは英語の一語をカタカナで日本語にした言葉が、言いあらわしている。たとえばコミットを、わかりやすい端的な日本語で言うのは、かなり難しい。端的な意味だけではなく、広い意味、そしてそれにともなう気持ちなども含めて言いあらわすなら、コミットは便利に使える。「する」背後にはさまざまな人との関係がある。その関係のありかたを自分の側からとらえて言いあらわすとき、なんでも乗っけることのできるカタカナ語は、たとえばスルーするのように、たいそう使いやすい。なにをどのようにスルーしているのか、自分ではよくわかっている。だからそこでは、スルーなのだ。

仕事も日常も、もはやすべて「する」で間に合うのではないか。「する」には含蓄も陰影も、そんなものはいっさいない。ただし、なにを「する」のか、そのアクションの内容は、人によって、場面によって、さまざまに異なる千差万別の世界だ。いちいち日本語で言うためには、もっともふさわしい日本語をみつけなくてはならない。面倒ではないか。そんなことへの用意など、そもそも持ち合わせてはいないだろう。さらに面倒なのは、その日本語にふさわしい動詞を、すでにある日本語のなかから、みつくろってこなくてはいけないことだ。

このようにいくつも重なり合う面倒くささを、いっきに解決してくれるのが、カタカナ語だ。そのカタカナ語を動詞として使うには、「する」というひと言で統一すれば充分だ。カタカナ語は、それを使う人が、自分の気持ちをいくらでも乗っけることを許容してくれる。使う人が自由に意味を広げることが、カタカナ語を使うと、じつにたやすく可能だ。

　カタカナの一語と、それのあとにつく「する」という動詞によるひと組によって言いあらわすことのできる自分の気持ち。外側からこのルールを観察すると、一見したところ、じつに単純で明快だ。日本語を理解する手がかりとして、これは重要なものなのではないか。

のっける気持ちはことのほか大きい

　プチプラ服、という言葉を友人に教えられたときには、感銘を覚えた。我が日本語もついにここまできたか、という感銘だ。

　プチと言うからにはフランス語なのだろう。小さい、という意味だ。プラはプライスという英語をカタカナ書きしたときの、前半分の二字だ。これをつなげてプチプラとし、そのあとに服という日本語をつけて、プチプラ服だ。小さなプライスの服、つまり安い服、という意味だが、安い服なんだけども安い服には見えないでしょう、という気持ちが乗っけてある。プチプリなら、個人的な口語としてフランスでつうじるかもしれない。

　即レス、という言葉にも驚いたが、これしきで驚いてはいけないようだ。即は即座にの即であり、レスはレスポンスの頭の二音だ。メールその他で自分の端末に届いたものに、即座に応答することを、即レスと言う。

　プレカンにも、軽い目まい、ないしはたじろぎを、僕は覚えた。プレは前、そしてカンは還暦の還だから、還暦前、つまり五十六、五十七、五十八くらいの歳の人を意味する。還暦前の、還暦の近い、還暦のせまった、というような言いかたがあるのだが、そうは言わずにプレカンと言う。プレカンときわめて簡潔に言うことによってできる余地に、自分の気持ちを乗っけるのです、その意味はさまざまです、とこの言葉を教えてくれた人は解説した。

テレビのもとの英語はテレヴィジョンと言い、これはこれであられもない造語だ。タッチ。ダブル。カタカナ三字による、もとは英語の日本語は、テレやタッ、そしてダブが十六分音符ふたつで、あとの一字が八分音符ひとつだ。音声あるいはリズムとしては、日本語は八分音符ふたつに帰結するのではないか。その実例は際限なくある。

インフラ。エアコン。パンスト。マスコミ。アメフト。エンタメ。コンサバ。コンビニ。シネコン。ゼネコン。デジカメ。マザコン。ヘビメタ。パソコン。リモコン。ミニスカ。ビフテキ。メルアド。きりがない。生活の全域をこのようなカタカナ語が覆っている。

コンビニはもとの英語ではコンヴィーニエンス・ストアであり、こうとしか言いようがないのでこう言ってみた、という言葉だ。そのコンヴィーニエンス・ストアの実体が日本にも生まれたとき、コンビニとなった。このことには注目しなくてはいけない、などと言ってもすでに手遅れか。

タッチはノーがついてノータッチへと派生していく。タッチＯＫというのもあった。いまでもあるだろうか。ダブルはシングルとともにベッドの大きさをあらわす言葉だった。最初はベッドではなくウィスキーですよ、と断言した人がいる。まだろくに物のなかった五十年、六十年前に、日本の男たちは、今日はシングルだ、俺はダブルだ、とバーで酒を飲んだのです、という意見だった。ダブる、と書くと、重複する、という意味になる。そしてシングルはいまや独身という意味だ。テレビはテレと略されて、日テレとかテレ朝になる。Tel. と表記すると、電話、という意味だ。

どこかの町の役場が、すぐやる課、という部署を作ったのはいいけれど、そのすぐとなりの部署は、いつやるのです課、という部署だったという冗談に笑ってから、いったい何年になるのか。すぐやる課はあったけれど、すぐする課はなかった、と言っていいのではないか。そんなことよりも他にやることはたくさんあるだろう、というような台詞で、やるをするに取り換えることは可能だ。しかしするとやるの違いを論理的に説明できる人はいない。ゲットする、とは言うけれど、ゲットやる、とは言わない。オープンするとは言っても、オープンやる、とは言えないどころか、そのように言う日本の人はひとりもいない、と言っていい。オープンするとオープンにするとでは、いったいどう違うのですか、という悩みは、日本語を外から学ぶ人にとっては、深刻であり得る。

スイッチ、という日本語の歴史は長そうだ。いつごろから、この言葉が日常語になったのか。電気と深く関係しているはずだ。電気が人々の生活のなかに普及すると、装置としてあるいは言葉として、スイッチは不可欠なものとなった。スイッチを人はいまだに、押すか入れるかしている。オンにする、という言いかたはとっくに日本語だ。スイッチをオンする、あるいは、スイッチ・オンにする、オフにする、という言いかたも日本語だろう。

一度押すとオンになり、もう一度押すとオフになるスイッチには、オンあるいはオフという言いかたがふさわしいようにも思うが、表記として多用されている「入」と「切」のほうが、実体として受けとめやすい。オンとオフ、そして「入」と「切」が対立している。音声としてはオンとオフ、表記するなら「入」と「切」なのか。

書き忘れていたことをここに書いておこう。アンプ。フリマ。マイク。メアド。これらは、最後の一字のあとに休止符がある。この休止符ひとつを加えて、ぜんたいは八分音符四つとなる。オートマやカーナビなどでは、オー、そしてカーが、八分音符ふたつだ。コネは八分音符ふたつだけという、最小単位で成り立っている。

思い出は言葉をめぐって

秋が深まりゆく日の午後、喫茶店で珈琲となった。僕のほかに男性と女性がひとりずつで、彼らふたりは中年のまっ盛りだ。深煎りの豆による珈琲が効いたのか、彼がしみじみと言った。

「五十年、六十年と時間がたつと、当時は普及し始めたばかりのカタカナ日本語がいまも現役だったりすると、懐かしさに似た気持ちを覚えますよ。たとえば、ミニスカート、という言葉です」

「その言葉が日常のなかに普及してから六十年にはなるわね」

「ミニスカートより短いのがマイクロミニで、大きくて長いのがマキシだ。タイト。フレア。ロング。バルーン。ミディというのもあった」

と僕が言った。

「きみはスカートをはかないね、と男の上司が責める口調で私に言ったのを、いまでも覚えてます。私が就職したばかりの頃」

「スカートでなければスラックスだったね。マンボズボン。サブリナパンツ。ホットパンツ。パンタロン。クロップド。ワイドパンツ。ベルボトム。これはラッパズボンとも言った。ラッパがベルへと変化したのかな」

「ズボンはまだ現役だよ。つい先日、メンズショップで、おズボン、と店員に言われた」

「ジーパンは駄目、ジーンズも駄目、いまはデニムだ。ローライズとかハイウエストなどあったね。トラウザーズという言葉は、業界では通じるけれど、一般には定着しなかった」

「懐かしい言葉はたくさんあるよ。フルーツパーラー。子供の頃からある。大学生だった頃、フルーツパーラーでなら会ってくれる女性がいたっけ」

「ピンクムード」

　と彼女が言った。

「どこへ消えたのだろう。言葉だけではなく実体も、確かにあったよ」

「ピンク映画やピンク女優という言葉のなかでは、なかば現役なのよ」

「おピンク。ちょっとピンクな。ピンクがかった。ピンクタイム。ピンクサービスは体験したかなあ」

「ベーキングパウダー」

「ふくらし粉だね。ホンコンフラワー。ホンコンシャツ。ラブレターを忘れないでほしい。フに濁点で。バースデープレゼント。ランデブー。モーニングサービス。タイムスリップ。サランラップ。オールシーズン。スリーインワン。ゴーサイン。レトルトカレー。ハーフコート。ドアロック。ドレスアップ。キーホルダー。カーマニア。懐かしいね、たくさんある」

「ナイロンストッキングは敗戦の次の日からだよ。数年後にはパンティーストッキングになった」

「ストッキングを着用しないで人前に出ることを、生あし、と呼んだのよ。いまではそれが当然だから、生あしという言葉は消えてます。着用してる女性の脚を見ると、異様な感じがしますね。黒に紫色が少し入ったような色で、ふくらはぎの曲面にはりついて鈍く光ってたりして」

「パーマネントウエーブは戦後民主主義の日本を支えた。パーマと略されて長く現役を保ち、いまではカット・アンド・パーマという言いかたのなかで、美容院の営業品目の列挙のなかにある。このパーマが、パームになる日が来るか来ないか」

「コンピュータープログラマーやフィットネスクラブなどになると、時代はずっとこちら側だからまだ懐かしさは覚えない。アイドリングストップ。セレクトショップ。タワーマンション。リピーター。こういった言葉に、懐かしさを覚えるときがくるのだろうか。こない、と俺は思うね。しかし、ゴールデンタイムといった言葉に対しては、一定の感銘を覚える」

「自分がかつて身を置いた時代との、関係のありかたによるのかな」

「いまのカタカナ語は、意味だけは伝わるけれど、それ以外にはなにもないよ。つい先日も、私鉄のターミナル駅の構内で、太い柱に案内表示板が取り付けてあるのを見た。それによると、西口地下改札は、ウエスト・アンダーグラウンド・ゲートなんだよ。このカタカナの羅列を、俺はどうすればいいの」

「カタカナ語ではなく英訳だよね。日本人向けのものではない。きみは日本の人だから、英訳は安心して無視すればそれでいい」

「JR飯田橋駅では付近の施設がすべて英訳された表示を見た。住宅金融支援機構がジャパン・ハウジング・ファイナンス・エージェンシーとなってた」

「ファイナンスはカタカナ日本語だよ。金融支援、という意味だと理解すればいい。ここでの住宅とは、住む家を持つ、という意味だから、ハウジングとなる。これはまだカタカナ日本語ではないかな。表示板の英訳は、日本語での意味にできるだけ近い英語で言い換えてるだけだ。カーテン、という物を日本語で何といえばいいのか。物がないのだから、外国から入ってきたときに言葉もいっしょに入ってきて、その言葉は、カーテン、とカタカナ書きされた。いまではすっかり日本語だ」

「住宅金融支援機構からカーテンへと、思考の回路がつながる幸せを誇りに思います」

「珈琲」のひと言ですべてが通じた時代

喫茶店で席にすわり、水の入ったグラスを持ってきたウエイトレスに、「珈琲」と伝えれば、やがて運ばれてくるその珈琲の出来ばえは問わないとして、すべてはこのひと言で完結した時代がかつて日本にあった。戦後の世のなかに珈琲が出まわり始めてから、一九六〇年代を中心に、一九七〇年代なかばくらいまでの時代だ。

このような時代が終わったのを個人的に実感したのは一九七三年だった。仕事の打ち合わせのために編集者がどこかに入ろうと言い、近くに見つけた喫茶店に入り、いつものとおり「珈琲」と僕が言ったら、「豆を選んでください」と、カウンターのなかにいた青年に怒ったような顔で言われた。メニューを見るとそこには十種類ほどの豆がならんでいた。それまでの喫茶店とは明らかに一線を画した、いまでもお洒落なカフェで通用する内装の店だった。

なにはともあれ、いまの喫茶店の客は珈琲豆を選ばなくてはいけない。豆を客が選んで指定する店は戦前からあったそうだ。けっして新しいことではない。アメリカン、ホット、ブレンド、といった言葉にとまどった人は多いはずだ。アイスコーヒーに続いて、カフェオレやカプチーノが登場した。アメリカンという珈琲に接する機会は少なくなったが、お湯を足して薄くする、という意味の業界用語として、アメリカンにする、という言いかたは現役だ。

喫茶店のメニューに珈琲豆が何種類かあげてあるとすると、そのいちばん上にあるのは、ブレンドだ。少なくとも二種類以上の異なった珈琲豆が混合されているはずだが、その豆の種類や配合の比率が明記されているメニューを、僕は見たことがない。ブレンドは東京の街に数多くある謎のひとつだ。

いま住んでいるところから電車でひと駅の街では、二軒の店で合計四十種類の珈琲豆から好みのものを選ぶことができる。これはすごいことだとひとり感心しながら、ウエイトレスのいるカフェに入り、「珈琲」というひと言で注文してみた。「ブレンドになさいますか。ホットですね。砂糖とミルクはお使いになりますか。ほかにご注文はございますか」と、切り口上で言われた。

客が珈琲豆を選ばないチェーンのカフェでは店が選んでいる。「本日の珈琲」だ。日によって異なる。「本日の珈琲をショートで、マグカップでください」と、きわめて標準的に僕は注文している。二時間ほどあとにおなじ店に入っておなじ注文をしたら、「さきほどのレシートはお持ちですか」と、注文を受ける女性に言われた。さきほどのレシートを提示するなら、珈琲その他なんでも、百円安くなるのだった。

都内世田谷区の喫茶店に五人で入ったら、壁にかけたボードに、「ブラジル・ディープ」と書いてあった。「ブラジルの珈琲豆を深煎りした豆による珈琲を本日はお薦めします」という意味であることを、五人揃って全員が、とっさに理解した。正しく理解するための共通認識が、五人のなかに出来上がっていることを、その珈琲を飲みながら、僕たちはひとしきり感心した。

「珈琲」のひと言は、およそ半世紀をかけて、「ブラジル・ディープ」へと進化したことを、僕は確認した。

珈琲豆に関して、焙煎という言葉が使われ始めて何年もたつ。いまも盛んに現役だ。ごく浅い焙煎から限度いっぱいに深い焙煎まで、どのように焙煎するかで香りが変わるという。

深煎りとおなじ意味でダークローストという片仮名語があり、これはとっくに日本語だ。深く焙煎された珈琲豆という意味だ。珈琲豆の状態を、静的に名詞的に言いあらわしている。

ダークローストというような言葉を見ると僕は不安な気持ちになる。たとえば英語でdeeply roasted とあるのを見ると安心する。これはなぜなのか、といま初めて意識的に考えてみた。動詞のあるなしと深く関係しているのではないか、という仮説を僕は手に入れた。ローストと roasted の差は大きい。Deeply roasted とは「深く焙煎された」という意味であり、そこには動詞が、これ以上ではあり得ないほどに、あらわだ。これを見て僕は安心するのではないか。

日本語のダーク・ローストだと、どこにも動詞がない。深く焙煎されたあとの珈琲豆の状態が、状態として、つまり名詞的に、表現されているだけだ。ローステッド・ダークなら、英語での言いかたをそのまま片仮名にしただけだ。しかし、ダーク・ローストという日本語が、ローステッド・ダークに変化することが、あるだろうか。何人かの人たちに訊いてみた。「ありっこないですよ、そんなこと」という返事が、確信に満ちて返ってきた。

いまでは聞かないし見ない言葉

いつのまにか聞かなくなった言葉、見なくなった言葉。死語ではないが、そう言えばもう何年も接してないな、と誰もが思うような言葉。電車で座席にすわり、ぼんやりしているときなど、思いつくままに手帳にメモしていくと、楽しい。どっこいさ。どっこいし。やっこらさ。やっこらしょのせ。えんやこらさ。こういった言葉を聞かなくなって五十年にはなるだろう。子供の頃には聞いたのか。大人たちは使ってたような気がする。彼らが口にするのを聞いて、子供は学習した。しかし自分で使う機会はないままだ。

重いものを持ち上げたり動かしたりするとき、数人で力をこめるタイミングを取るためのかけ声だ。力を出す状況が生活のなかにもはやない。生きかたは変わった。人々は力を出さなくて済む生活となった。力をかけるタイミングの言葉は消えていくほかない。

おっとどっこい。どんまい、どんまい。これらも聞かない。どんまいはドント・マインドという英語からだという。テレビのチャンネルをまわす、という言いかたがあった。受像機についているチャンネル変更のためのスイッチはロータリー・スイッチだった。確かに、それは、まわして切り換えた。こういう受像機がもはやないと言っていい。だから言葉も消えていく。チャンネル争いも、もはやない。ＴＶ受像機はひとり一台となったからだ。

夕食の席でこうしたことを友人たちに喋ったら、盛り上がった。つぶしがきく。あるいは、つぶしをきかせる。トンズラをこく。ドロンします。ダイアルする。電話機のダイアルを見て、どう使えばわからない人たちが、三十歳を越えているという。

やったぜベイビー。こういう言いかたが、かつてあった。いつ頃だったか。くわばら、くわばら。これは死語と言っていいか。イカスぜ。イカしてるじゃないか。発展家、という言葉を、雑誌の活字で、おそらく生まれて初めて、ごく最近、僕は見た。年配の男性がこの六十年を振り返って語る、という内容の記事だった。語っているその男性が、発展家、という言葉を使っていた。親しい異性の友人を次々につくる人、という意味で、男女の別はない。

W.C.、これはひと頃、日本のいたるところにあった。便所、という意味の表示にこの言葉が使われた。進駐軍時代の名残だろうか。ウォーター・クロゼットの略だという。この小さな表示看板はほとんど消えたが、残っていなくはない。それを求めて全国を旅する、というのはどうか、定年後に。写真に撮りため、やがて一冊の写真集にまとめるなら、僕は買う。

ごろつき。宿六。これは自分の亭主のことだ。小説の題名からきているという。総スカン。総スカンは好かんだ。全員に嫌われることを意味する。総スカンをくった、というふうに使う。電話交換手。若い女性たちの、企業における仕事のひとつが、電話交換だった。かかっている電話をつなぐのだ。専用の部屋があり、大きな企業だと電話交換手は二十人はいただろう。大代表という言葉も見なくなったが、ひと頃は企業用語の上位にあった。

ナウい。ヤング。レッツゴー。どれも久しく聞かない。一日に何度となく耳にした時代があったのだが。ズボン。この言葉も聞かない。いまはパンツと言う。しかし子供にパンツと言うと下着のことだと思うから、子供にはズボンと、母親たちは使い分ける。百貨店の紳士服売り場では、おズボンとしていまも現役だ。紳士服、という言葉じたい、使う人は少なくなったのではないか。

シビア。会社員用語だ。六十年くらい前だと、新しくて使いでのある言葉だった。厳しい、という意味だ。そうなったらこっちもシビアに考えないと、というふうに使った。出してきた条件はシビアなんですよ、と一日じゅう言ってた人たちは、とっくに引退した。

ゴーゴーダンサー。ビアガーデンにバンドが入ると、円形の小さなお立ち台の上でひとりずつ、合計でふたりは踊っていた。ビアガーデンはサラリーマン用語として、夏になると現役の座に返り咲いているようだ。スタートダッシュ。これも聞かないし、自分では一度も使ったことはない。ダッシュだけでも使えた。ダッシュをかける、ダッシュする、という使いかただった。

ひところは日に何度も接したのに、いまでは聞かないし見ないという種類の言葉をいくつもこうしてならべて観察していくと、やがてわかってくることがある。どの言葉もすべて、発展の途上にあった人たちの言葉だ。日本はこのような言葉が昼夜を分かたずに飛び交う国だった。日本は発展の途上にあった。少なくとも、どこかへ向かって、邁進していた。それ以後、日本はどうなったのか。

男性とは明確に区別された生き物がいる国

「女」という項目が国語辞典にある。「女」はそこでどのように定義されているのか。新明解の第六版では、「人間のうち、雌としての性器官・性機能を持った方」と、きわめて端的だ。「女」という言葉には広い意味と狭い意味があるという。「一人前に成熟した女性」が広い意味で、「心根がやさしくて決断力に欠ける面がある一方で、強い粘りと包容力を持つ女性」が狭い意味だそうだ。

「女」のひと文字が頭につく言葉が「女」の項目にあげてある。次のとおりだ。女をこしらえる。女形。女嫌い。女癖。女狂い。女気。これは「その場の雰囲気からそれとなく分かる、女性の存在を感じさせるもの」を意味する。女心。女殺し。女坂。ほぼおなじ場所に坂がふたつあれば、傾斜がゆるやかなほうが女坂となる。

女盛り。女所帯。女好き。女だてらに。女たらし。女手。女天下。女の子。女の節句。女の人。女ひでり。女結び。女持ち。女やもめ。女らしい。

もっとある。僕がいま思いつくだけでも以下のとおりだ。女連れ。女の涙。女の武器。女物。女言葉。女の幸せ。女の細腕。女の意地。女の直感。女医。女教師。女流。女の一生。女ならでは。女ですもの。女あさり。女遊び。女出入り。女抜きで。

こうした言葉を観察してやがてわかるのは、男性とは明確に区別された生き物として女性がとらえられている、という事実だ。「男子と女子に分かれて整列しなさい、早くしろ」は小学校でまだ現役であり、ここから男女の別が日本語では叩き込まれる。

少し長い語句になると、日本社会の本性があられもなくあらわになる。女は黙ってろ。お前は女なのだから。あいつは女の腐ったような奴だ。女々しいことを言うな。どうせ女のやることだ。女のくせに生意気だ。女は引っ込んでろ。女は大学なんか行かなくてもいい。女は結婚だ。それは女のすることだ。

女性と男性がはっきりふたつに分けられている理由は、男性のほうから女性を、低く見るためだ。自分よりも蔑視される人は、自分とは明確に分けられている必要がある。

固定観念としてきめられた役割を女性たちに押しつけ、狭い枠組みのなかに彼女たちを閉じ込めて、男たちは安心する。女性の潜在能力に彼らはおびえているのだろうか。

一九八五年に制定された男女雇用機会均等法は、それまではなかった新たな状況に対応出来る才能の必要を、企業が認めたことを意味する。社内にはない人材を外に求め、あらわれたのが女性だと知って、女はよこすな、と立腹した担当者たちは、ちぇっ、女か、といまでも舌打ちしている。女性の管理職登用率の日本における低さのすぐとなりに、男女共同参画、ウーマン・パワー、ウーマン・リブ、キャリア・ウーマン、ガラスの天井、といった言葉を見る。ただのOLやってます、という言いかたを聞かなくなった。ただのOLは、いまの社会のなかに、居場所を見つけるのが難しいのか。

女心と秋の空、という言葉も聞かなくなって久しい。僕はこの言葉を知ってはいるけれど、自分で使ったことは一度もない。ここにこうして書くのが最初だ。秋の空は、もうない。あるのは異常気象だけだ。女心とは、男性のほうからの一方的なきめつけだから、初めからそんなものはない。成長の過程で、さらには成長してからでも長いあいだ、これが女心だ、と刷り込まれた果てのなにものかは、あるかもしれない。

男は度胸、女は愛嬌、という言葉も聞かない。度胸と愛嬌を対比させ、きょう、という音声を重ね合わせただけの、言葉遊びだと理解すればいいのか。

今日のおかずはなににしましょうか、という言葉は結婚して家庭の人になり、さらに母親になった女性たちのものだった。家庭の人としての矜持をほんの少しだけ、僕はこの言葉に感じる。思い過ぎだろうか。今日はカレーよ、という言葉もあった。その日のすべてを肯定する、魔法のひと言だったようだ。

ホステス・タイプ、という言葉もあった。すっかり聞かない。ホステスそのものがもういないよ、と意見してくれた人がいる。陰に女あり、というような言葉をたどっていくと、ファム・ファタールにいきつくのか。そこへいくと、銃後の女は、母性本能と抱き合わせで、戦時下の節約おかず、などになったりするから、気をつけよう。

女性らしい気づかい、と言われてなんの抵抗もなしに納得してしまう人は、まだ多いのではないか。これなのか、これがそうか、と感激して受けとめるような気づかいはあり得るとして、その気づかいを、女性らしさと結びつけることは、僕には出来そうもない。

俺を中心にすべては堂々めぐり

日本でいちばん大きな業界は、会社に勤めて給料をもらっている人たち、つまりサラリーマンの業界だ。どの業界にもその内部で盛んに通用している言葉がある。サラリーマン業界にも独特な言葉はたくさんあるのではないか。

正直言うと。ここだけの話だけど。俺はお前のためを思ってるんだ。こんなことを言うのもお前のことを思えばこそだぞ。もろもろよろしく。いつもバタバタしてましてすいません。また声かけてよ。それはぜひやろう。俺のことを信じてよ。俺だって大変なんだよ。今日は、じゃあ、ここで。そこまで言われちゃうと。やってらんない。上が馬鹿だから。

現役の勤め人たち数人の協力を得て、いくつものサラリーマン用語を集めてみた。彼らは常にこのような言葉を多用するという。僕が受けた第一印象は、彼らの生産性は低く、大事なのは俺であり、その俺を中心に、すべては堂々めぐりをしている、というものだった。端的にそのような意見を僕が述べたら、まったくそのとおりです、と協力者たちは熱く賛同した。

いちばん最後にある、上が馬鹿だから、という言葉のなかの「うえ」とは、上司たちのことだ。いまではミーティングと呼ばれ、ホワイトボードにはＭＴＧと書かれる会議には、この上司たちが出席する。彼らが会議の席でほぼかならず言うのは、ここにいる全員が当事者意識を持って積極的にコミットせよ、というひと言だという。

責任の分散をあらたに画策する必要はないほどに、すでに責任は分散されている。そのただなかを彼らは生きている。これではいけない、という思いを言葉にして下位者たちに向けると、こうなるということか。会議の前段でこれを言った彼らは、後段ないしは締めくくりでは、いまの話を補足すると、と言うのをことのほか好む。

精査してあらためて報告します、という言いかたは、質問した人への回答として多用されるという。精査とは、上司たちや社外の関係者たちの意見をまとめた上で、というほどの意味だという。いったん寝かせてよろしいでしょうか、という言いかたもある。いったん寝かせると、起き上がって活動するまでに、時間がかかる。

私からは以上です、なにか質問はありますか、と報告者が言ったので、腑に落ちない部分に関して本質的な質問をしたら、会議のあとで上司のひとりに、あれはお前の個人的な意見だろう、と叱責された人がいる。会議という場にふさわしい質問や意見、というものがあるのだ。それ以外のことを述べてはいけない。

これはあくまでも提案なんだけどね。ここにいる全員がそのような情報を共有して。俺は聞いてない。その話は聞いている。それはいま初めて聞く話だ。とりあえずペーパーにしといてよ。俺がやるからまかしといて。俺もまだよくわからないんだけど。俺は明日休みなんだけどなにかある？　いやあ、まいった。ねえ、ねえ、ちょっと聞いてよ。何人かの声優たちに、いかにもそれらしく、こうした言葉を言ってもらい、それを無作為につなげて音楽の代わりに使うと、効果がたいそう上がるときがあるのではないか、と僕は思う。下手な音楽をあらたに作曲するよりは、すでにどこでも多用されているこれらの言葉の、言いかたの面白さに注目すると、世界は開けるような気がする。

それじゃあ俺の立場がないじゃないか、という言葉にはことの本質があらわだ。俺の立場のあるなし。会社はそこに給料を支払っているのか。俺とは、その組織のなかでの、立場なのか。そんなこと思ってもみなかったことです。そういうつもりではなかったのですが。そんなことを言われるのは心外です。そういうつもりがあるからこそ、そのような言葉が出てくるのではないか。女は怖いよねえ、という言いかたとおなじだ。女は怖くない。怖がっている男たちがいるだけだ。

朝、出社して自分の机につくとき、滑舌きわめて明瞭に、あくまでもさわやかに朗らかに、おはようございます、と言う男性がかならずいるそうだ。

コンセンサス。ガバナンス。イニシアチブ。リスキー。ハンドリング。デリケート。モチベーション。バッファー。ウィン・ウィン。オーソライズ。バックファイア。

こうした片仮名言葉が、なんの疑いもないままに、彼の喋る日本語のなかに次々に登場する。状況としてはウィン・ウィンですからうちだけが有利なままだといずれはバックファイアしてきてそこはリスキーでハンドリングはデリケートにしてしかもあらかじめバッファーが必要ですね、というふうに。

ブンブンでロカボにノスヒロ

ひとつひとつの言葉が口から音声として出ていくときの感触を楽しむかのように、その人は片仮名言葉の日本語を、思いつくままにあげていった。

「ビル。テレビ。パン。スープ。サラダ。ベア。インフレ。プロ。レスカ」

レスカとはレモンスカッシュのことだ。スカッシュの部分を原語により近く言うなら、スクオッシュとでもなるだろうか。

このような言葉が生活のなかに登場してから経過した時間を振り返ると、そこにはそのときどきを生きていた自分がいる。過ぎ去った自分に当てはめるものとして、もっとも無難なのは、懐かしい、という言い方だ。だからその人は、昔の言葉をしきりに懐かしがった。モチベーションがモチベになってすでに久しい。ドン・キホーテがドンキになった頃は、確かに懐かしいだろう。

時は止まらない。生活は進展していく。新しい言葉が次々に生まれる。ナルハヤは、なるべく早く、という意味だ。アトヨロは、あとはよろしく。オキャンはオープンキャンパス。ホムセンはホームセンター。ホボホボは、ほとんど、という意味だ。先日のあの件はほぼほぼ出来てます、というふうに使う。

ジタンは時短だ。ポロイチは傑作だ、と僕は思う。サッポロ一番というインスタント・ラーメンのことだ。オナチューは、おなじ中学の出身、という意味だ。同じ意味でオナコー、オナダイ、オナシャがある。オナシャは言うまでもなく、おなじ会社に勤める人たちだ。ヨシギュウは吉野屋の牛丼のことだ。コレナイを知ってるだろうか。買ってはみましたけど、これじゃないなあ、という感じがあるんですよ、というふうに使う。これではない、という感覚を、コレナイと言う。ダレトクという言いかたも面白い。そんなものでいったい誰が得をするのか、という意味だ。派生した言いかたに、ダレヨロがある。いったい誰がそんなものを喜ぶのか、という意味だという。

アケオメコトヨロはすでに多くの人が知っている。明けましておめでとう、だ。レンチンという言葉を最初に見たときには、もう日本語は終わりだ、と僕は思った。日本語が終わるなら、日本文化も日本そのものも、終わらざるを得ない。電子レンジで調理する、という意味だ。チンする、という言い方が先に出来たのだったか。チンは出来ましたよ、と知らせる電子レンジの音で、それに、する、をつけてチンするとはこれいかに。チンから三十年は経過している。ひたすら下降する三十年、つまり失われた三十年のなかを、誰もがいま生きている。

チリコーはチリ紙交換だが実体がもうない。知っている人たちの記憶のなかにあるだけだ。ジモティは地元の人たちだ。デンバスを知っているだろうか。電車とバスのことで、このふたつの交通手段で忙しく移動するのが目立つ男性を指して、デンバス男、と言ったりする。

エンタメはとっくに日本語だ。エンターティメントやエンタテメントなどをへて、ようやくエンタテインメントとなったときには、エンタメと短縮されていた。ガバナンはガバナンス、コンプラはコンプライアンスだ。ダブチーとは、何だと思うか。ダブルチーズバーガーだ。グラコロは。これはグラタンとコロッケをはさんだバーガーのことだ。ドロタブとは、いったいなにか。アンドロイドのOSを使うタブレットのことだ、いったいも何も、そこにはない。

ロカボ、という言葉がある。言葉があるなら、実体がともなうはずだ、と考えていい。ロはローではないか。もしそうなら、カボはカーボハイドレートかもしれない。そのとおりなのだ。英語では、ロー・カーボハイドレート・インテークとか言うのだが、日本語ではものの見事に、片仮名三つでこと足りている。炭水化物低摂取の、というような意味だ。

ポテチは、なにをいまさら、だろうか。ポテトチップスをポテチと短縮することが可能で、そのことによって意味が完全に伝わりもするのが、日本語というものだ。ダブチーにポテチだから今日はロカボじゃないね、と言ってる人たちが、ほんとにいるのだろうか。

ノスヒロはノスタルジック・ヒーローだ。意味するところは広い。いまはまるで見ない、かつての国産車の数々も、ノスヒロであり得るのだから。リスケはリスケジューリングの短縮型だ。いったんきまった予定の日時を変更することを意味する。会社での日常業務を中心に、もはや完全に日本語だそうだ。

ブンブンはセブンイレブンのこと、そしてケンチキはケンタッキーフライドチキンのことだ。マクドナルドは東京ではマック、関西ではマクドだ。マクナルという言いかたもある。

僕には読めなかった漢字

読めなかったものを思い出す端から列挙してみる。漢字による日本語だ。

所以。無理に読むならショショだ。これがユエンだと知ったのは四十代に入ってからだ。若干名。ワカボシナとは、なにか。中学三年のときまだ読めなかった。中学生ともなれば、従業員若干名募集中、といった文言を街のいたるところで見ていたはずだが。

水馬。スイバ。スイマ。ミズウマ。どれも正しくない。アメンボと読むそうだ。ついさっきまで知らなかった。白米。まさか、と言われそうだが、子供とは言えない年齢に達しても、シロコメだった。ハクマイだと知ったときはショックだった。

安保。大学生の頃、これを僕はヤスホとしか読めなかった。アンポという音声はしきりに耳にしていたのだが。断固反対、打倒、粉砕などの言葉と結びついていた。これか、これがあのアンポなのか、と知って驚いた。

年末。これは長いあいだトシスエと読んでいた。ネンマツだと知ってひどいショックを受けた。岩魚。このイワナをイワザカナと読む人はいまも多い。海老。あのエビはこう書くのか、こう書いてエビなのか、という双方向のショックをとおして日本語を学んだ。

焼売。ヤキウリでしかないが、シウマイだとは。引力。これも読めなかった。インリョクだと知って仰天したのは高校生になった頃だ。脚立。しいて読めばキャクリツだが、正しくはキャタツだとは。ショックを通り越して、日本人の人生の謎がここにある、とすら思ったほどだ。天照大神。これをどう読んだか、正直に書けば、いまになって恥をさらすことになる。大学受験三科目のひとつを日本史から世界史に変更した、重要なきっかけとなった。世界史なら、ヤリツアボキもルフトワッフェンも、すべて片仮名ではないか。片仮名に、僕はここで屈した。焼酎。読めなかったが、酒の一種だ、ということは理解した。赤飯。アカメシと読んでなんの疑いもなかった僕に、セキハンという正解は衝撃だった。白米の衝撃と重なっている。明太子。三つの文字は単純なのに、まったく読めなかった。燐寸。こう書いてマッチだとは。語義に則した借字だという。子供の頃はマッチの時代だったのだが。いまではマッチそのものを、まったく知らないだろう。硫黄。いつまでも読めなかったひとつだ。干物。これはホシモノだと思っていたが、じつはヒモノだと知って、足もとはぐらついた。胡瓜。それと茄子。いまでもとっさには読めない。じっと見つめていると、やがてぼんやり、野菜だな、とおおまかにわかる。

紫陽花。そして向日葵。アジサイとヒマワリだそうだ。無茶を言うなよ、と僕は言いたい。老舗はロウホでしかなかったが、漢字読みするならロウホが正しい。シニセという言葉は、音声で何度も聞いていたが、老舗という漢字とは結びつかなかった。

赤裸々をアカバダカラと読んだ人がいると聞いた。万葉集をマンバシュウはありますかと、書店員に訊いた人がいる、と教えてくれた人もいた。どちらにも笑った。重なり合う笑いだった。しかし、不如帰をフニョフと読んだ人が身辺にいると聞いても、笑いにはつながらなかった。

　梅雨。雲丹。暖簾。ある時期まで、確実に読めなかった言葉だ。うどん、という言葉を正しく漢字で書いたものも、読めなかった。ここに再現したいのだが、僕が使っているワープロには、そのふたつの漢字のどちらも、入っていない。

　黄金。これを僕はキイキンと読んだ。オウゴンもコガネも、なんのへったくれだった。最近になって面白い話を聞いた。日本の人が近所のスーパーへいき、応対してくれた店員に、黄金焼きはあるか、と訊いた。この人はついうっかり、コガネヤキと言ってしまった。目の前のガラスケースのなかにそれはあるのに、店員は、ない、のひと言だ。正式な名称はオウゴンヤキであり、その人がオウゴンヤキと言ったなら、店員はガラスケースを指さしたはずだ、と報告者は言う。コガネヤキはない、オウゴンヤキならある、という日常の日本語のなかでふと待ちかまえる落とし穴に、ふたり揃って落ちた。

　正しい読みかたを知って僕が心から驚いたことについて、たいへんなショックを受けた、という言いかたを、いま書いているこの文章のなかで、僕は何度か繰り返した。

　このショックのたびごとに僕は、正しい読みかたを知っただけではなく、書きかた、つまり漢字も、学んだのだと、いまつくづく思う。成長の途中という、正真正銘の成り行きのなかで、こうしてひとつずつ、僕は日本語を学んだ。この世のなかを、他のたくさんの人たちとおなじように、理解するために。

酒にまつわる言葉について

酒にまつわる言葉について考えてみた。酒の酔いかたに、日本語は興味を持っているようだ。酔いかたとは、ごく端的に言って、「酒ぐせ」のことだ。

日本人の酒ぐせのなかに、日本社会が凝縮されている。言葉はその様子をすくい取り、映している。酒ぐせは、あるひとつの方向のなかで、多様だ。さらす酔態に不足はない。

すべては「ほろ酔い」から始まる。「いいこんころもちだ」という言いかたを子供の頃に漫画で知り、いまでも覚えている。その漫画のなかに描かれていた日本の大人は、まさに「ほろ酔い」の人だった。

「ヒック」という音声も漫画で知った。酒を飲んでいると出てくる、しゃっくりの音声を片仮名で書いたものだ。「メートルが上がる」という言いかたもあった。たくさん飲む、という意味だ。どちらもいまはまったく聞かない。もはやヒックやメートルどころではないのだろう。

酒の飲みかたは、酒の酔いかただ。そして酔いかたは、飲みかただ。「きこしめす」という飲みかたがあった。「おい、そっち、酒はいってるか」という台詞は、日本のあちこちでまだ現役だろう。

「千鳥足」「酔っぱらい」「酔漢」「とろんとした目で」「昼間っから」「そんな赤い顔をして」

「酒臭い息をふぅっと吹きかける」「酒と女にはだらしおまへんよってになあ」という台詞をどこかで読み、いまでも記憶している。

「もうやめとけ」と周囲の人たちが忠告するのも聞かずにいると、「足を取られる」「まっすぐ歩けない」「ふらふらしてる」「立ってられない」「目がすわってきた」「いびきをかいて寝てるよ」というような状態となる。症状はさらに進む。「ろれつが回らないじゃないか」「馬鹿野郎！　を連発する」「酔眼もうろうとなる」「ぐでんぐでんだ」「前後不覚におちいる」


まだある。「いい加減にしてよ」という女性からの忠告を踏み越えると、「あいつは酒ぐせが良くない」となる。「酔ったらなにをするかわからない」人は往々にして、「酔ってるあいだのことはなにも覚えてないんです」と平気で言う人であり、誰の身辺にもひとりやふたりはいるのではないか。「またやっちゃいました」という言いかたもある。

「やけ酒」はあおるものだし、「酒に溺れる」という言いかたもある。「酒がいけない」「酒が壊した」「酔った勢い」と、とめどなく酔う。「酒の力を借りないと」「飲んだら人が変わる」など、酔いかたのすべては、「なにぶん酒の上のことでして」となる。この台詞はいまでも日本で現役なのかどうか。

「とりあえずビール」という言いかたは多くの人たちのものだ。「かけつけ一杯」というのがあるし、「ちょっと一杯」「一杯だけだから」などは、かならず、「一杯が二杯になり」なのだから、飲み始めたら一杯も二杯もありはしないと考えておく必要がある。「はしご酒」の始まりだ。

「もう一軒、いこう」という台詞を、いったい何人のサラリーマンたちが、使ったことか。一九六〇年代を中心にして前後に十年ずつ、合計して三十年は、もう一軒、の時代だった。しかしそんな時代も、ほぼ終わったようだ。「うち飲み」という言葉をたまに聞く。

　つける、という言いかたも、飲みかたのうちだ。熱燗を、つける。「一本つけてくれ」は標準的な見本のようなもので、現実に使用されるにあたっては、一例として、「お母さん、もう一本、つけとくれ」となったりもする。

　下町の老舗の蕎麦店へ平日の午後四時頃にひとりで入って来た、近くの商店のご主人とおぼしき男性が右手の人さし指を立て、「一本、一枚」と注文したのを僕は見た。一本は清酒の徳利ひとつのことだ。一枚とは、ざる蕎麦ひとつの意味だ。一枚のざる蕎麦を少しずつ食べながら、一本の燗酒を、おなじく少しずつ飲む。夕食ではない。おやつでもない。小腹が空いた、という状態だろうか。ほぼ日課となっているのではないか。「一本、一枚」という注文をぜひ僕も試みてみたいのだが、その機会はまだ訪れていない。

　ひっかける、という飲みかたをする人たちが、少なくなったのではないか。言葉数を多く使って正確に言うなら、きゅっと一杯ひっかける、となるようだ。きゅっと一杯ひっかけるのは、冷や酒だろうか、それとも、熱燗だろうか。夏祭りの日なら冷や酒だろう。急に寒くなった日なら熱燗がふさわしい。

　酒に関する肯定的な言葉は、「祝い酒」「酒は百薬の長」「あいつのはいい酒だから」の三つしか僕には思い浮かばなかった。あらゆる酔いかたを包括するのは「べろべろ」あるいは「べろんべろん」で、「センベロ」が引き受けている。

僕はきまり文句を使わない人なのか

この連載をすでに七回分書いた。書きながらひとつ気づいたのは、知ってはいるけれど自分では使ったことのない言葉、というものが何度も登場したことだ。そのたびに、知ってはいるけれど自分では使ったことのない言葉だと、釈明のように書いてきた。

いまふと思いついた一例をあげよう。「雀の涙」はどうか。僕はこの言葉を知っている。子供の頃に漫画や雑誌で読んで知ったか、身辺の大人たちが使っているのを聞いて知ったか。そしていまでも覚えているのだが、自分では使ったことがない。文字で書くのはこれが最初だ。意味を知らなかったら、「雀の涙」は、いったいなんだろうと思い悩む、ちょっとした謎だ。

ほかにもいろんな言葉を知っている。「愛の結晶」「女の細腕」「熊の胆」「猫の額」「土用の鰻」「晴天の霹靂」「恩讐の彼方」熊の胆は、熊の胆嚢を乾燥させた固いもので、削った粉を胃薬として飲む。

もっと例をあげてみたくなった。「かくかくしかじか」「うんぬんかんぬん」「いちかばちか」「白い目で見られる」「上を下への大騒ぎ」「がんじがらめ」「路頭に迷う」「ちんぷんかんぷん」「パイイチ」「パツイチ」「日頃の鬱憤を晴らす」「思いをぶつける」「ブームを捲き起こす」「救われる思いがする」「千里の道も一歩から」

知ってはいるけれど自分では使わない言葉は、もっとたくさんある。その数多い言葉は僕にとってどんな機能を発揮しているのだろうか。使わないのだから機能してないのではないか、と短気に思ってはいけないようだ。

自分が持っている日本語能力の底辺をかたちづくっている、という説はわかりやすい。使わないけれど知ってはいる言葉が無秩序にたくさん、長い時間のなかで重なり合い、そのなかで化学変化にたとえてもいいようなことが起きると、自分の日本語能力の展開に対して、本人にもとうてい自覚できないようなかたちで、かならずや影響をあたえているはずだ、という説だ。この説をいまの僕は信じている。

知ってはいるけれど使わない言葉の例をいくつもあげたけれど、よく見ればどれも、きわめて陳腐なきまり文句のような言葉ばかりではないか。このような状況にはこの言葉を当てはめておけば、誰にも良くわかって無難だから便利だ、というような言葉だ。そのような言葉でも、それを現実に使うと、そのことによってその人はなんらかの確かな表現活動をおこない、それをとおして自分の意見をはっきり述べたのだ、とその当人がまず、思い込む。

僕が十歳の子供だった頃、三十代の大人たちとのあいだには、二十年の距離があった。四十代の大人たちとは三十年の、そして五十代の大人たちとは、じつに四十年もの開きがあった。彼ら大人たちが自分たちの言葉として当然のように使った言葉を、子供の僕は成長の過程で覚える日本語の一部分にはしたけれど、自分が大人になってからは、知ってはいるけれど使わない言葉にして、その状態がいまも続いている。きまり文句のような言葉を当てはめて満足する、という生活が僕にはいまでもない。きまり文句では言いあらわせないことがたくさんある事実を成長の過程のなかで知った僕は、きまり文句を使わない人になった、と説明すると、先に述べたふたつの謎は、ふたつともあっさり解ける。

「世の中」という言葉すら自分は使わない、と僕はずっと思ってきた。「世の中に余裕がなくなってきて」「生きづらい世の中になったものだ」「世の中それでは通らない」などと、この言葉はいまも現役であるだけではなく、使用される範囲はたいそう広い。

この連載の前々回の最後のところで、「この世の中を」という言いかたを、僕はしている。自分の言葉としてはまず使うことのない言葉だが、そこで説明しようとしている内容によっては、使うことは充分にあり得る、という種類の言葉なのだろう。

たとえば「日本社会を」とは書かず、「この世の中を」と、そのときその場で瞬間的に書いたのは、いまの僕が持っている日本語能力の、ごく小さな一端ではないだろうか。文脈としては、「日本社会を」という言いかたでいっこうに構わない部分なのだが、僕はそこではそうは書かず、「この世の中」と書いた。普段はまず使わないこの言葉を、そこでは使った。僕の日本語能力が、そうしろ、と僕に命じたからだ。

「世の中」とは、なにか。自分を中心に下世話さの有効半径でごく日常的にとらえた人間関係の広がり、とでも言っておこうか。「世の中」という言葉を、このように理解していることが、僕の日本語能力だ。

僕はそこに論理を感じない

数のついた日本語の言葉や言いかたについて考えてみた。ただし、一目散や一里塚、一両日中、といった一のつく言葉は、いずれこの連載で取り上げる予定なので、ここでは除外した。三のつく言葉も除外した。数がたいそう多いからだ。三のつく言葉についても、やがて書くことにしよう。

僕が手に入れた範囲では、マイナスに転落する、から始まって、ゼロ歳児やゼロ・スタートなどをへて、百万ドルの夜景へと、広がっていた。僕が子供の頃には、百万ドルの脚線美、というのもあった。ハリウッド女優の美しい脚には保険がかけられていて、それは百万ドルである、という話だった。夜景と脚線美がともに百万ドルだ。過ぎ去って遠い時代がそこにある。

オイチニサンシと言うけれど、一も二もなく三人三様、三度の飯より好きならば、四の五の言わずにうちの宿六、一六銀行、荒野の七人、七五三、七転び八起きの八墓村で、九九八十一なら十でようやく十人十色。一から十まで即興でつなげてみた。つなぎの言葉を最少限でおぎなった。音声にしてみると明らかに節あるいは調子がある。僕でも即興でこのくらいは出来る。数字のつく言葉は日本語の中に広く深く浸透している。

数字は論理のはずだが、数を取り込んだ言葉の数々に僕は論理を感じない。感情の日常的な起伏が作りだす凹凸に数がわかりやすく当てはめてある。誰にでもある気持ちの綾。心の動きのさざ波。数字のある言葉はたとえ話だと思えばいいようだ。

一騎当千。二人三脚。二礼二拍一礼。二人連れ。四通八達。四方八方。五人囃子。五七五七七。五七五。五里霧中。六法全書。七福神。七回忌。七人の侍。御八つ。八八八六。八つ目鰻。九十九里浜。薬九層倍。第九交響曲。娘十九はまだ純情よ。十五、十六、十七と私の人生暗かった。飲酒は二十歳から。百円均一。百円ショップ。四十九日。百発百中。百貨店。五十歩百歩。二百十日。人生五十年。五十の手習い。嘘八百。四万五千日。ここはお国を何百里。敵は幾万ありとても。万馬券。百万遍。百万長者。百万言。百万陀羅というのもある。おなじことを何回も繰り返し説明することだ。

数字はきわめて具体的なものだ。どの数も、多くの人にとって、実感をともなう。数字によって、自分のなかに眠っていた実感が、呼び起こされる。実感は自分のなかにあるのだから、それはなんとも言い難く、わかりやすい。

「あそこの夫婦も店を預かって三十年を超えるだろう。あの二人三脚ぶりはお手本だ。店が繁盛するのも当然だね」。数字のある言葉を折り込んで台詞を作れ、というような課題を自分で自分に課してみる。「不惑の四十を過ぎても惑わされたり迷ったりの連続で人生なかなか大変ですよ」。百万陀羅というのは僕の母親がしばしば使っていた。一度や二度では覚えん、百万陀羅言わなあかん、かなわんで、といきまいていたが、いったいなんのことだったのか。

ワン・コインという言いかたがある。主として会社に勤めている人たちが、昼食をどこかの店で食べるとして、代金は五百円硬貨ひとつで支払えるといいな、という願望のこもった言葉だ。四、五年前まではこの願望は四百七十円だった。昼食を食べてなお、十円硬貨が三つも、釣り銭でもらえるではないか。

スリー・コインズという店がある。生活雑貨のさまざまな物品が、三百円、五百円、千円などで販売されている店だ。百円硬貨三つだ。百円ショップが街の景色になって久しい。百円均一のことをヒャッキンという。百、三百、五百、という数字がここにある。

数字のついた言葉によるものの言いかたは、わかりやすい。しかも昔からあるものが多い。そんな苦労をしても一銭にもならないじゃないですか、という言いかたはいまでも現役だ。数のついた言葉は、日本語のなかでの、伝統芸のようなものか。

このような状況があったなら、すかさずこの言いかたを当てはめればいい、というのが、きまり文句だ。じつに多くの人にとって、これは使いやすい。当てはめればそれでいいのだから。この状況にはこの言いかたを当てはめるのだ、という判断力は、他の多くの人たちがさまざまなきまり文句を使うのを聞いて、覚えていくのだろう。数字のついた言いかたは、きまり文句のなかでの、最たるものだと言っていい。

きまり文句を、いまはこれ、次はこれと、次々に当てはめていくのが、人の人生なのだろうか。日本では慣習が制度になる、という文章をどこかで読んで記憶している。人生は個々の慣習だが、それがたくさん集まって世の中として制度になると、誰もが従う。

あまりにも素晴らしい出来事

ワンカップ大関という清酒がいまも市販されている。透明なガラスの容器に入っていて、個別に包装されている。その容器はカップに見えなくもない。だから僕はワンカップという商品名を、ひとつのカップに入った清酒、と理解した。一九六四年に定価八十五円で市販されてからごく最近まで、その理解はゆるがなかった。

ある出来事をきっかけに、ひょっとしたらこのワンカップは、一杯やりましょう、と日本の人たちが言うときの、あの「一杯」という言葉を、英語に直訳したものなのではないか、と思うようになった。その出来事についてはすでに何度か書いた。あまりにも素晴らしい出来事なので、もう一度だけここに書いておく。

ある日の夕方、僕はひとりで、都心のホテルの玄関脇のタクシー乗り場で、空車が来るのを待っていた。そこへタクシーが入って来た。客を乗せていた。彼らが降りて空車になったら僕が乗ればいいのだ、と僕は思った。

僕のすぐそばでそのタクシーは停まり、客の三十代のアメリカ人と、その連れの日本人サラリーマンのふたりが、降りた。日本へ商談に来たアメリカ人だということはひと目でわかった。商談はうまくいかなかったのだろう、そのアメリカ人はひどく不機嫌だった。タクシーを降りた彼はさっさと回転ドアからホテルのなかに入った。連れの日本人サラリーマンがそのあとを追った。

そのサラリーマンとおなじ会社の担当部長さんとおぼしき風体の男性が、タクシーを降りて足早に回転ドアへ向かうアメリカ人を迎えてうしろからついていきながら、Let's do one cup.と言った。部長さんはなにか英語を言ったようだ、と僕はとらえた。酒を飲むときに日本人がするあの右手の動作が、彼の英語にともなった。

一杯やりましょう、と部長さんは日本語直訳の英語のひと言を言ったのだ、というところまで、僕の理解は追いついた。

あまりのことに呆然としていた僕は、そのタクシーに乗りそこなった。乗り場へあらわれた他の人がそれに乗って走り去るのを、僕は見送った。やりましょう、という日本語はLet's doという英語になり、一杯はおそらく問答無用でone cupだから、そのふたつをつなげればものの見事に、Let's do one cup.となるではないか。

日本語から英語への翻訳として、これほどまでに素晴らしいものを、僕は自分の人生のなかで、一度も体験していない。そしてこの英訳をきっかけにして、最近になってようやく、ワンカップ大関のワンカップは、一杯、という日本語を直訳したものではないか、と思うようになった。カップに見える容器に入れて市販されている清酒には、カップ酒、という呼称があたえてあるそうだ。

二番目に素晴らしい英訳は、五目炒飯だ。街なかの中華料理の店先に、日本語で書いた品書きがいくつも貼り出してあり、そのどれにも、英訳が添えてある、と報告者は言う。五目炒飯、という品書きに添えてあった英訳は、Fried rice with five eyes だった。この話を聞いたとたん、僕は喝采を叫んだ。なんという素晴らしい英訳であることか。

ひと昔も前なら、炒飯はライス・フライだろう。エビフライやアジフライなどとおなじだ。しかしその英訳では、Fried rice となっている。そしてその次の with だが、これにも僕は心から感心した。よくぞここで、with のひと言を持ち出してくれた。五は five、そして目は、科目や種目などの目なのだが、そんなことには目もくれず、eyes とした。目は五つなので、ちゃんと複数になって、eyes だ。

Fried rice with five eyes という英文は、その内容に関して多少の検討を要するとしても、構文としてはいっさいなにも問題のない、じつにすんなりとした英語だ。Let's do one cup も、英語の構文としては、なんら問題はない。

以上ふたつの英訳は、そのどちらも、人がやったことだ。人の営みの一端がそこにある。自動翻訳機だとこうはいかない。大阪メトロは自動翻訳機が出力するとおり、「堺筋線」を Sakai Muscle Line と表示し、すぐに削除したという。「筋」を翻訳機は、筋肉、と理解したから、その理解のとおりに、muscle と出力しただけだ。筋はここでは方面という意味だ。小説の筋、という理解もあり得るのだから、機械によっては、Sakai Story と出力される可能性は充分にある。機械もまた面白い、と言うべきか。

そしてすべてを水に流しましょう

八月はじめのいまから、少なくとも気持ちの上でもっとも遠いのは、暮れと正月の季節だろう。正月を充分に成立させるために、年の暮れ、という概念が作り出された、と僕は考える。十二月一日から大晦日の三十一日に向けて、どの年であっても確実に暮れていく。年末に向けてすべてが押し迫っていく実感は、日々に強まり深くなる。正月を成立させるための年末に関する言葉を、思いつくままに書きとめてみた。

年末。歳末。暮れ。年の暮れ。歳末出血サービス大売り出し。仕事納め。年納め。年内になんとか。年内には間に合いませんので。押し迫る。晦日。大晦日。押し詰まる。今年も残り少なくなってまいりました。なにかと気ぜわしいこの季節。どうか良いお年をお迎えください。除夜の鐘。年越し蕎麦。またひとつ年をとる。年が越せる。年忘れ隠し芸大会。というものを人々はかつて楽しんだ。紅白歌合戦。カウントダウン。こうしてめでたく十二月三十一日は一月一日の元旦となり、明けましておめでとう、と人々は言い合う。時間の経過は止まらない。年は新しくはならない。それまでの蓄積がろくでもないものであるのを人々は承知している。なんとかしたい、と彼らは思う。年があらたまる、という言いかた、つまり考えかたを、彼らは歓迎する。日本人にとって正月は神聖なものだ、とすら彼らは言う。

新しい年、あるいは、年があらたまる、というのは単なるものの言いかただ。なにひとつ新しくはならない。むしろ年末と正月との、年に一度の大ルーティンを通過して安心することによって、事態は悪化していく。

年末とそれに続く正月とは、じつに強固なルーティンだ。その枠を年末から正月にかけて人々にはめておけば、一年はもつのではないか。年末・年始のきまり文句を口にしてルーティンを追っていれば、かたちは整う。そのかたちのなかに自分は入る。誰もがそうである。こんな安心は他にない。自分が自分でいられる。揺らいだり覆ったりしないですむ。いっこうに改善されない日常も、暗い先行きも、すべてはあらたまって次の年だ。今年もよろしく。

ひとめぐりする四季のなかで天地の恵みを受け、その内部で自分を律しつつ誠実に生きる、ということの象徴が正月だ、と僕は理解している。その正月に向かう人々の年末の言葉のなかに、そのような正月は見当たらない。では正月そのものの言葉には、どのようなものがあるだろうか。

年が明けた。正月を迎える。正月休み。三が日。松の内。正月気分。お屠蘇気分。正月早々。三日はもう普通だよ。いい正月だ。正月らしい静けさだ。正月だというのに。正月くらい好きに飲ませてくれよ。正月のあいだはなにも動かない。いつまで正月気分でいるんだ。年始まわり。正月くらい、いいじゃないか。お年玉。初売り。福袋。門松を立てる。年賀状。もういくつ寝るとお正月、という歌があった。下駄買うて　箪笥の上や　年の暮　という素晴らしい俳句がある。

年末の言葉も正月の言葉も、僕が列記したのはこの半世紀ほどの時間のなかで人々に多用されたものだ。暮れや正月に関して、以前ほど人々は騒がなくなった、と言われ続けた半世紀だったような気がする。僕が生きてきたのは、そのような半世紀だった。暮れと正月が心身に叩き込まれた人が、次々に死者の列に加わっていくのを見送った半世紀、という言いかたをしてみようか。

正月の酒、という言葉をいま僕は思っているか。正月の酒の景色を、子供の頃から、いくつも見てきた。もっとも新しいのは昨年のものだ。それについて書いておこうか。

私鉄駅のすぐ近くにあるコンビニの前だ。停めた自転車が何台もいっしょに倒れて重なり合うかたわらに大学生とおぼしき青年が四人、新聞を敷いた上にすわっている。彼らの誰もが缶チューハイという缶詰の焼酎飲料を手に持って飲み、話をし、笑い転げている。缶チューハイが空になると、誰かが店へ入り、四本買ってくる。彼らは歓声を上げる。飲みながらさらに誰かが店に入り、袋入りのチーチクというつまみをひと袋買ってくる。彼らはふたたび歓声を上げる。季節は冬の盛りの正月だが、それほど寒くはない。このようにして彼らは缶チューハイを飲む。

一時間ちょっとのあいだに、彼らは等しく四本の缶チューハイを飲む。さて、もう一本ずついくか、という話になる。五本は飲みすぎだよという意見にまとまり、ひとりが店に入り、缶チューハイを二本だけ買ってくる。その二本を四人がまわし飲みしつつ談笑し、空いた缶を始末し、新聞はたたんで所定の塵箱に入れ、正月の酒は終わりだ。

コカ・コーラを飲みましょう

いまから二十八年まえ、編集者と写真家そして僕の三人は郡上八幡にいた。月刊誌『太陽』の連載のための材料を探していた。町のどこだったかは覚えていないが、街灯が僕は気になっていた。二十八年前のそのときからすでに、三十年は経過していた、と僕が思ったほどに古いその街灯には、過ぎ去った昔の日本の風情があった。

半透明なカヴァーをつけた蛍光灯のすぐ下に、鉄製の丸い広告板が下がっていた。ぜんたいを赤錆が覆っていたが、それがコカ・コーラの広告板であることは、すぐにわかった。コカ・コーラのあのロゴが、赤錆に覆われたえんじ色の丸のなかにあり、そのロゴの上に、ごく真面目にもの静かに、DRINK のひと言が添えてあった。

コカ・コーラのロゴの下には日本語があった。コカ・コーラを飲みましょう、とその日本語は読めた。これを見た瞬間、自分のどこか深いところに届いた衝撃のようなものを、僕はいまでも忘れていない。DRINK Coca-Cola という英語を、当時の日本の人たちは、コカ・コーラを飲みましょう、と訳したのだ。

ついでだからここで書いておくと、コカ・コーラのロゴの入った丸い広告は、一九七一年に、正方形のものへと変更された。コカ・コーラのロゴ、そしてそのすぐ上の DRINK のひと言はそのまま、ぜんたいのかたちが正方形になり、コカ・コーラのロゴの下には、ダイナミック・リボンと呼ばれている、白い波状の帯が加わった。

日本でコカ・コーラの市販が始まったのは一九五七年だ。国産カラーテレビ受像機の発売が一九六〇年で、日本におけるコカ・コーラの宣伝活動が本格化したのは一九六一年からだという。日本でのコカ・コーラはテレビの発展とひとつになっている。

日本のコカ・コーラが初めてテレビのＣＭソングをオリジナルで作ったのが一九六二年で、スカッとさわやかコカ・コーラ、という語句が日本じゅうに広まった。おそらくおなじ歌だと思うが、コカ・コーラを飲もうよ、コカ・コーラを冷やしてね、という部分があった。自宅の冷蔵庫にコカ・コーラが冷えているのが、誇らしくも輝かしいことだった。一九六四年には日本のＴＶでコカ・コーラを宣伝した初の俳優が生まれた。井上順だ。ちなみに、加山雄三とコカ・コーラの結びつきは一九六七年に始まっている。

コカ・コーラのカラーテレビＣＭが初めて登場したのは一九六八年だそうだ。それから数十年後になってようやく、Yes Coke Yes というコピーが、さらには Coke is it! といったコピーが、世界ぜんたいで宣伝活動に使われるものとして、誕生している。いま五十代なかばの日本人たちが懐かしむのは、このあたりのコピーではないか。そして一九八六年はコカ・コーラ誕生百年を記念した年だった。次の年、一九八七年には、I Feel Coke. というコピーが生まれた。これに添えられた日本語は、さわやかテイスティ・コカ・コーラだった。コカ・コーラを飲みましょう、という控え目でおとなしい文言は、三十年近くをへて、さわやかテイスティ・コカ・コーラへと変化した。

コカ・コーラがアメリカで最初に新聞広告に登場したのは、一八八六年五月二十九日の『アトランタ・ジャーナル』だったそうだ。Delicious and Refreshing という、コカ・コーラをいまも形容する言葉は、すでにこのとき使われていた。ドラグストアのカウンターで飲んでも、瓶入りを買っても、コカ・コーラは五セントだった。

一八九〇年代には、言葉数を多く使った、凝った表現のコピーが、しばしばあったという。時代が進むにつれて、コピーは言葉数が少なくなっていった。言葉数が少なくなるとは、ものの言いかたが、より端的になっていく、ということだ。Coca-Cola Revives and Sustains というようなコピーは、時代の境目にあったものではないか、と僕は思う。

雑誌に広告を載せる時代が始まった。四色カラー印刷、という世界だ。最盛期は一九二〇年代だったそうだ。Thirst Knows No Season は一九二二年のものだ。一九二九年から一九五〇年代いっぱい、The Pause That Refreshes のコピーが使用され続けたそうだ。

使用されたすべてのコピーを年代順にならべるのは興味深い作業だろう。いまも忘れられないのは、Things Go Better with Coke の語句だ。つい先日、東京の居酒屋の外壁に貼ったポスターの片隅に、Taste the Feeling というコピーを見た。

Coke, please. というコピーを思い出した。いまから十年以上は前のものだ。このひと言で一杯のコーラが本当に飲めるのか、まずハワイで試してみよう、と酒席の話題となったのだった。

「最低限の会話能力」とはなになのか

外国から働きにくる人たちを日本は受け入れている。二〇二五年度には介護の領域だけでも三十四万人の人材が不足するからだ。ある程度以上の日本語能力を求めている日本政府は、外国の人たちの入国要件として、彼らの日本語能力を試験している。どのような試験なのか、そこで日本語能力はどのように試験されているのか、不合格だったらどうなるのかなど、僕はまったく知らない。日本語による最低限の会話能力というものを日本政府が試験していることだけは知っている。

最低限の会話能力とはどのようなものなのか。仕事で毎日のように顔を合わせる、かなり親しい日本の人に、どこに住んでいるのかを訊くとき、「いまどちらにお住まいですか」と言えば、いまの日常会話の範囲内では、もっとも丁寧な言いかたになるだろう。

最低限の会話能力でおなじことを言おうとすると、「住む、どこ」あるいは「どこ、住む」のようになるのではないか。基本単語ふたつによる、確かに最低限の会話だ。

日本という日本語の現場での学習をとおして、「どこ」が「どこに」と修正されるまでに三カ月かかるだろうか。「住む」が「住んでる」に修正されるまでにおなじく三カ月かかるとすると、現場での三カ月の学習結果として、「どこ、住む」は「どこに住んでる」まで進化する。

「住んでる」のおしまいに「の」をつけると、おだやかな疑問文になることを、おなじ三ヵ月で学ぶなら、「どこ、住む」は三ヵ月後には「どこに住んでるの」となり、ぜんたいの抑揚がある程度まで正しければ、それは早くも、流暢な日本語、と評される。

いつもの自分の日本語が、いともたやすく外国語に転じ得る可能性について、多くの日本人は思いもしない。日本語が苦労して少しずつ学んでいく外国語である状況など、彼らにとっては完全に埒外のことであり、想像してみることすら出来ない。

言葉は自然に覚えるものだと彼らは言うが、言葉ほど不自然なものはなく、それの習得などもはや不自然さのきわみだ。しかしその不自然さのなかに、どこの国の言葉であれ、それぞれの文化を持っている。

さきほど例にあげた「住む」をふたたび例にとるなら、「住む」「住んだ」「住んでみたい」「住んでみました」「住んでるのです」「住んでます」「住んでみる」「住んでたそうだ」「住むところとしては」など、「住む」の変化形とも言うべきものを使った言いかたが、数多くある。どの言いかたも、それこそが必要とされる現場で、ひとつずつ、日本人すべてが学んでいく。その結果、その場にもっともふさわしい言いかたを自動的に選択出来るまでになる。子供から大人に向けて成長していく日々という、成り行きの典型のなかで誰もが、主として周辺にいる大人たちに教えられては、身につけていく。

そのときそこにあるその場にもっともふさわしい言葉とそのつなぎかた、つまり言いかたの問題が重要なのであり、その重要さについてまわるのが、その場にふさわしい抑揚だ。成長していく日々のなかで、ひとつずつ現場に則して覚えていくのだから、言葉は自然に覚えるものだ、と錯覚するのは当然かもしれない。成長していく日々という、これ以上にはどうすることも出来ない、まったくの成り行きのなかで覚えていくとは、どういうことなのか。

すでにそこにある多くの状態のひとつひとつに、いっさいなんの問題もなしにすんなりと順応していくための言葉を、成長の過程のなかで覚えていく、ということだ。

新聞によれば「求められる日本語能力が高すぎる」とベトナム政府関係者は言っているそうだ。日本にいる技能実習生の約半数がベトナムからの人たちだという。フィリピンも、求められている日本語能力に関して、おなじようなことを述べているという。そして日本政府は二〇一九年二月に「介護実習の日本語要件緩和の方針を表明した」（朝日新聞）。日本語は難しい、と日本人自らしばしば言ってもいる。

日本文化の内部にずっと以前からある秩序のひとつひとつを、そのままに維持することに向けて作用する言葉とその言いかたを選ぶ能力は、確かに日本語能力であり、日本で育った日本人ならまず全員が、成長の過程でこれを習得する。

その日本語を、外国語として、外部から学ぶ人たちにとって、日本内部における成長の過程など、あり得ない。二十年ほどの期間に次々に目の前にあらわれる現場のひとつひとつを彼らに教えることなど、とうてい無理だ。「日本語要件緩和の方針」とは、何なのか。どこがどのように緩和されると、外国の人たちの会話力は高まるのか。

彼らのその後の人生は

真夏の平日、夕方のまだ明るい時間、魚の店に入った僕は、まず刺し身の盛り合わせを注文した。素晴らしい盛り合わせがやがて届いた。醤油の小皿に箸の先で山葵を溶かしていたとき、なんの脈絡もなくふと思ったのは、かつて多くの人々に受けとめられ歌われた歌謡曲のうち、題名にブルースのひと言がある歌の、主人公たちのその後の身の上についてだった。

彼らは健在なのか。いまどこで、なにをしているのか。歌のなかの架空の人たちではあるけれど、気になった。刺し身の盛り合わせを食べていくつれづれに、かつて巷で聞いたブルース歌謡曲の数々を、僕は思い出していった。

雨のブルース。熱海ブルース。赤と黒のブルース。別れのブルース。夜霧のブルース。柳ケ瀬ブルース。中の島ブルース。長崎ブルース。新宿ブルース。池袋ブルース。上海ブルース。札幌ブルース。銀座ブルース。伊勢佐木町ブルース。たくさんあった。

自宅に帰ってから、ブルース歌謡曲のシングル盤を取り出してみた。プレーヤーの左右に小さなアクティヴ・スピーカーがある。再生音が部屋いっぱいに広がったりはせず、椅子にすわった僕の目の前に、ブルース歌謡が浮かぶ。

思案橋ブルースは一九六八年のヒットだ。自分のことを俺と呼ぶ主人公が三十五歳だったとするなら、それから五十一年後のいまでは八十六歳だ。独居の孤老かそれともすでに界を異にしたか。

彼は彼女にふられたようだ。いつまでも気ままではいられない、ちゃんとした生活をしなくては、と彼女に諭されたが、彼にそんなことはできなかった。折しも長崎には冷たい雨が降っていて、その雨に打たれてふたりの心は流れてしまったという。

『東京ブルース』は一九六四年のものだ。主人公は女性だ。二十五歳だったとして、いまは八十歳だ。幸せになったとは思えない。せめて元気なら。二十五歳だった彼女は男に騙されて泣いた。その男との関係は恋だった。自分が泣いているいま、その恋は終わった、と彼女は歌う。

彼女を騙した、とはどういうことなのか。いずれきみとはいっしょになるからと言い、高い契約金で彼女をナイトクラブのような店に入れ、彼はその契約金を持って姿をくらましたのか。こんな男と恋が成立したと、少なくともいっときは、心の底から、彼女は思った。そこにそもそもの問題があると僕は思うのだが。

『男のブルース』、という歌があった。発表年は記載されておらず、不明だ。ネオン街でホステスにふられた男の一人称で歌われている。今夜は飲むんだ、と彼は言っている。ふられたから、その腹いせに、気晴らしに、酒を飲むのだ。飲めばつらさを忘れる、と彼は言う。その彼のどこかうしろのほうから、ジャズが聞こえてくるのだそうだ。彼をふったホステスは、その限りにおいては、正しかった。

『女のブルース』、という歌もある。一九七〇年に藤圭子が歌った。彼女の歌を当時聞いた人はたくさんいたとして、いまもその人たちが健在かどうかとなると、心もとない。

ここは東京のネオン街だ、と彼女は歌っている。そのネオンの街では、なにもかもが嘘でしかないから、そうした数多い嘘にいっさい頼ることなく、自分はひとりで生きていく、と彼女は歌う。男のブルースでは、ふられた男が酒を飲んでいるだけだが、女のブルースになると、私はひとりで生きていく、と主人公の彼女が宣言する。

ネオン街、という言葉をいつのまにか、聞かなくなった。使う人がいないからだ。僕は以前から使わなかった。文字で書くのはいまが初めてだ。男と酒とホステスの店がたくさん集まった一角、というような意味だ。そのような場所が、街のどこにもすでにない。ネオン街の廃墟、というものもない。とっくに再開発されて別の街になっている。

島におけるブルース事情はどのようだったか。一九六三年、三沢あけみ、和田弘とマヒナスターズで、『島のブルース』という歌を聴いてみたら、次のようだった。

蘇鉄。サネン花。長い黒髪。浜千鳥。南風。月の夜。夏の踊り。名瀬の港。大島紬。島の情緒は取り揃えてある。こうした南の島の情緒に囲まれて、この歌の主人公が美しく存在している。

彼女は島の娘だ。まだ二十歳前、という設定なのではないか。彼女には、忘れられないあの人、というものがいる。忘れられないとは、好きである、ということだと思っていい。好きだからしたがって、忘れられないあの人、となる。島の人ではないような気がする。東京の男だ。大島紬を着せてみたい、などと彼女は言う。忘れられないあの人の存在じたいが、彼女にとってのブルースであり、この歌ぜんたいでもある。

「インイチガイチ」の衝撃を受けとめる

小学校の教室で先生が子供たちに言ったことのうち、いくつかはいまでも覚えている。教室で先生が言うことのなかには、子供にとっては忘れがたいものがあるのではないか。小学生の頃の僕はごくたまにしか学校へ行かなかった。たまに行く教室では、そこで学ぶすべてのことが、印象深かった、とも考えられる。

三十代なかばの男の先生が、黒板に白いチョークで、新憲法発布、と書いたあの真面目そうな字は、忘れられない。新憲法の公布は一九四六年の十一月だ。僕が記憶しているのは梅雨の頃だから、次の年の六月ではなかったか。

新憲法発布、と先生はまず書き、ひとくさり語ったあと、デモクラシー、と片仮名でその左に書き、さらに語った。デモクラシーとは誰でも異議をとなえることの出来る制度だと彼は説明し、その説明の念押しとして、デモシカシー、とさらに左に書いた。発布された新憲法はデモクラシーであり、それは異議をとなえるデモシカシーである、という説だったようだ。

九九の表を初めて見たときも衝撃を受けた。大きな紙が長い筒のように巻いてあるものを級長のような人が持って来て、黒板の上にある木枠のまんなかの釘に紐をかけると、巻いてある紙は自重で下へ垂れ、九九の表があらわになるのだった。

いちばん上に左から一、二、三と十まで数字があり、いちばん左にも上からおなじく、一、二、三、と数字があって十で終わっていた。上の数字と左の数字を任意に選んで掛け合わせると、数字の列と行が交差するところに正解がある、というしかけだった。

まず最初の、一掛ける一は一、という部分が音声では、「インイチガイチ」となるのを知ったときの、小学校一年生の僕の驚きはすさまじかった。最初の一が「イン」であり、次の一が掛けることの「イチ」であり、等記号は「ガ」で、答えの一は「イチ」なのだ。「インニガニ」「インサンガサン」と続いていき、九は「ク」となって「インクガク」であり、おしまいは「インジュウガジュウ」だった。

これはかなわない、とうてい駄目だ、と僕は思った。とうてい駄目とは、ノートブックに自分で九九の表を作り、細かく覚えていくほかない、という意味だ。だから僕はそのとおりにした。表を作ることじたいは簡単だった。

六から先は、小さな数字から先に言ったほうが言いやすい、というようなことは、日本語の秘密に触れていると僕は思う。八の列では「ニハチジュウロク」が「サンパニジュウシ」になり、四から七までの八は「ハ」で、八掛ける八は六十四では、「ハッパロクジュウシ」となる。最初の八は「ハッ」で、続く八は「パ」へと変化するではないか。掛け算であることは当然だから、そのことをあらわす言葉は省略される。

低学年の受け持ちの先生は中年の女性だった。「ニシムクサムライショウノツキ」というのを彼女から学んだ。三十日あるいはそれ以下の日数しかない月のことだ。「サムライ」とは、十一月を縦に書いたとき、士つまり「サムライ」と読める、ということだ。「ツメニツメナシ、ウリニツメアリ』と教えてくれたのも彼女ではなかったか。瓜と爪というよく似たふたつの漢字の、正しい書きかたを彼女が教えたのは、書き取りの時間ではなかったか。漢字は見れば意味が推測出来る。それを超えて、正しく書く能力を子供たちに育成することによって、識字能力の高さが実現する。

習字、という時間があった。子供たちの誰もが硯と墨、筆、半紙などを持参していた。硯に水を入れ、墨をすって黒い水を作り、それを筆にふくませて、半紙に文字を書く。僕は小学校六年生になっても、すこやか、と平仮名を書いていた。漢字を書かなくてはいけない状況のときには、平和日本、と書くのが常だった。簡単に書けるからだ。熱心な子供たちは、質実剛健、などと書いていたのだが。

本格的な書道用品一式、というものが事務用品のカタログに掲載されていた。筆が二種類に半紙、そして墨滴だ。墨滴は一八〇ミリリットルがプラスティックの容器に入っている。横口タイプで液垂れがほとんどないそうだ。硯と墨は消えた。墨を硯でする作業は書道の基本ではなかったか。墨滴を筆にふくませるためには、墨滴を少しだけ出す、浅い小さな皿のようなものが必要だろう、と僕は思う。本格的名書道用品一式のなかに、これはなかった。硯でおこなうことなのだが、その硯はもうない。

チャーリー・ブラウンは直球の投手だ

もう何年にもわたって『PEANUTS』の日めくりカレンダーを使っている。土曜日と日曜日は共通の一ページだが、それ以外の日は、すべて一日が一ページであり、その一ページには平均して四コマのコミックスがカラーで印刷してある。主人公はチャーリー・ブラウンだ。

作者のチャールズ・M・シュルツが五十年ほど続けて描いた『PEANUTS』コミックスのなかから、任意の一年を選んではそれをその年の日めくりとしているのだ、と僕は理解していたが、まったく違う可能性もある。そっくりに描く人たちが何人もいて、ストーリーを作る人たちとチームを組み、新作を次々に生み出しているなかでの、日めくりカレンダーなのだ、という可能性だ。最後のコマにはシュルツのサインがあるが、サインはどんな意味にもなり得る。この小さな謎は、謎のままにしてある。

一九五〇年十月二日から『PEANUTS』の連載が始まった。チャーリー・ブラウンは四歳だったそうだ。ルーシーもシュローダーもすでにいる。ライナスはベイビー・ライナスと呼ばれていた。東京で購入することの出来る英字新聞でも連載が始まったその日から、切り抜いてスクラップ・ブックに貼る、ということを僕はおこなった。

チャーリー・ブラウンは野球のチームを作っていて、彼が監督であり投手でもある。負けるので知られているチームだ。二〇一八年六月十五日のカレンダーには、最初のコマでチャーリー・ブラウンが盛大に三振し、Strike three! の声がその三振を決定づける。投手はペパーミント・パティだ。サマー・キャンプに来ていて、そこでチームを編成して対戦している。「三振を取ってごめんね。打たせてヒーローにしてあげてもよかったのだけど、あなたはヒーローになったりするのは好みじゃないだろうと思ったのよ」とパティは言う。打たせてくれればよかったのに、とチャーリー・ブラウンの表情は言っている。

十一月二日も主題は彼らの野球だ。今年の負け試合の多さを思うと気分が悪くなるよ、と言うチャーリー・ブラウンにライナスが言う。Winning isn't everything.「勝てばいいというものでもないよ」というわけだ。チャーリー・ブラウンは次のように返す。That's true. But losing isn't anything.「たしかにそうだけど、負けていいというものでもないんだよ」。ライナスの台詞にあるeverythingという言葉に、チャーリー・ブラウンの台詞のなかで、anythingという言葉を対比させて、作者は遊んでいる。

二〇一九年の三月十六日はセント・パトリックス・ディだという。この日も主題は野球だった。投手を務めているスージーにチャーリー・ブラウンがTry to keep the ball low. と言っている。低く投げろ、という意味だ。低く集める、と日本語では言われている。Keep the ball low. は「低く集めろ」であり、チャーリー・ブラウンのように、Try to keep the ball low. と言えば「低く集めろよ」になるだろうか。英語での Try to は日本語では「よ」になる。

野球の試合で相手チームを、「こてんぱんにやっつける」と日本語で言う。英語だと、こてんぱん、だけではすまない。ペパーミント・パティのチームとチャーリー・ブラウンのチームが十二試合の対戦をするにあたって、チャーリー・ブラウンのチームのやっつけかたを、まず六とおり考えた。次のように。Slaughter you.（完膚なきまでにやっつける。）Smash you.（メチャクチャにしてやる。）Ruin you.（破滅に追い込む。）Murder you.（亡き者にしてやる。）Annihilate you.（全滅させる。）Pound you.（ボコボコにしてやる。）

二〇一八年三月十六日、シーズン最初の試合で投手のチャーリー・ブラウンは第一球を投じ、ホームランを打たれる。このとき彼は、あの名台詞である、Good grief!（やれやれ！）のひと言を口にする。これしかないだろう、と彼を知る誰もが思う。僕もそう思った。Good gracious! や Good heavens! などいろいろあるけれど、Good grief! とはよく考えたものだ、とこれを見るたびに僕は感心する。

おなじ年の七月二十一日にも野球の試合がある。投手はチャーリー・ブラウンで、その第一球を相手チームの第一打者は痛烈に打つ。チャーリー・ブラウンを強烈にかすめ、彼はマウンドの上で逆さにひっくり返る。走り寄った捕手がDon't let it bother you. と言う。「気にするなよ」だろうか。逆さまになったままチャーリー・ブラウンはこのひと言を受けとめる。

二〇二〇年の『PEANUTS』日めくりカレンダーを手に入れた。野球のページをすべて読んでしまおう。

日本語にとって「三」とはなにか

三のつく言葉が日本語にはじつに多い。冒頭に三のつく言葉を国語辞典から書き写すだけで、二百は超えるだろう。三位一体。三振。三周忌。三段論法。三人三様。などの言葉だ。どこか途中に三の隠れている言葉もある。仏の顔も三度。盗っ人にも三分の理。二度あることは三度ある。

日本語にとって三とはなにか。神聖な意味でもあるのかと思ったが、そうでもない。広辞苑には「数の名。みつ。みっつ」とあるだけだし、新明解国語辞典第六版には「二の次の数」とあるだけだ。

これがここにこうある、という具体的なありかたがひとつだったら、それは一という数字になる。おなじ一をもうひとつ加えると二になる。その二におなじ一をもうひとつ加えると三になる。三とは、たびたび、たくさん、広い、ぜんたいの、というような意味でもある。再三再四、という言いかたの意味は、一度や二度ではなく何度も、ということなのだから。三とは、この世にあの世も加えた、世界ぜんたいなのだ。

三千世界と言えば広い世界のことだ。三千大千世界というものもある。小さな世界を千倍し、さらに千倍、それをさらに千倍した、たいそう広い世界だ。天地人。松竹梅。上中下。甲乙丙。

優良可。この世はすべて三とおりなのか。人々が営む日常生活のあれやこれやに、三のつく言葉はあてはめやすい。あてはめやすければ、受けとめやすくもあるはずだ。

三という存在を日本語はきわめて具体的にとらえた。三つある、という具体的な現象がまず世のなかにできて、それに名を与えると、三なんとかになった。たとえば三男は、三番目に生まれた男の子供だ。また男か、と人々は言い、その子供に三男という呼称をあたえた。

三のつく言葉をあてはめるとたちまち人々の理解を得られた、という種類の言葉だから、三のつく言葉はどれもみな、俗世間そのものだ。ひとつひとつ眺めていると、俗世間ここにあり、と思わず叫びたくなる。そのような言葉の数々をぜひとも賞味しよう。

三三九度。三角関係。三角測量。妊娠三カ月。だんご三兄弟。三つ子の魂百まで。三度の飯より好き。三度目の正直。肉弾三勇士。三冠王。七五三。二人三脚。三文小説。三人寄れば文殊の知恵。三文役者。

三一致、というのを知っているだろうか。西洋の古典劇における、時、場所、筋の三つの要素が整合していることだ。三愛は？　琴、酒、詩の三つを愛してやまないのが、三愛だ。三悪はどうだろうか。三悪道の略だそうで、地獄道、餓鬼道、畜生道の三つだ。三国はどうか。インド、中国、日本の三つのことで、大昔の日本人にとって、世界とはこの三つだったという。三国一の花婿、という言葉もある。

三景。これは江戸時代から言われているとおり、松島、天の橋立、厳島、の三つだ。三兄は、長兄、次兄に次ぐ、三番目の兄のことだ。三兄以下の人たちからの視線により生まれた言葉だ。

三思は、繰り返しよく考えることだという。三傑は三人のすぐれた人だ。これは広い意味であり、狭くは中国の古典までさかのぼる。三献。これは酒を三回ずつ注いで九回飲ませることだそうだ。三才。これは天、地、人の三つを意味する。三五。さんご、と読む。三五夜とも言う。陰暦八月十五日の夜のことだ。まだたくさんある。三助はもう知られてはいないか。銭湯で客の体を洗う男、と国語辞典は説明している。銭湯とは、何でしょうか、という質問は十分にあり得る。初見で、せんとう、とは読めない可能性も高い。三寸。これは、短いことのたとえだそうだ。

二文字ではなく、四文字にしてみようか。三権分立のような。三三五五。さんさんごご、と読む。知らない人はすでに多いだろう。僕はこれまで一度も使ったことがない。文字で書くのはこれが初めてだ。三次製品。三次産業。三十三所。これは観世音を安置した三十三の霊場のことだ。三十二相。国語辞典によれば、釈迦がそなえていたという三十二種のすぐれた顔かたち、ということだ。三十六計。昔の兵法には三十六の計略があったという。三十六計逃げるにしかず、と使うという。ここはとにかく逃げたほうがいい、という意味だろう。

万歳三唱。三蔵法師。三代相恩。祖父から三代続けておなじ人に仕えること。新明解国語辞典にはそのように解説してある。僕は知らなかった。三頭政治。三種類の頭が集まって政治をすること、という新解釈はあり得る。三種類の頭とは、なにか。三拝九拝は何度もおじぎをすることだそうだ。六三三制。大和三山。三泊四日。三分停車。三流新聞。三面六臂。三文文士。たくさんある。楽しい。もっと続けたい。三文字はさらに面白い。

国際都市で天麩羅定食を食べる

成田空港は一九七八年五月に開港した。成田はこれから国際都市になるのだ、とメディアは盛んに報じた。二年後の一九八〇年、五月の曇った日、国際都市をひと目見ようと、東京駅から電車に乗って僕は成田へ向かった。

成田を僕は、知らないわけではない、という程度には知っていた。参道の町だ。豆まきで広く知られた寺がある。久しぶりの成田は僕が知っていた成田とまったくおなじだった。なんら変わっていない、日本のどこにでもある門前町だ。

国際都市にはなっていないように思える成田を僕はひとりで歩いた。外国の人がたくさん歩いていて、さまざまな国の言葉が飛び交う町を、僕は本気で期待していた。

昼食の時間となった。坂道の途中に、天麩羅を中心にポピュラーな和食を提供する、大きな店があった。ウインドウの料理サンプルを僕は眺めた。

天麩羅定食は天麩羅、ご飯、味噌汁、漬物、天つゆ、大根おろしの六点で、サンプルの前に立っているカードには天麩羅定食とだけあり、その下に値段の数字があり、さらにその下に、明らかに間に合わせで打ったタイプライターの英文字があるのを、僕の目はとらえた。The Tempura Set とその英文字は言っていた。

天麩羅定食がThe Tempura Setとなることが、日本のあるひとつの町が国際化するかしないかの尺度なのだ、と思って僕は、その思いに十分に納得した。定冠詞のTheはそれから長いこと謎だったが、名代、と解釈すればいいのだ、ということに気づいた。

Setは他動詞の過去分詞だ。あらかじめ定められた、指定の型にはまった、というような意味だ。辞書の用例のひとつに、a set mealがあげてあり、定食、と訳がつけてある。セットという片仮名語は日本語になって久しい。

さきほどの天麩羅定食のように、ひとまとめに定食として注文すればそれはセットであり、注文するほうも受けるほうも手間が省けるし、単品ごとに注文するよりは、数十円安くなる、というただそれだけのことだが、僕のようにセットという日本語を知らなかった過去を持っていると、その過去のなかには、知らないがゆえの不可思議さが、いまでも残っている。「セットのご注文ですか」という若いウエイトレスの言葉の意味がわからなかった。「そちらはセットになってますけど」という言いかたも、意味は不明だった。セット販売、セット料金、セット価格、というような言葉を、どこかで聞いて知ってはいたけれど、正確な意味は知らなかった。

ひと月に一度は行く洋食の店のメニューに、ご飯セット、というものが掲載されている。ご飯、味噌汁、漬物、の三点だ。この三つがひとまとめになっているから、これをまず注文したのち、たとえば海老フライを注文すれば、たちまち海老フライ定食として、楽しい夕食となる。このひとまとめにされた三点を表現する日本語がどこにもないのは、驚くべきことだ。その店のメニューにあるとおり、ご飯セット、としか言いようがない。

またほかの店では、ご飯茶碗によそってあれば、それはご飯であり、皿に平たく盛りつけてあるなら、それはライスだ、と区別されている。どちらも二百五十円であり珈琲は三百八十円だ。しかしご飯あるいはライスに珈琲をセットで注文すると五百円だ。単品ごとの注文にくらべると百三十円安い。なおこの店ではセットのほかにコースがある。スープ、サラダ、珈琲、そしてライスまたはパンの四種類が、コースとしてあらかじめそうなっているのだから、セットとおなじだ。セットとコースとは、日本語では、ときとして同義語になる。

日本におけるセットのもうひとつの標準は、ケーキ・セットだろう。珈琲あるいは紅茶にケーキ。これがひとつのセットになっている。ケーキが一種類だけで選べなくとも、珈琲あるいは紅茶は、好みのほうを選べる。何種類かのケーキが用意されていて、そこからいま食べたいものを選ぶことは、店によっては可能だ。しかしそこでも珈琲あるいは紅茶はケーキとひとまとめになっていて、そのひとまとめに対して値段がつけてある。

セットという片仮名日本語は広くいきわたっている。飲食の場合、特にそうだ。あらかじめひとまとめになっているものを買えば、手間はかからない。なにか飲むものを添えたい、という人は日本に多い。そういう人たちにもセットの門戸は開かれている。セットで購入する体験を人々は豊富に持っている。セットとはどういうことなのか、彼らはすでに知っている。その知識がセットという簡単な言葉を、必要に応じて、さまざまに補っている。

六十八年ぶりの日本と日本語

ナオミ・ヒラハラという名前には見覚えがあった。カリフォルニアに住んでいる日系の作家だ。『ヒロシマ・ボーイ』という題名には惹かれるものが強くあった。だから僕は彼女の二〇一八年のこの作品をペイパーバックで手に入れ、読んでみた。

マス・アライというカリフォルニアに住む日系のガーデナー（庭師）を主人公にしたミステリー・シリーズの七作目であり、マス・アライのシリーズはこれが最後だということを、ペイパーバックを手に入れてから僕は知った。マス・アライは二〇一八年で八十六歳だという。マスはマサオをアメリカ的に短縮したものだ。マサオよりもマスのほうが言いやすいのだろう。アライさんはカリフォルニアで生まれた。両親がアメリカへ移住していたからだ。三歳のときに広島へ移ったそうだ。アメリカで生まれてアメリカ国籍の人となり、その状態で広島へ移った彼のような人たちを、当時の日本人はひとまとめにして、帰米、と呼んでいた。五歳で物心がついたとして、一九三七年、日中戦争が始まった年だ。

十八歳のときアライさんはカリフォルニアに戻った。一九五〇年だ。戦前、戦中、そして戦後の日本を体験し、戦後のアメリカを一九五〇年から十八歳で生きることになった。広島では原子爆弾を体験した。アライさんは三人の子供のまんなかだそうだ。広島は両親の、あるいは両親どちらかの、出身地ではないか。

アメリカと戦争を始めた日本で、幼いアライさんはアメリカ国籍の人であり、日本にとっては敵国人だった。三歳で帰米となったとき、両親が出生届を提出していれば、日本国籍の人でもあり得たのだが、出生届を提出するのを親は忘れていたという。このことを幼いながら自分はずいぶん嘆いた、とアライさんは述懐している。

十八歳でカリフォルニアに戻ったときのことについては、ごくわずかに記述があるだけだ。広島からサンフランシスコへ戻り、ワトソンヴィルの苺畑で働き、白人家庭のハウスボーイとして、小さな使用人部屋に住んだこともある、というような記述だ。

オルタディーナでガーデナーをしているアライさんは、六十八年ぶりの広島へ来る。幼い頃から親しい友人として過ごし、ともに原爆を体験し、戦後のカリフォルニアでもつきあいの続いた親友、ハルオが死亡した。火葬した灰を半分はロサンジェルスに残し、あとの半分はそれを強く望んでいるハルオの姉のもとに届ける、という用事のためにマス・アライは広島へ来る。関西空港に到着し、そこから新幹線で広島駅へ行き、フェリーに乗るためにタクシーで宇品まで。みどりの窓口へ行ってください、と広島駅で言われ、グリーン・ウィンドーとはいったいなんだ、と困惑する場面は面白い。

ニノシマという実在する島が、イノシマという架空の島になっている。場所その他、すべてニノシマに準じている。宇品からアライさんはこのイノシマへ渡る。ハルオの姉はこの島で介護施設に入居している。アライさんがほとんど当事者として殺人事件に巻き込まれるのは、このイノシマの船着場だ。

日本語の単語ないしはごく短い文章が、イタリックスの英語表記で、いくつか文中に出てくる。イタリックスの英語表記を片仮名にして列挙してみよう。オジャマシマス。ソウカ。シマッタ。シカタガナイ。ダイジョウブ？　イレイ。オヤコドンブリ。ソヤネ。オオゴト。ヨゴレ。チチ。チビ。ザンネン。シブイ。

日本語のすぐあとに英語でその意味が簡単に説明してある。どれがどれだか、説明するまでもないだろう。Pardon me for disturbing you. I understand. Darn it. シカタガナイというひと言は、文脈によって異なる意味合いが三とおり挙げてあった。That was the least of his worries. You can't worry about that. Nothing can be done about it.

ヨゴレは久しぶりに接した。英文字で表記されたのを見るのはこれが初めてだ。いつも街頭をうろついている服も体も明らかに汚れた子供、という意味で僕は知っている。チチというのもあった。乳房のことだ。Chichis と複数になっていた様子には、感銘のようなものを僕は受けた。

シブイの説明は二とおりあった。そのうちのひとつは、The love for negative space. というものだった。なにもない空間を好むこと、と日本語にしてみた。なにか具体的なものがある空間を、ポジティヴ・スペース、と表現すればいいのだろうか。

アライさんが三十代なかばだった頃、両親の奨める日本女性チズコと結婚するために広島へ来る。そして彼女を連れてカリフォルニアへ戻る。

深い意味はない、しかし俗世間はよく見える

一、つまり「いち」について広辞苑は「自然数の最初の数」と説明している。一に一を加えると二になる、二に一を加えると三になるというように、一を加えることによって出来ていく正の整数の、いちばん最初の数、としか言いようのない数が、一だ。

この「一」のつく言葉が日本語には多い。「幾つかのなかの一つ」「同一」「最もすぐれた」など、いくつかの意味がある。読みかたも、「いち」「ひとつ」「ひと」「いっ」など、変化する。

自然数の最初の数なのだから、なにか深い意味でもあるのかと思ったが、そんなものはないようだ。論理も脈絡もない。いきあたりばったり、手当たり次第に、世間のあれやこれやに合わせて言葉を作るとこうなる、ということの見本のようだ。

だから「一」のつく言葉をたどっていくと、日本の像が少しずつ浮かんできて楽しい。自然数の最初の数だけあって、誰にでもわかりやすく端的で、含蓄がありそうに見えて複雑な意味合いはなく、したがってきわめて使いやすいし、使われたほうは受けとめやすい。「いち」と読む言葉を日本語のなかから拾い出してみた。もちろん、ルールにもとづく秩序なしで、思いつくままに。

一姫二太郎。一富士二鷹三茄子。一から出直す。一円硬貨。一次試験。一撃をくらわす。一

に看病二に薬。一も二もなく。一億総懺悔。一億総白痴。一を聞いて十を知る。一を以て万を知る。一か八か。一事が万事。一概には言えない。一目散に逃げる。一抹の不安。一両日中に。一途な思い。一網打尽。一番星。一番乗り。一路邁進。一、二の、三。一六銀行。一連の。一縷の望み。一目置く。一国一城の主。一言居士。一人称。一夜明ければ。一夜にして。一族郎党。

どうだろうか。これが日本の世間というものだ。世間は俗世間と言ってもいい。世のなか。現世。社会という言いかたもあり得る。「いち」ではなく「いっ」と読む「一」のある言葉を探すことにしよう。

一介の。一着。一等賞。一騎当千。一気に。一計を案じる。一家の大黒柱。一歩も進まない。一世一代。一球入魂。一心不乱。一心同体。一糸乱れず。一糸まとわぬ。一銭にもならない。一石を投ずる。一発必中。一本勝負。一本刀土俵入。一杯やりましょう。一朝一夕には。一挙両得。一石二鳥。一定した。

「一」を「いっ」と読む言葉の代表は、一生、ではないか。一生、のつく言葉をついでに見つけてみた。一生のお願い。一生ついてまわる。一生くやむ。一生に一度のことだから。一生恨んでやる。一生を棒に振る。一生かけて償います。「一」を「いち」と読んだり「いっ」と読んだり、さまざまだけれど、冒頭ではなくどこかうしろのほうにある言葉も、曲者だと僕は思う。

通り一遍。腹に一物。ちょっと一杯。かけつけ一杯。千里の道も一歩から。百円均一。全国統一。軌を一にする。三者択一。関東一円。真実一路。それも一案だ。

「一」を「ひと」と読む言葉も、おろそかには出来ない。一幕物。なにを隠そう、これをごく最近まで、いちまくもの、と僕は読んでいた。一目惚れ。一仕事したあと。その一言を待っていた。一つ一つ、という言葉も、「一」を「ひと」と読む例に加えていいのではないか。一粒種、という言葉を忘れるところだった。

一人一人、と書いて、ひとりひとり、と読む。ここでは、ひとり、と表記することにして、ひとり、のつく言葉を集めてみた。これもまた、日本の世間の縮図のようになった。

ひとり舞台。ひとり芝居。ひとり娘。ひとり息子。ひとり立ち。ひとりよがり。ひとり旅。ひとり暮らし。ひとり住まい。ひとり寝。

「ひと」のつく言葉を国語辞典で追ってみた。もちろんこの場合、「ひと」は「一」と書く。

ひと足違い。ひと足早く。ひと味違う。ひと汗かく。ひと足お先に失礼します。ひと雨ごとに。ひと荒れした。ひと泡ふかせた。これでひと安心。あとひと息だ。ひと息入れよう。ひと打ちにする。いっそひと思いに。ひと塊。ひと構え。ひと皮むける。今日はまたひときわお美しい。ひと区切りつける。ひとくさり語る。ひと癖もふた癖もある。ひとくち話。ひと口乗る。ひと工夫した形跡。ひと苦労もふた苦労もした。ひと声かけてくれれば。あいつはいつもひとこと多い。ひと駒。ひと頃。ひと塩、という言葉を知っているだろうか。一塩、と書く。保存や味つけとして魚や野菜にごく少量の塩を振ることだ。ひと塩振っておけば、というような言いかたを、子供の頃に身辺の大人たちが言うのを、聞いたことがあるような気がする。

ひと夏の恋という言葉は大人になって間もなく何度も見た。享楽的消費としての恋がまず夏と結びつけられた例だったか。

読んでみた。面白かった

『コーヒーとボク』(相原民人、双葉社、二〇一九)という本が友人から送られてきた。なにかに使えるでしょうか、と友人は一筆を添えていた。英語の題名もついていて、それはCoffee & Meという。

二〇一四年に東京の吉祥寺でライトアップコーヒーという店を相原さんは開き、二〇一六年には京都に、そして二〇一七年には東京の下北沢に店を持った。京都の店は出町柳にある。河原町今出川という交差点の東側のすぐ北だ。読んでみた。面白かった。一四四ページから一四七ページにかけて描いてあるエピソードを、ぜひとも紹介しておきたい。

京都に店を出してまもなく、おそらく中年の男だろうと僕が思うひとり客が、店へ来た。ダークスーツに僕が子供の頃にはソフト帽と呼ばれた帽子をかぶっている。「フツウのブレンドをちょうだい」とその男性は注文する。この言葉からして、ある程度以上の、年齢を感じるではないか。

店の青年は答える。「申し訳ありません、当店ブレンドのご用意がなく、こちらのリストのなかから……」、男の客はそれに対して、「あー、いいから、苦いやつちょうだい」と言う。店の青年の反応は次のようだ。「全体的には浅煎りなので苦いという感じではないのですが……。

こちらのコスタリカなど、甘味はコクがあってオススメ……」

「あー、もうええ」と客は言い、席を立つ。「帰るわ」というひと言を残して、彼は店を出ていく。そのうしろ姿に、「も、申し訳ありません」と青年は言う。

店には同僚がひとりいた。その同僚が、「ホットとかブレンドでコーヒーが出てこないことがストレスなんですよ」と解説した。

喫茶店に入ってコーヒーを飲みたければ、店に入って席につき、「コーヒー」とひと言だけウエイトレスに告げれば、やがて彼女が一杯のコーヒーをテーブルに置いてくれた時代が、五十年ほどまえの日本には確実にあった。戦後からずっとそうだった日本の頂点が、五十年ほど前だ。

出町柳のライトアップにあらわれた男性客は、その時代に青年としての感受性を築いた。したがって、喫茶店に入って席につけば、コーヒーちょうだい、のひと言なのだ。店の青年が言っているとおり、コーヒーの代わりにブレンドと言ってもいい。

ブレンド以前にアメリカンというのがあった。「アメリカンになさいますか」とウェイトレスに念をおされることが多かったのは、ブレンド以前のことだ。コーヒーはただ薄いのより、重さを感じるほどの苦みを、日本人は求めた。それ以来のブレンドだ。

メニューのいちばん上にブレンドとある店はいまも多い。ブレンドとは、何種類かのコーヒー豆を配合して抽出したコーヒーを意味する、片仮名日本語だ。このブレンドが、どこで生産されたどのようなコーヒー豆をどう配合して作ったものなのか、明記したメニューないしはリストを、僕はこれまで一度も見ていない。「ブレンドなさったコーヒー豆の生産国名を教え

読んでみた。面白かった

ていただけますか」と訊く客は、いまだにひとりもいないのだろう。

『コーヒーとボク』で知ったもうひとつのことは、ロンドンのコーヒー店が壁にかかげたメニュー・ボードに、V60、というのがある事実だ。V60とはハリオのドリッパーのことで、それを使ったコーヒー、という意味だ。

コーヒーを飲む時間は自分の時間だ。自分が飲むコーヒーについてよく知り、そのコーヒーを好いているなら、自分の時間は充実する。誰もがごく当然のこととしてこれを心がけるなら、充実した自分の時間というものを多くの人が持つことをとおして、充実した個人の時間が社会ぜんたいにとっての共通のプラットフォームになり、そのとおりに機能する。そして日本にはこれがまだない。

喫茶店がコーヒーを供することに関して、もっとも大事なことがふたつある。ひとつは、コーヒー豆の生産者との、直接のつながりだ。生産者をよく知ることをとおして、コーヒーに関する自分の体験的な知識が蓄積され、そこから自分のコーヒーが生まれる。

もうひとつは、そうやって手に入れたコーヒー豆を、どんな人がなにを考え、どのように焙煎したか、という問題だ。コーヒー豆は自然が作るものだ。今年はこう出来た、という豆から最大限の可能性を引き出すのが、焙煎だ。

一杯のコーヒーを飲む人には、じつは大きな責任のようなものがある。コーヒーの栽培は大変な労働だ。収穫してからも半端ではない量の労働が連続する。辛く厳しい労働に対する個人の責任は、楽しんだ一杯のコーヒーを、個人的な出来事に閉じ込めないことだ。

クヨクヨ、イキイキ、オイオイ、グッタリ

熱熱。冷え冷え。そこそこ。まあまあ。ごしごし。どくどく。というような言葉が僕は好きだ。好きだから気になる。自分で使うことはまずない。もっとも日本語らしいのはこのような言葉だ、と思っているのではないか。

ふた文字による音を二度繰り返すこのような言葉を、なんと呼ぶのだろうか。術語はかならずあるはずだ。同音反復語、というのを考えたのだが、どうやらそうは言わないようだ。

たとえば熱熱だが、意味はふたとおりある。食べ物に関して使われるときの熱熱は、その食べ物が単に熱いだけではなく、熱い状態が総体的においしさの土台となっていて、そのおいしい熱さを前にして、全員がおなじ気持ちで揃う、というような意味が、まずひとつある。

いまひとつの意味は、あのふたりは熱熱だから、という言いかたがあるとおり、男女ふたりの相思相愛の関係が頂点にある、という意味だ。

おなじ音を二度繰り返す言葉のなかから、否定的な意味合いを持ったものを、選んでみた。たくさんある。これらの言葉を日常のなかで、なんの反省もないままに使っている人たちがたくさんいるのかと考えると、恐ろしい。片仮名で書いたほうが視覚的に面白いので、片仮名で書く。

ヨボヨボ。ヨレヨレ。ヨイヨイ。ヨタヨタ。ヨチヨチ。ヨロヨロ。ヨワヨワしい、という言

いかたもある。ヨ、という音が最初にあるのが、なんとも言いがたい。なんらかの理由で体の自由がきかない状態を言いあらわすとき、まずヨの字が動員される。

シトシト。シクシク。シコシコ。シワシワ。シケシケ。濁音がついていいなら、ジクジクやジメジメは馴染みが深い。

コソコソ。コは濁音がつく場合が多い。ゴソゴソ。ゴチャゴチャ。ゴミゴミ。ゴチョゴチョ。ゴニョゴニョ。ゴホゴホ。ゴロゴロ。クダクダ。クタクタ。クシュンクシュン。クドクド。グズグズ。グダグダ。グラグラ。グチャグチャ。

人の姿かたち、風貌、表情、さらには状態のぜんたいなど、その人の外に出ているもの、つまり目に見えるものを見て判断を下している。その判断は容赦ない。そしてその容赦のなさが、テクテク歩く、オイオイと泣く、ゲホゲホと咳をするといった言葉になるようだ。ガッカリ。ガックリ。ガクン。カックン。グッタリ。おなじ音が繰り返されてはいないが、こういう言葉も仲間だろう。ウッカリ、というのがあるし、ヤッパリ、というのもある。

ガクガク。ノロノロ。スゴスゴ。スケスケ。セカセカ。ヌラヌラ。メソメソ。ズキズキ。ズブズブ。ありかたや状態を言いあらわすこのような言葉が、人々の日常の底に敷きつめられている。日常の底に敷きつめられていれば、やがてこのような言葉そのものが、ありかたや状態を言いあらわすときの、基本的な気持ちとなっていくのではないか。

チマチマ。チクチク。チビチビ。ボタボタ。ボロボロ。ボソボソ。ビリビリ。ビクビク。ブクブク。ブヨブヨ。ブラブラ。ベトベト。ベチャベチャ。

ボタボタ、ベチャベチャなど、日常的に水が豊富にある世界のことかな、という気もする。言葉に水気を感じる。濡れている。湿気がある、と言ってもいいか。現実の身のまわりに、水はほとんど常に、潤沢にある。ビチャビチャという言葉など、水がなければ成立しない。

ベッタリ。ベットリ。ペッタンコ。ペソッ。ペチャクチャ。というような言葉も僕のメモのなかにある。

ベッタリとベットリの、正しい使いわけかたを、説明出来るだろうか。正しい使いわけかたが、そもそもあるのかどうか。

ペチャクチャは、人が喋る様子を言いあらわしている。ペチャペチャと喋る、とは言わない。絶対に言わない、と書きたいところだが、ペチャペチャ喋る人は、かならずいる。

ナアナア、という言葉はよく出来ている。これ一語でじつに多くのことが表現できる。ついでにナが頭につく言葉を探したら、ナクナク、というのがあった。泣く泣く、だ。ナョナヨした。ナレナレしい。ナミナミは、並々ならぬ、あるいは、なみなみと注ぐ、のふたつだ。ナンナンとする、というのもあった。

否定的な意味合いとは離れるが、アトアト、アヘアヘ、アレアレ、アレヨアレヨなど、素晴らしい。

判断そのものがまず単純になっていて、おなじ音を反復することにより、単純さは増幅されている。単純だから使いやすい。そして実際に使うと、してやったり、というような充実感があるのではないか。

お焼き加減はいかがなさいますか

今日は肉を食べたい、と言う友人とステーキの店に入った。友人はサーロインステーキの二百グラム、僕はテンダーロインを注文して、「オヤキカゲンハイカガナサイマスカ」と、若い日本女性のウエイトレスに言われた。なんのことだか、とっさにはわからなかった僕が、いけないのだろうか。

言葉の冒頭に「お」の字をつけて丁寧語にする、という習慣を僕はまったく持たない。「オヤキカゲン」という音声は初めて耳にする日本語だったが、「お」の字を取り払うと、焼き加減でしかない。

よく焼いてください、という僕の言葉に対して、ウェルダンですね、とそのウエイトレスは言った。レア、ミディアム、ウェルダンの三種は、ステーキを焼くときの加減を言いあらわす言葉として、六十年ほど前に日本語となった。ステーキのレアを注文する人は、短気でせっかちだと、日常の性格判断に利用されるほどに、日本語として浸透した。久しく言わず聞かずだったが、ステーキの店では立派に現役であることを僕は知った。

ヨーロッパの男性と結婚してかの地に住み、いまでは出身地の東京で過ごした年月よりもヨーロッパ暮らしのほうが長くなった日本女性が、一年に一度は東京へ来る。そのたびに彼女が力説するのは、買い物をしたときのレジの若い日本女性の言葉がますますわからない、ということだ。最近の一例として、彼女は次のような言葉をあげた。

「当ビル全店共通のスーパードリームポイントアッププレミアムカードをお持ちですか」。彼女は二十代になるお嬢さんと東京へ来て行動をともにする。いちばん最後の「お持ちですか」の部分はふたりともわかった。「カード」というひと言をお嬢さんはとらえた。だからとっさに彼女が、「持っておりません」と答えると、その場はなんの問題もなく解決した。

「トウビルゼンテンキョウツウノ」という日本語がわかりますか、と彼女は言い、わかりません、と僕は答えた。「スーパードリームポイントアッププレミアムカードなんて、つうじません」と彼女は言う。そのとおりだと僕は思う。

　ある日の午後遅く、チェーン店のカフェに入り、エスプレッソのショートをひとつ、注文した。カウンターのなかにいる制服を着た若い日本女性が、「大きなスプーンになってしまうのですが、それでもよろしいでしょうか」と僕に言った。僕の頭は高速回転し、彼女が言っていることの意味を、次のように導き出した。

　エスプレッソのショートは小さなカップで供される。ごく小さなスプーンが一本、添えられる。ただしいまはその小さなスプーンはすべて出払っていて、添えるとしたら大きなスプーンしかないのですが、それでいいでしょうか。以上のような意味だ。この意味を導き出すのに、三十秒はかかったと思う。

「僕はもともとスプーンは使いませんので、大きなスプーンであっても、添える必要はまったくありません」と僕は答えた。気分は完全にエトランゼだった。自分のとっさの日本語がつうじるかどうか、まるでわからなかった。しかしその日本語はつうじた。彼女はうれしそうに微笑し、スプーンのないエスプレッソのショートを、僕に差し出したのだった。

ふたたびある日の午後遅く、いまふうの珈琲と菓子パンの店に入った。一杯の珈琲で三十分ほど過ごしたい、と思ったからだ。珈琲を注文した僕に、若い日本女性のウエイトレスは、僕に次のように言った。ふだんの僕は聞かないような、節まわしのついたような、譜面にするなら明らかに高いところでの、若い女性の声で、彼女は言った。

「お水はセルフサービスとなっております。あちらに置いてございますので、どうかよろしくお願いいたします」

彼女が示したあちらとは、店の奥のほうだった。店の奥に視線を向けた僕は、壁に寄せて腰ほどの高さの棚があり、その棚のいちばん上に、透明なガラスの水差しがひとつ、置いてあるのを見た。そしていま彼女が言ったひと言の意味を、頭のなかでひとつにまとめた。

水を飲みたい人は、あの水差しまでいき、どこかにあるはずのグラスに水を注いで席へ持ち帰り、お好きなように飲んでください。お水はセルフサービスとなっております、と彼女が言うのは、こういう意味なのだ。あちらに置いてございますとか、どうぞよろしくお願いいたしますなどは、すべてセルフサービスのひと言を補完している言葉だ、と僕は考えた。

このときも僕の頭は高速回転をした。ごく日常的な日本語の意味を確定させるためにも、こうして頭脳を限度いっぱいに使う日々が、すでに来ている。

甘からの汁を肴にして

甘から、という言葉には意味がふたつある。ひとつは、菓子などの甘いものと酒の両方が好きな人のことだ。両刀遣い、と呼ばれている。もうひとつは、砂糖、醤油、塩、香辛料など、甘いのとからいのと両方がはっきり感じられる状態に調理したものだ。

僕の知人にこの甘からの典型を朝食に食べる人がいる。ソーセージにトマトやレタスのサラダのあと、外国製の薄い円形の塩味のクラッカーに、フランス製のブルーベリーのジャムを、専用の小さくて平たい匙で薄く塗りつける。紅茶を飲みながらこれを毎朝、三枚は食べて至福の時間を過ごすという。

この対極を日本で探すと、みたらし団子ではないか。そこからさらにフランスに対極を求めると、塩キャラメルになったりする。砂糖と塩。人類のスタンダードだ。これに日本の場合は醤油が加わる。

母親の甘からについて、書いておこう。祇園でさんざん食べてはいたけれど自分ではいっさい作らなかった母親が、カレイのいいのがあるから甘からの煮つけを作る、と言ったときにはかなり驚いた。

あれは醤油やな。あの茶色は醤油やで。それに砂糖や。せやせや。醤油を入れるときには気いつけんとな。どばっと入らんように。と、これだけの知識で初めて作ったカレイの甘からの煮つけは、偶然にも、たいそうおいしかった。

豚肉の生姜焼き用を自分でこま切れにする。長ねぎを適当に切ってともに炒める。酒を入れて煮立て、薄味の醤油で味をしめたのち、メイプル・シロップを適量加えて、結果としての甘からを作ると、これが美味だ。ご飯が進む、という言いかたがあるとおり、甘からはご飯とともに進化したものではないのか。

大きな魚のあたまを甘からに煮たものが居酒屋のメニューにある。これをひとつ取り、「僕は汁だけでいい」と言って小さな皿に甘からの汁を取る男性が、友人にいる。割り箸二本のうちの一本の先端を何度も噛んでブラシのようにしたのを甘からの汁にひたす。ブラシのようになった割り箸の先端に十分にしみ込んだ甘からの汁を、口のなかで吸い取っては肴にして、その人は酒を飲み続ける。いっさい食べない。酒を飲むだけだ。割り箸にしみこませた甘からの汁を肴にして。

塩からいときの、あのからさを、漢字で書くことが出来る。画数の多い、僕はこれまで見たことのない、したがって使ったこともない漢字だ。

甘辛、という書きかたがあるが、この場合の辛さは、香辛料、なかでも赤唐辛子の辛さを言いあらわしている、と僕は思う。赤唐辛子のなかに辛という字があるとおり。

塩そして醤油の甘からを、それぞれ見事に書きあらわした、簡単に書くことの出来る、しかも見たとたんに甘からを感じるだけではなく、塩と醤油をはっきりと分けた漢字が、日本語にはない。甘から、と書くのは、明らかに間が抜けているが、他に書きようがないから、ここでも僕は、甘から、と書いている。

　砂糖醤油、という言いかたがある。音声では醤油はジョウユとなる。醤油にざらめ、和三盆その他、適量の砂糖を溶かしたものだ。即席と言っていい甘からが出来る。焼いた餅につけて食べると美味だ。このくらいなら僕だって知っている。

　砂糖塩、というものはあるか。ない。ともにさらさらの塩と砂糖を配分よろしく混ぜ合わせたものを、試しになめてみると、それはうまいのではないか。甘塩の原型はこれなのではないか、と僕は思っている。

　しょっぱい、という言いかたは、塩の使いすぎを、言っている。醤油に関して、おなじような言いかたがあるかどうか。醤油の入れすぎ、使いすぎ、効かせすぎ、多すぎ、などいくつかの言いかたがある。塩を使いすぎると、しょっぱくなり、醤油を使いすぎると、醤油の効かせすぎ、という状態になる。塩を入れすぎると、単に塩からくなる。醤油は効かせるものだ。効かせるとは、酒、味醂、酢、砂糖などを、良き味に統合することを意味する。

「からい！」と言うとき、「塩からい！」と言う人はいても、「醤油からい！」と言う人はいない。ただし、「からい！」は、たとえば唐辛子の「辛さ」を意味することもあるから、辛いという文字は香辛料の辛さ専用にし、塩と醤油の辛さが、それぞれひと目で区別出来る漢字が、欲しい。「からい」という音声によるひと言の指し示す範囲が広すぎるのが、問題の発端だろうか。

醤油のあの味と香り、そして塩の加減を、端的に言いあらわす漢字を僕は求める。塩辛という食べ物がある。まさにあれは塩辛だ。海苔の佃煮を、醤油辛、と呼んではどうですか、と知人が冗談を言う。塩味、醤油味で我慢するほかない。

男性の存在が前提にされている

　二〇一九年から単純に引き算をして六十二年前、高校三年の一月なかば、卒業式まであとふた月ない頃、高校生活は終わったも同然の日々だった。

「三年生の女子生徒諸君は全員、家庭科の教室に集合すること」と、アナウンスがあった。化粧品会社が高校へ出張し、女性たちに化粧を手ほどきし、実際に彼女たちに化粧をほどこした。終わって女性たちは教室へ戻ってきた。すぐに洗い落とした人、化粧したまま恥ずかしそうにしている人、誇らしげな人、自分の大きな変化に驚いている人など、さまざまだった。化粧の効果は確実にあった。

　彼女たちはひとりも大学へ進学しなかった。ほぼ全員が就職した。六十二年前の日本はそのようなところだった。就職したとは、やがてどこかのサラリーマンと結婚した、ということだ。「そんなことじゃお嫁にいけないよ」「お前なんかをもらってくれる人がいるだろうか」「女はいい人と結婚して家庭を持つのがいちばんいいよ」というような母親の言葉を成長のあらゆる段階で、ことあるごとに、彼女たちは聞かされたのだろうか。

　日本の母親たちのこのような言葉を、なぜ僕が知っているのか。母親たちはその娘に向かって、このような言葉を、なにかにつけて口癖のように言った、ということについて書かれた文章を、二十代の後半以後、僕は盛んに読んだからだ。ことさらに求めて読んだのではなく、なんとなくしばしば、そのような文章が目についたからだ。いずれはお嫁にいく自分。やがてはどこかの誰かと結婚する自分。母親たちが繰り返した言葉は、娘たちに対して、大きく影響したはずだ。

　僕の奥さん、という言いかたが、日常的にもっとも標準的な言いかただとすると、そこからの言葉は、すごい、のひと言につきる。かみさん。女房。おっかあ。これ。あいつ。連れ合い。配偶者、と呼ぶ人もいる。うちの、というひと言が頭につく場合も多い。単なる、うちの、から始まって、ほとんどの呼びかたに、うちの、という言葉をつけることが出来る。うちのこれ。うちのあいつ。うちんとこの。あるいは、俺んとこの、という言いかたもある。

　女房とは、もとをただせば、宮中や貴族に仕えていた女性のことで、彼女たちは独特な女房詞《ことば》を喋った。水のことをいまでも、おひや、と言うのは女房詞のなごりだ。おいしい、という言いかたは、女房詞の、いし（味がよい）に勝手に「お」をつけて、市井の女性たちが使い始めた。そしてついには女房という呼び名が、俺やあいつの連れ合いの呼称となった。

　私の、うちの、俺の、と言うからには、奥さんたちは彼らにとって、単なる所有物でしかないのだろうか。妻子を養う、という言葉がある。養うからには、かかえている、つまり、持っているわけだ。所有して、どうするのか。一人前、と呼ばれたりすることは、いまでもあるだろう。一人前、というありかたの内実は、いったいなにか。結婚した女性たちのほうから彼らを呼ぶ呼称は、思いのほか少ない。主人。うちの。あの人。旦那。旦那様。うちの馬鹿、という呼びかたを、聞いたことがある。

婚期、という言葉は現役だろうか。僕がいま使っているワープロでは、こんき、と平仮名で入力して変換すると、三番目に婚期と出てくる。冒頭で語った高校三年生の女性たちは、卒業して就職し、五年以内に結婚しないと、いき遅れ、と呼ばれた。売れ残り、という言いかたもあった。年齢を重ねた女性たちは、いかず後家、と呼ばれた。結婚して子供が出来ないと、それは男性のほうから言い出す離婚の理由になった。いまでもそうではないか。離婚して実家へ帰ってきた女性は、出戻り、と呼ばれた。どの言葉もじつにひどい、と僕は思う。

女性につく形容詞について考えてみた。男社会の付属品としての、秩序の担い手、という役目のなかに、女性たちは押し込められている。押し込めきれない女性たちがいるとしたら、彼女たちはひたすら誹謗される。女性は、大きくこのふたつに、分かれるようだ。

いい女。よくわかってる女。よく気のつく女。男を立てる女。黙ってる女。言わずにいる女。色っぽい女。誘ってる女。させる女。一度は寝てみたい女。頑張る女。やる女。三歩下がる女。センスのいい女。お洒落な女。気のきく女。機転のきく女。打たれ強い女。耐える女。忍ぶ女。人の悪口を言う女。生活が顔に出てる女。顔に出さない女。気になる女。遊んでる女。駄目な女。福を呼ぶ女。スカートをはかない女。化粧っけのない女。わきまえた女。新しい女。

男性たちをとらえている世界観を、こうした女たちが見事に反映させている。

まもなくの発車となります

いつもの小田急線の上り各駅停車に僕は乗る。電車は空いている時間だ。座席にすわってぼんやりしながら、男性の車掌による車内アナウンスを、聞くともなく聞く。次に停車する駅名を告げたあと、「お出口は左側です」と彼は言う。この場合の「お出口」とはドアのことだ。そして左側とは、その電車の進行方向に向かっての左側、という意味だ。ドアとは言わず、「お出口」と言ったほうが好ましい場面の要請に合わせただけなのだが、日本語の使いかたの具体例のひとつとして、かなり高度だ。

この日本語の車内アナウンスに続いて、外国人女性による録音アナウンスがある。Doors on the left side will open. と彼女は言っている。これを聞くたびに僕が不思議に思うのは、will というひと言の存在だ。

電車が次の駅に到着する前に、なんらかの事情が生ずれば、左側のドアは開かないかもしれない。will をやや極端に解釈すると、こうなる。ドアの意思、と僕は呼んでいる。開くドアを左右いずれかにするのは、ドアがきめるのか。あるいは、それ以外の、なんらかの事情によって、左右が決定されるのか。

The next stop is Shin-yurigaoka. と外国の女性はアナウンスするのだが、上り特急の場合は、そのすぐあと、The stop after Shin-yurigaoka will be Karakida. とも言っている。ここにも will がある。これを聞くたびに、停まるのは唐木田ではない可能性があるのかな、と僕は思う。

なぜ will be になるのか、is と will be を使い分ける基準は何なのか。こんなふうに思う僕がひとりで到達した結論は、is があまりにもあからさまなので、半分ほど覆い隠す目的で、will be を使っているのではないか、ということだ。

まもなくの発車となります、という車掌のアナウンスを初めて聞いてから、すでに十年は経過しているだろう。まもなく発車します、ではなく、まもなく発車いたします、でもなく、まもなくの発車です、でもない。発車、だけでも動詞となる。その動詞を隠すため、あらわにはしないよう、むきだしの動詞が失礼にあたらないよう、発車をあくまで名詞として使うなら、「まもなくの」という前半に、「となります」の後半をつなぐなら、そのあいだにある「発車」は、ものの見事に名詞になる。

まもなく発車します、という言いかたは、個人性が強い。しかも相手との距離が近い。相手との距離をもっと大きくすると同時に、個人性を消し、一般性を高めるには、発車を動詞ではなく名詞にするほかない。より正確に言いあらわすためには、動詞表現ではなく名詞表現のほうがいいのではないか、という考えも影響しているのに違いない。そんな説を提供してくれた人もいる。駅のすぐ手前の停止信号でしばらく停止していた電車が、ふたたび動き始めたとき、「まもなくの到着です」と車内アナウンスがあった。「まもなくの到着となります」ほどには相手との距離は遠くないが、「到着」は名詞のままであるという工夫は、おそらくアナウンスの現場でおこなわれた、とっさのものだろう。

危険ですのでこれからの無理なご乗車はおやめください、というアナウンスは駅のプラットフォームで何度も聞く。「これからの」とは、発車するためにドアを閉じようとしているいま、という意味だ。「無理なご乗車」とは、階段を駆け上がって来た人が、閉じようとするドアに向けて突進することだ。駆け込み乗車、と呼ばれたのだが、この言葉はまだ現役だろうか。この短い言葉のなかで、丁寧な言いかたが三重に重なっている。これだけ丁寧だと、アナウンスとは呼べないのではないか。

The next station is Machida. Please transfer for Yokohama Line. と、おなじ外国人女性が言っている。これを聞くたびに、いま乗っている乗客たち全員が町田で横浜線に乗り換えなければいけないのか、と思う僕はおかしいのだろうか。英語を解釈するとそうなるのだが。

日本語だと、横浜線はお乗り換えです、となる。これは、横浜線をご利用のかたは、という言いかたを省略したものだ。自分は横浜線などは使わないのだから乗り換える必要はない、と日本人は自動的に思う。発話者がおこなった省略を、受けとめるほうの人たちが、なにごともなかったかのように、補完している。横浜線を使う人は乗り換えです、と英語で言えばなんの問題もないのだが、いまだにそう言われてはいない。

無邪気な直訳はホラーである

秋は日ごとに深まっていた。素晴らしい寿司店の白木のカウンターに向かい、右側に友人がいて、ふたりとも鉄火巻きを六個ずつ食べたか。さて、握り寿司にしようかというとき、「ヒラメは英語でなんと言うか知ってます」

と、友人が言った。

確か flatfish のはずだが、

「知らない」

と僕は答えた。

「フラット・アイズです」

と友人は答えた。平たい目、だ。

「コハダは?」

「それも知らない」

「スモール・スキンです」

友人がどの方向へ話を持っていこうとしているのか、そこまで聞けば僕にもわかった。笑い話の方向だ。だから僕は、

「アナゴはホール・チャイルドだろう」

と言ってみた。

「よく出来ましたね。では、シャコは」

少しだけ考えて僕は降参した。

「これがわからないのですか。ガレージですよ」

「そしてイクラが、ハウ・マッチか」

「そうですよ、それでこそ寿司店のカウンターにいるというものです」

「ガレージならシャコでもいいけれど、ほんとは見たこともないような漢字ふたつだよ。どちらも虫へんの」

「イワシは？」

これにも僕は降参した。イワシはウィーク・フィッシュだという。魚へんに弱い、と書くじゃないですか、と友人は得意そうだった。

「マグロが英語で言えたら、すごいですよ。さあ、なんと言いますか」

マグロの「マ」は「真」と解釈してそれを英語にするとトゥルーだという。「グロ」はクロだからブラックでいいとして、ぜんたいは、トゥルー・ブラックとなる、と友人は解説した。

「笑い話にしては、手が込んでるね」

と僕は感想を述べた。

友人は笑い話を続けた。

「よくご存じですね、という平凡な日本語を、わかりやすい英語にしてみてください」

「笑い話として」

「もちろんです」

「難しいよ」

「ご存じ、は英語にすると、ごく単純に、know です」

「よく、という部分が問題なのか」

「おそらく、そうです」

と友人は言い、You know good. という「英語」を披露した。僕は不覚にも笑った。

「文脈によっては、それで充分に通用するかもしれない」

とつけ加えた。

友人は次の矢を放った。誤解のないように言っておくと、友人は僕に向けて矢を射たのではない。僕に次の言葉を放った、という意味のやや古風な言いかただ。

「一本つけてくれ、という日本語を英語にしてください。これから寒くなると、熱燗が恋しいでしょう。一本とは、あの一本のことですよ」

降参するほかないかな、と思いながら
「とんでもない直訳が正解なのか」

と言ってみた。

「ヒントをあたえます。一本を、直訳してください」

「ワン・ブックかい」

「うわあ、正解です。見事な直訳ぶりの正解です」

「つけてください、という部分が難しい」

「そんなこと、ありません。ごく無邪気に、直訳してください」

　無邪気な直訳。ヒラメから始まってここまで、すべては無邪気な直訳ではなかったか。つけてください、を無邪気に直訳すると、どうなるのか。

「アタッチ・ワン・ブック・プリーズですよ」

　と、友人は笑った。

「プリーズというひと言をつけたのは、賢いね」

「体験でしょう。プリーズのひと言の大事さを、体験として知っているのです」

「しかし、これでは、通じないよ」

「いいのです。笑い話なのですから」

「笑い話とは言うけれど、現実にどこかで誰かが、言ってそうな気もしてきた」

「コハダなんか、スモール・スキンと真面目に言ってそうな気がします。寿司店のカウンターでたまたま隣にすわったアメリカ人に、日本の若い女性が」

「大奥がいまやビッグ・バックだからね」

「おやおや、そんなことを知っているのですか。奥をバックと解釈するなら大奥は大きなバックですから、ビッグ・バックとなります。笑い話であるのを超えて、これでなにがいけないんですか、という開き直りのようなものも、僕はちらっと感じます」

「怖いね」

字面の無邪気な直訳はホラーである、という法則を友人は発見したようだ。

「かつての冗談がいまや本気です。いちばん怖いのはこれですよ」

と言った友人は、ブルー・スプリングの例をあげた。青春を本気で直訳するとこうなる。

男子と女子に分かれてせいの順に

「いまごろ子供がなぜここにいるんだ。子供は学校へ行くものだ。お前、学校はどうしたんだ」という大人の言葉を久しぶりに思い出した。子供だった頃、僕は何度もこの言葉を受けとめた。

子供は学校へ行く。確かにそのとおりだ。学校へ行ってしまうと、子供はひとりもいないはずなのに、そこに僕だけがいるのは、なぜなのか。まずとにかく、その僕は、たいそう目立ったはずなのに、そのことには気づかなかった。

子供が日本語を学習していくにあたって、学校が果たした役割は大きい。学校あるいはその周辺で覚えた言葉は、学校へ行かなかったら、いまだに知らないのではないか。

ラジオ体操、という言葉を僕は知っている。明日から夏休みという日に先生が言ったことのなかに、ラジオ体操、という言葉があった。毎日、欠かさないこと、と先生は言った。ずっとあとになって写真で知ったのは、近所のお寺の境内に子供たちが定刻に集まり、ラジオの指示に合わせて体操した、という事実だ。見本をやってみせる先生もいたそうだ。

乾布摩擦、という言葉も知っている。これも写真で見た。校庭に整列した男子生徒が、上半身は裸になり、腰のまわりに脱いだ服を垂らしている。子供の手のなかに納まる大きさにたたんだ乾燥した手ぬぐいで、胸や腕をこするのだ。調子を合わせて気合を入れるため、なにかの歌を歌いながら。

「起立、礼、着席」という言葉は教室で知った。教室に入ってきた先生が教壇に立つと、級長のような子供がこう叫んだ。全員が席を立ち、先生に一礼して、椅子にすわった。

「出席を取ります」と先生は言った。名簿の順に生徒の名を呼び上げ、呼ばれた生徒は「はい」と返事をした。教室のいちばん左の先頭から、名簿のとおりのアイウエオ順であり、渡辺という生徒はどのクラスでも、いちばん右の列のうしろのほうにいた。

「男子と女子に分かれてせいの順にならびなさい」と校庭で何度となく言われた。せい、とは背丈のことだろう。男子と女子に分けるのが先生たちはほんとに好きだった。掌握しやすくなるからだろう。

校庭に集合、という命令も頻繁にあった。集合すると整列であり、整列のためには、右向け右、左向け左、前へならえ、などがあった。これを徹底させると、整列している生徒諸君は縦にも横にもまっすぐになるから、掌握しやすかった。「静かにしろ！」と、何度聞かされたことか。「駆け足で！」というのもあった。早くしろ、という意味だ。早く静かに一瞬にして整列するのが、先生たちにとっては、理想的な生徒たちだったに違いない。

教室のなかでは、

「いまは授業中だぞ。お前はどこを見てるんだ」

と、いろんな先生たちに、僕は言われた。いつもこう言われていたような気がする。窓の外を見ると、牛が一頭、ゆっくりと校庭を横切っていたりした。先生を見ているより、牛を見ていたほうが、楽しいではないか。

「いいか、よく聞け！」

というのも、しばしばあった。小学生の頃に教室のなかで先生から聞かされて以来、現在にいたるまで、自分ではもちろん使ったことはないし、人からこう言われたこともない。小学校の教室のなかだけにあった言葉だ。

「先生からはそれだけだ。なにか質問はあるか」

という言葉を思い出した。ホームルームの時間に先生がいつも言っていた。これがそっくりそのまま、現在の会社のなかで現役だと、会社勤めの人が教えてくれた。会議でなにかについて報告した人が、私からは以上ですがなにかご質問はおありでしょうか、ときまりごとのように言うそうだ。

「勉強しろ！」と、学校の日々のあいだずっと言われ続けた人は多いだろう。学校での勉強、という強固な枠のなかに子供を追い込むための、呪文のようなひと言。子供に対する、叱責の言葉でもあった。「そんなことをしていないで、勉強しろ！」となるのが、しばしばだったのだから。そんなこと、つまり、いろんなことをするのが、子供なのではないか。

自習。ホームルーム。父兄参観日。夏休みの宿題。予習。復習。給食。遠足。学芸会。運動会。通信簿。小学校以来、使ったことも聞いたこともない言葉をたくさん思い出す。小学校用語、とも言うべきものか。小学生らしくあること、という枠のなかに、子供たちを押し込めようとするなら、それは、らしさの人生の始まりだ。らしさ、というものがついてまわる人生の、始まりの部分だ。らしさ、がついてまわる日々を無事に生き切ると、人生らしい日々を送ったという終点に、たどりつく。

わずか三画のなかに日本のすべてがある

上という字には「ウエ」と「ジョウ」のふたとおりの読みかたがある。上と一対になって下がある。「シタ」あるいは「ゲ」と読む。上下は「ジョウゲ」と「ウエシタ」だ。「ウエシタ」の場合は、上と下が単に逆になっている場合の表現に使う。「それじゃ上下が逆じゃないか」というふうに。この場合、「ジョウゲ」とは言わない。

上という三画の字の三画目の横棒のまんなかに、下に向けて垂直に線を引く。内角九十度がふたつ出来る。右側の九十度のまんなかに、点よりは長く線より短く、ちょんと書けば、下という字になる。

日本人に一生ついてまわる上下関係は、普段は意識しないだろうけれど、身分の高低を言いあらわしている。上下関係とは身分関係のことだ。古語ではこの上下を「ジョウカ」、あるいは「カミシモ」と読む。冗、条、状、定、情、場など、上とおなじ音の言葉は多い。上を理解するためには下についてよく知らなくてはいけない。中というものがあることだし。中の上をどうするか。中の下をどうしたらいいのか。

世のなかを三つに分けてとらえると、上中下となる。中の場合とおなじく、上の中や上の下を、どうすべきか。文句なし、という意味で、上の上という言いかたがある。上々と言ってもいい。僕のワープロで「ジョウジョウ」と入力すると上々と変換される。

天井の上を注文するとき、「ウエ」をください、とはまず言わない。僕は中にします、と言いたいとき、僕は「ナカ」にします、と言う人はいないのと、おなじ原理だ。

これほどに高度な使い分けを、普通の日本人は、成長していく日々という完全な成りゆきのなかで、なんの苦労もなく、いつのまにか身につけていく。

上のつく言葉はたくさんある。上の部。上出来。上機嫌。上場企業。上流階級。上流社会。上昇機運。上昇気流。上部構造。上首尾。上半身。

上という字になにかひとつだけ加えた、たとえば上等や上級、上巻などの言葉は、僕が使っている国語辞典で数えたところ、八十を楽に超えた。なぜこんなにあるのか。これはちょっとした謎だと僕は思ったのだが、上、というひと文字の意味がそれだけ多岐にわたっている、ということだろう。上位。上意。上院。上階。上官。上映。上越。上演。上気。上記。上客。上京。上空。上掲。上限。上弦。上古は歴史の区分で太古と中古のあいだに位置し、日本史にあてはめると大和・奈良時代だそうだ。上戸は酒のたくさん飲める体質のことだ。「ジョウゴ」と発音する。

上向。これは文字どおり、上に向かうことだ。景気が上向く、というふうに使う。上告。上刻は、現在の二時間を三等分し、その最初の四十分のことだという。一時間より明らかに短い、四十分。目安として、いまも役立つのではないか。

上根は「ジョウコン」という仏教用語だ。なんでも出来る能力を持っていることを意味する。

反対は下根という。「ゲコン」だ。上座を「ジョウザ」と言うのは老人用語だそうだ。年寄りに思われたくなければ「カミザ」と言えばいい。上様は「ジョウサマ」が正しい。「ウエサマ」は俗用だ。こういうことが、国語辞典ですべてわかる。

上燗という言葉を辞典のなかに見つけた。酒に燗をつけて、その具合がちょうどいいことを、上燗というのだそうだ。僕には初めての言葉だった。酒飲みは知っているのだろうか。

上策。上作。上司。上肢。上梓。上使は、将軍の意を伝えるために大名たちに派遣された使者のことだ。上酒は上等な酒だ。上質。上申。上手。上図。上水。上製。上席。このあたりはなんとなく知っている、あるいは、意味の見当はつく。上世。上声。上奏。上代。こうなってくると、もちろん知らないし、意味の見当のつけようもない。

まだたくさんある。上訴。上層。上体。上腿。上玉。上陸。上段。上達。上端。上智。上長。上帝。上程。上天。上棟。上肉。上人。上納。上農。上白。上番。上皮。上表。上布。上部。上分。上聞。上編。上方。上木。上品。上米。上巳。上物。上宿。上来。上洛。上陸。上略。上腕。

わずか三画の簡単な漢字ひとつのなかに、日本のすべてがあると言っていいように、僕は感じる。上のつく言葉を国語辞典のなかに追ったのは、いい体験だった。

上、というひと文字も、かつては使われていた。いまでも使う人はいるかもしれない。この品物を差し上げます、という意味をこめて、目上の人への進物の包み紙に、このひと文字を丁寧にしたためるのが、日本人としての好ましい習わしだったという。「ウエ」と読むのだろう、けっして「ジョウ」ではないはずだ。

外国人たちは日本語に接近している

東京・代々木駅の近く、平日の夕方、ジェイソン・ステイサムを少しだけ若くしたような、明らかにイギリスの男性がひとり、携帯電話で話をしながら僕とすれ違った。彼が言っていたことが僕にも聞こえた。

「そこまで言われちゃうと、もうやってらんないよね」

と、完璧な日本語で彼は言った。すでに五年は前のことだ。

いまから三年前の夏、町田で小田急線と横浜線を連絡している高さ二階の回廊を僕は歩いていた。やや肥り気味の、しかし堂々たる体躯の、くすんだ金髪に勇敢なミニ・スカート、そして布製の黒い大きな袋を肩にかけた北ヨーロッパの女性が、携帯電話で話をしながら僕とすれ違った。

「それってヤバいよ。ヤバすぎ。絶対にダメ」

と彼女が、これも完璧な日本語で言うのが、僕にも聞こえた。

外国から来ている人たちふたりとすれ違っただけなのに、僕は現実の一端に触れた。現実とは、たとえば、いまの日本人が日常的にたくさん使う片仮名語を学習する学校が、ニューヨークにあるという現実だ。

片仮名語を知らないと日本人と意思の疎通が出来ない。ではそれを教えよう、学ぼう、というわけだ。日本へ行くサラリーマンたちが多いという。マクドナルド、という片仮名表記とともに、どこにも強拍を置かず日本ふうに平たく言うことを、彼らは学んでいる。ジョナサン。サイゼリア。ガスト。ドトール。彼らはすべて知っている。そして日本語ふうな発音が出来る。ドナルド・トランプ。シュークリーム。ゴールデン・ウィーク。メモリー。フレーバー。きりがないけれど、彼らは学んでいる。英語由来の言葉だけではない。アンシャン・レジーム。ルサンチマン。アンガージュマン。ゲマインシャフト。彼らは本気だ。

アメリカのＴＶのニュース番組のアンカーが、トヨタのことをタイオーラと言っていた。ＴＯＹＯＴＡを英語ふうに読むと、そうもなるのだろう。しかしこれはすでに昔語りだ。いまでは日本人とおなじく、トヨタと言っている。

カラオケの出始めの頃は、カリフォルニアではカリオーキだった。いまでは日本人とおなじく、どこにも強拍を置かずフラットに、カラオケだ。

ゲイシャにフジヤマ、あるいはスキヤキ、テンプラ、スシ、ウナギの時代は、遠く去って久しい。タイオーラやカリオーキの時代も充分に遠い。

十二月に入って急に寒くなり、夕方のご飯どき、ウクライナから来た女性に、

「熱々いこか！」

と、やや関西弁の日本語で言われた日本の男がいる。南アフリカのポートエリザベスから来た女性に、食べるものではなにが好きかと訊いた日本女性は、

「いちばん好きなのはピリカラ！」

と、完璧な東京言葉による返事を受けとめた。

ピリカラ料理の店へ案内することになった。

「なんてったかなあ。どろどろしてるやつ。豆腐が入ってた」

麻婆豆腐かと訊き返すと、

「わかってくれて、うれしい。それ、それっ！」

と、相手の外国人女性は東京言葉で言ったという。

ヴェネズエラのマラカイボから来た青年が、京都の路地奥の中華の店のカウンターにひとりですわり、

「おてもと、ください」

と、店の女性に日本語で言っている。

お手もと、という日本語を彼はどのようにして覚えたのか。

紙の袋に入った割り箸の出てくる店がある。その袋には、御手毛登、と崩した毛筆体で印刷してある。御手はいいとして、毛と登の読めない日本人は多い。

これはなんと書いてあるのか、と彼に訊かれた連れの日本人は、オテモト、と教える。箸のやや凝った言いかただ、というようなことも、ついでに教える。初めのうちオテモトはオテモーロだが、やがて日本人とまったく同じに、おてもと、と言うことが出来るようになる。京都の中華の店で彼がおてもとを所望したのは、レンゲしか出ていなかったからだ。

おいしい、まずい、甘い、辛い、高い、安い、味がない、つまらない、といった基礎的な段階を、彼らの日本語ははるかに超えている。生活のあらゆる領域でそうありたい、という願望のまず第一歩は、切実さにおいて第一位をきわめる食べ物において、まず実現される。

この事実は日本人にとって、朗報以外のなにものでもない。彼ら外国人たちの日本語は進化し続ける。ということは、日本語へ限りなく接近していくことだ。おっかなびっくりで片言の英語を操る、という従来の方法を改め、いつものとおりの日本語で、外国から来た人たちに接すればいい。

豚肉の生姜焼きとポーク・ジンジャー

街を歩いていたら洋食の店があった。料理サンプルのならんだウィンドーに歩み寄って僕は観察した。豚の生姜焼きがあった。豚のロース肉をソテーして生姜の味をつけたものだ。肉屋では生姜焼き用の豚肉を販売している。それほどに人気のある料理だ。

おなじ街をしばらく歩くと、ふたたび洋食の店があった。ここでも僕はウィンドーのなかの料理サンプルを観察した。さきほどの店の、豚の生姜焼きとほとんど変わらないものが、この店ではポーク・ジンジャーだった。

キャベツの千切りにパセリ、そしてミニ・トマト。生姜の味や香りをつけてソテーした豚肉が二枚。ポーク・ジンジャーで、客にも店の人にもつうじるのだ。だからポーク・ジンジャーでなんの問題もない。

しかし、なぜ、豚肉の生姜焼き、とは言わなかったのか。なぜ、ポーク・ジンジャーなのか。なかみはほとんどおなじだ。しかし言いかたは異なる。言いかたが違えば、託された気持ちも違うのではないか。それはどのように違うのか。

アーモンド・プラリネ・ソイラテ、さらにはチョコリスタ、という飲み物がある。タリーズというチェーンのカフェの経堂店で見た。片仮名で書く、あるいは、英語で表記するしか、方法はないと思う。

文具の店でロディアのいちばん小さいメモ帳を一冊だけ買った。二百五十円だった。レシートをくれた。すぐあと、喫茶店で珈琲を飲みながらよく見たら、そのレシートのいちばん上に、ＯＡサプライ、と印字してあった。

ＯＡとはオフィス・オートメーションのことで、それのサプライとは、さまざまなＯＡ機器の周辺機材を意味する。サプライという言葉を久しぶりに見た。ひょっとしたら占領米軍の、supply depot 以来だろうか。

ある日の午後に届いた宅配便の段ボール箱の側面に、amazon パントリー、という言葉が印刷されていた。amazon がなんのことだかわからない人はまだ多いだろう、と思った僕は、パントリーをパンの木、と理解する人はもっと多いのではないか、とひとりで冗談を思った。建売住宅の間取りを英語で表示したなかに、pantry という言葉を見た記憶がある。食料品や食器をまとめて置いておく部屋のことだ。これから日本語になるのだろうか。

まだ日本語ではない片仮名表記は増えていくいっぽうだ。スポーツ・ファッション・フェスタ。メンズ・ケア。ホリデー・ギフト・ラッピング。キャラポップストア。ストリート・ファッション・ブランド。コンプリート・セール。カボチャサラダリメイクスープ。東京ポテトサラダボーイズ。ちょっと街を歩くだけで、このような言葉を、いくつも見ることが出来る。言葉じたいがどのようであろうが、いくら増えようが、人々はまったく頓着していないように見える。このような言葉をいつのまにか使っている人たちが、そのような人たちのなかから生まれてくる。

Openというひと言を感嘆符つきで、街のなかで何度見たことか。ごく最近ではGRAND OPEN!というのを見た。華やかに盛大な開店、という意味だろう。Openという一語は、営業中、という意味だ。Yes, we are open. とか、Open, come in. といったカードが店舗のドアや窓ガラスにはさんであるのは、アメリカでしばしば見る光景だ。

このopenのひと言が、日本では、開店、という意味になる。Renewal openというのをひと頃はよく見た。新装開店のことだし、そう言ったほうが意味は伝わりやすいだろうに、などと思ってはいけない。開店、とは言いたくないからこその、openなのだから。

Openはオープンとしてすでに日本語になってもいる。明日もオープンしてますから、とか、オープンは十時からです、などと使われる、平凡なひと言だ。平凡でありながら、使われる場面は多いから、いつのまにか、オープンと言っている自分に気づかないし、気づいたとしても頓着はしないのが、現実という世界なのだろう。

開店や新装開店などの言いかたでは、まったく以前のままだ。従来どおりの日本語を、従来どおりに使っているだけだ。開店とは言いたくないからopenと表記し、新装開店とは気持ちが違うから、Renewal openなのだ。リニューワル・オープンと新装開店。ずいぶん違うではないか。従来の日本語とはずいぶん違うから、という理由で増えていく片仮名語は多いはずだ、と僕は判断している。

OPEN!! CAMPUSという表記を見てからひと月もたっていない。Open!という表記の延長線上に生まれたものだ。

オープンキャンパスを日本語で言ったらどうなるか。学内自由参観日とでもなるのだろうか。

その日本語は原語を超えている

僕よりいくつか年上の読書家の男性が、あるときふと、次のように言った。

「翻訳で推理小説を読むときには、登場人物に日本の名前を自分でつけるんだよ。登場人物の一覧表が初めにあるだろう。あそこに鉛筆で書き込むのさ。一覧表がなければ、扉の裏の、なにも印刷されてないところに、登場順に名前と日本語名を列挙するんだ」

この話にぼくは感銘を受けた。たとえば英語から日本語へ翻訳されても、固有名詞は片仮名書きされるだけで、そのままだ。人名はその最たるものだろう。スーザンを信子、レイチェルは綾子、クライドは祐介というふうに、人物たちに日本語名をつける。そしてその日本語名で、翻訳された推理物語を読む。

「日本語の名前がついてないと、読めないんだよ。古書店に売るときには、鉛筆書きを消すけどね」

と彼は言い、たまに消すのをわすれて古書店に売却することがある、と笑ってつけ加えた。

日本語へ翻訳されたものを読みながら、その仕上げを彼はおこなっている。登場人物たちの名前を、自分だけのためとはいえ、日本語名に翻訳するのだから。

小説やノン・フィクションがどのような外国語で書かれていても、いったんそれらが日本語に翻訳されると、すべては日本語による作品となる。翻訳とは日本語にすることだ。あたりまえのことだが、翻訳書を手にするとき、もとはなんらかの外国語で書かれたものなのだ、という平凡な事実を完全に忘れてしまう人たちが、日本には多いような気がする。すべてを日本語で間に合わせたい、と願っていると、そのようなことになりやすいのでないか。

　ラスコーリニコフを正蔵と翻訳するといい、という話をかつて僕は聞いて笑った。いかに平明で明快な日本語を操ろうとも、人名や地名、固有名詞などは、片仮名書きにこそなれ、日本語にはならない。登場人物たちの片仮名の名前をも日本語にするのは、秀逸なアイディアだと僕は判断する。

　外国語から日本語へ翻訳されると、すべては自分たちの言葉である、日本語の内部での出来事となる。日本は翻訳の国だ。じつに多くのものが翻訳される。翻訳されると、すべては日本の内部のものとなる。日本語がつうじるところだけのものとなる。世界はその外にあるのだが。日本語への翻訳で最初から親しみ、したがって日本語ではよく知っているけれど、原典ではなんと言っているのか知らないことが、僕の体験のなかでも、いくつかある。「赤毛のアン」という、日本のＴＶで放映されたアニメーションは、そのひとつだ。もとはカナダのものだが、このアニメーションでは、人物たちの台詞その他、すべてが日本語だった。

　登場人物のひとりに、マシュー・カスバートという年配の男性がいる。かつて心臓発作を起こして死にかけたが、一命はとりとめた。その彼の最大の関心事は、次の発作がいつ起きるかであり、それ以外のことはすべて上の空だ、どうでもいい。しかし、あれはどうするんですか、と親しい人に言われると、対応する姿勢は見せる。その姿勢は言葉になる。そうさのう、という言葉だ。彼の口癖と言っていいこの言葉を、あるとき僕は、英語で知りたくなった。

僕が調べたかぎりでは、マシューの「そうさのう」に相当する英語は、Well now. というひと言だった。きまり文句として、いつどこにでもある言葉だ。

ヒュー・ジョン・ロフティングという人が書いた『ドリトル先生航海記』を、僕は子供の頃、日本語への翻訳で親しんだ。何度も繰り返し読んだ。この航海記のなかに、オシツオサレツ、という名の双頭の馬のような生き物が登場する。横から見るとまんなかがひとつの胴であり、その胴の両側に、まったくおなじ馬に見える、顔と頭と首のついた生き物だ。

オシツオサレツ、という翻訳はたいそう優れている、と僕は思う。石井桃子が翻訳し、その原稿を井伏鱒二が推敲した、と伝えられている。このオシツオサレツを原語の英語ではなんと言うのか、長いあいだ気になっていた。三十年くらいにはなるだろうか。

Pushme-Pullyou と言うのだと判明してから、すでに数年は経過している。押したり引いたり、という文脈でよく使う Push のあとに me をつけ、Pull のあとに you をつけ、両者をハイフンでつないだ。ただそれだけのことだが、よく出来ている。原語を超えてもっとよく出来ているのは、オシツオサレツという翻訳だろう。僕としてはオシツオサレツでいきたいと思っている。そのためには、航海記は日本語でこれからも読む。

大人たちが教えてくれなかった言葉

子供は漫画を読んではいけない、と身辺にいた大人たちに何度も言われたのを、いまでも僕は覚えている。子供が漫画を読んでいる現場を見つけると、読むな、と強く言う大人すらいた。なぜ子供が漫画を読んではいけないのか。その理由を大人たちは述べなかった。ただ禁止するだけだった。言われた子供のほうも、なぜ読んではいけないのか、その理由は追及しなかった。読むなと言われても読んでいたからだろう。

僕も漫画をよく読んだ。読むのは漫画だけ、という期間が数年はあった。子供向けの月刊誌のいたるところにあった漫画が前期だとすると、古書店の店先で箱に入っていた、ページがちぎれたり表紙が取れたりした漫画が後期だ。古書店のなかの棚の一角には、古書として売れる状態の単行本漫画が常に何冊もあった。子供が日本語を学んでいくにあたって、漫画の果たした役は大きい。漫画で学んだ日本語を思い出すままに列挙してみよう。

「おい」「おい、こら」「おい、待て」「おい、待たぬか」漫画の主人公の子供たちは、大人たちから「おい」と呼ばれていた。僕が子供の頃はそうだった。

「やい」というのもあった。「こいつ！」もあった。「このお」「この野郎」「なんだ、こいつ」「こいつ、生意気だぞ」というような日本語が、漫画のなかにたくさんあった。

「あいつ」と呼ばれる子供もいた。「あいつだ」「あいつらだ」「あいつめ」などと使われた。「やつら」という連中もいた。「あそこにいるのは、やつらだな」というふうに使った言葉だ。「おい」「やい」「こいつ」「あいつ」「やつら」といった子供たちはすべて、「やっちまえ！」とか「やっつけろ！」などの対象だった。うまくやっつけることが出来たなら、「ざまあ見ろ」「ざまを見ろてんだ」「ざまあ見やがれ」という結果になった。うまくいかなかったときには、「ちきしょう」「ちきしょうめ」「こんちくしょう」などと言って、悔しがっていた。

　こういう言葉をすべて漫画で覚えた。現実の世界には、このような言葉はなかった。漫画を子供が読むと悪い言葉を覚える、と言っていた大人たちを、いまおぼろげに僕は思い出している。いまあげたような言葉を子供が漫画で覚え、現実のなかで使ってみるのを聞きとがめた大人が、そんな言葉をどこで覚えたんだ、とその子供を追及し、漫画を読んだら出てきた、とでも答えたとしたら、子供は漫画を読むな、と大人たちは反応しただろう。

　失敬、という言葉も漫画で知った。「失敬だぞ」「なんだ、こいつ、失敬なやつだ」といった使いかたと同時に、「これはいいや、こいつをちょっと失敬しよう」というような使いかたがあるのを知ったのも、漫画のなかだった。

「おっとどっこい」「えんやこらさ」「どっこいしょ」「よっこらしょのせ」「うんとこどっこい」という言いかたも、漫画のなかだけにあった。こんなふうに言う大人たちは、身辺のどこにもいなかった。

「ちぇっ」いう言いかたがあるのを知ったのは漫画だった。うまくいかなかったとき、思ったとおりにならなかったとき、期待が外れたときなどに、人はまず「ちぇっ！」と言ったそうだ。大人たちが現実にこう言っていたのを、聞いたような気もする。自分では、子供の頃から現在まで、使ったことはない。事態はすでに「ちぇっ！」をとおり越していたのではなかったか。「ちぇっ！」と言ってみたところで、なにも始まりはしない。「ちぇっ、面白くもない」というふうにも使ったようだ。

「うつふつふ」というのを漫画のコマのなかに見て、その意味がわからなかった僕は、大人に訊いてみた。僕はうかつだった。ふたつある「つ」はどちらも、小さい「っ」だった。それは含み笑いだよ、と大人は教えてくれた。含み笑い、という言葉をまだ僕は知らなかった。よし、あいつにはこうしてやろう、と悪巧みをしてるときの、ひとり笑いだそうだ。悪巧み、という言葉の意味も説明してもらって、このとき覚えた。「うっふっふ」とひとり笑いする人が、身辺にひとりもいなかった。

　子供の周囲にある現実とは別に、もうひとつの世界が、漫画のなかにあった。漫画としての絵があり、それに言葉がともない、物語が進展した。そのような世界を、なぜあれほどまでに、読みたいと思ったのか。子供として毎日を生きていく現実とは別の現実が、漫画のなかにあった。そしてそこでは、現実のなかで覚える日本語とは別な種類の日本語を覚えることが出来た。言葉を覚えるための、もうひとつの経路が漫画だった。漫画を読みたがった理由は、言葉を覚えるためだった。

ノット・オンリー・バット・オルソー

イギリスのロック・バンドにNot Only But Alsoと名乗るバンドがある、という話を人から聞いたときには感激した。明らかに日本がおよぼした影響だ。日本人の英語学習能力は戦後から高められ続けた。ジス・イズ・ア・ブックからアイ・アム・ア・ボーイをへて、いまやノット・オンリー・バット・オルソーだ。

アズ・マッチ・アズ・ユー・キャン。ノー・レイター・ザン・デイ・アフター・トゥモロー。イーザ・オア。ホエンネヴァ・コンヴィーニエント。アズ・ロング・アズ。もっとありそうな気がする。中学校での英語学習の残照として、とっくに定年した人でも知っている。

日本公演で日本へ来たバンドの男性メンバーが、どこで小用を足しても、白い便器にTOTOと印刷してあるのを見て、これをバンドの名前にしようと全員できめて、TOTOというロック・バンドが生まれた話は、すでに多くの人たちが知っている。

アメリカのジョン・スタインベックという作家が書いた小説にEast of Edenというのがある。映画になってジェイムズ・ディーンが主演し、時代の象徴にもなった。この小説は『エデンの東』として知られているが、『東のエデン』だと主張する人が僕の知り合いにいる。冗談としての主張なのだが、説得力はある。

Eastは「東」ですよ。これはこれでいいです。ofは日本語にするなら自動的に「の」となります。Edenはエデンですから、頭からぜんたいをひとつにつなげると、『東のエデン』となりますよ。これをどうしてくれるんですか、とその人は僕にも語気強く言った。

エデンを出てずっと東のほうへいったところが、エデンの東だよ、と僕が反論すると、それは違います、とその人は言う。エデンのなかで東に寄ったあたりがエデンの東なのです、とその人は力説する。冗談としてはかなり面白い。しかし僕はこの人を論破しなくてはいけない。どうすればいいのか。

辰巳ヨシヒロが落語をコミックスにし、台詞をすべて英語にした著作が、アメリカで出版されている。僕はこれを手に入れて読んだ。「芝浜」その他、よく知られた落語をコミックスのコマで追うと同時に、人物たちの台詞はすべて英語で受けとめる。ふたつの異なった文化にまたがる体験とは、ごく端的に言って、一例としてこういうことなのだろうか、と僕は思った。この本の題名は、FALLEN WORDSという。落ちた言葉、という意味だろう。落語という言葉のなかにある「落」という語を、「落ちた」と解釈すると、落語は落ちた言葉でもあり得る。

江戸の中期には、いまのような落語は、落とし噺、と呼ばれた。最後に「落ち」のある噺だから、落とし噺だ。明治の中期になった頃から、落語と呼ばれるようになったそうだ。最後に落ちのあるひとり語り、ということだ。しかし、落ちた言葉、という解釈も捨てがたい。ひとり語りで用いられた言葉のすべてが、落ちのなかへと落下していくのだろうか。

どこにいてもすぐに寝る、という特技の編集者がかつていた。たとえば京都へいくために東京駅から新幹線に乗ると、小田原あたりまではまだ起きているのだが、富士吉田では深い眠りのなかにあり、名古屋で少しだけ目を覚まし、「名古屋ですね」と不機嫌そうに言って、すぐにまた寝る。

　山科あたりのトンネルを出ると目を覚まし、よく寝て機嫌がいいのだろう、窓の外を見て、ここはどこですか、と言う。英語ならホエア・イズ・ヒアですね、とつけ加える。

　英語の言いかただと、そうはならない、と僕は言っただろうか。Where are we? となる。あちこちの駅前に、周辺案内地図の掲示板があるではないか。赤く印がついたところに、日本語では、現在地、とあり、英語が添えてあるときには、You Are Here とある。その You を We に換えて、ぜんたいを学校で言うところの疑問文にすれば、Where are we? となる。

　一九六九年の作品を流用した二〇一九年の『PEANUTS』の日めくりの、十二月二十五日の四コマにはチャーリー・ブラウンひとりがいた。雪がつもってまっ白になった、ごく低い起伏のつらなりが最初のコマに描いてある。チャーリー・ブラウンはそれを見ている。二コマ目の彼は雪の上に足で Merry と書き、三コマ目では Merry Christmas となっている。四コマ目でもその文字はそのままあり、彼は画面の端でこちらを向いている。してはいけないことをしてしまった、という表情だと僕は解釈した。

　こちらを向いたブラウンは歯をむき出している。照れているのだろうか、それとも、してやったり、という表情なのだろうか。

手間は出来るだけ省きましょう

業界ではその名を広く知られた企業の部長である彼のところに、人から貰った名刺がたまっていく。だから整理する。整理とは言っても、二百四十枚の名刺を差し込む、ビニール製のごく簡単なホルダーに、時間順に入れておくだけだ。

こうして名刺を整理しながら、この数年で気づいたことがひとつある。それは、営業、という言葉が消えていきつつある、ということだ。営業、という漢字が消え、片仮名語になる。営業を商売ととらえると、該当する言葉はビジネスだから、ビジネス・プロデュース局とかビジネス・デザイン部といった片仮名が名刺に印刷される。ビジネス・プロセス・マネジメントには、営業管理部、という漢字が添えてあった。

営業を顧客ととらえるなら、それに該当する片仮名はアカウントだから、アカウント・マネジメントやアカウント・プランニング、そしてアカウント・ディベロプメントなどが、かつての営業に取って代わる。そしてそのような局や部の長は、アカウント・スーパーバイザーやアカウント・ディレクター、あるいはアカウント・エグゼクティブなどになる。

営業は、かつては、外勤、さらには、外まわり、などと呼ばれた。あの人にはいま外をやってもらってる、という言いかたもあり、これで意味はすべて伝わっていた。その営業という言葉が会社勤めの世界から消えていく。理由はなにか、とその部長は考えた。

「確かに古くさいです。戦後からでも七十年は超えてます。会社での仕事のすべてが、営業というひと言に集約されてもいます。それが嫌なのでしょうか」

外勤や外まわりの時代から、営業のひと言についてまわるものが、あり過ぎるほどに、蓄積されている。そんなもの見たくもない、すべて捨てたい、自分がいま引き受けるなんてとんでもない、という気持ちがあるところまで高まると、営業という漢字は消え、ついてまわるものや蓄積されたものなどがほとんどない、片仮名語になる。

メトロポリタン・エリア・ビジネス・ストラテジー・コントロール・ディビジョン・セクション2、という名刺を見ながら、

「セクション2とは、第二課のことですね」

と、その部長は感慨を込めて言った。

新しい言葉が主として英語で次々に外から入ってくる。該当する日本語はない。しかも考えていると間に合わないから、かたっぱしから片仮名書きされていく。片仮名で書かれたとたん、それは日本語だ。こうして片仮名語が際限なく増えていく。

その片仮名語を自分たちの都合に合わせて改変していく。もっとも多い事例は、片仮名のままでは長いものを、片仮名で四文字へと短縮することだ。赤坂プリンスホテルをアカプリと呼んでから五十年は経過している。業界の人たちが言い始め、しばしばそのホテルを利用した人たちへと広まり、そこからさらに一般へと広がった。

三者択一をサンタクと言い始めたのは、プレイガイド・ジャーナルをプガジャと言ったのと、ほぼおなじ頃だろう。お客様サービス・センターがサビセン、そしてコール・センターはコルセンだ。スポサンはスポーツ・サンルーフ、アカマネはアカウント・マネジメント、ピカドリはトロピカル・ドリンクだ。明けましておめでとうございます、という言葉がアケオメになり、今年もよろしくお願いします、がコトヨロになったのは数年前のことだ。最近ではデジリマというのを聞いた。デジタル・リマスタリングのことだ。

スポーツ・シューズに対して、スポーツ・スタイル・シューズというものがある。スポーツ・シューズに見えてじつはまったくそうではないスニーカーのことで、スポーツ・シューズより二千円ほど安く、量販店で売れるという。

スポーツ・シューズにするための複雑な手間、特に踵の部分の成形をすべて省き、アウトソールの材質もまるで異なるという。履き口が上方に大きく開いていて、脱ぎ履きしやすい。しかしスポーツ・シューズにあるべきフィット感はまったくない。

業界の秘密かというと、そんなことはない。専門知識のある人が、比較して詳しくネットで公開している。スポーツ・シューズとスポーツ・スタイル・シューズは興味深い。鰹ではないから鰹風味と言うのと似ている。スタイルという一語のなかに、いまの日本を見ることが出来る。

スタイルはタイプと置き換えることが可能だ。スポーツ・タイプ・シューズは明らかにスポーツ・シューズではない。スタイルやタイプという、もとは英語の、しかし日本語になって久しい、短くて使いやすい一語を、日本語はこんなふうにも駆使する能力を秘めている。

街を歩けば謎にあたる

ドトールの店舗まで自宅から歩いて五分だ。恵まれてますねえ、と感心した人がいた。消費税が増税される以前は、エスプレッソのＳが二百二十円だった。百円玉と十円玉がふたつずつだ。相似形で四つ、というのがよかったのだが。

このドトールにミラノサンドという食べ物がある。かねてよりこれに僕は惹かれてきた。サンドとはサンドイッチを縮めた日本語だが、ドトールではサンドイッチとは言っていない。ミラノサンドだ。

なぜミラノなのかという謎はここでは追求しない。ミラノサンドにはＡ、Ｂ、Ｃの三とおりがあり、二〇一九年十月一日からの代金は、店内で食べる場合のＡが四百四十八円、Ｂが四百八十九円、そしてＣが四百二十七円だ。ＢとＣとのあいだに六十二円の差がある。六十二円の差はミラノにおいては大きい。Ｂにしてよかった、と誰もが思えるものが、サンドの内容にあるのだろう。ＡとＣとのあいだには二十一円の差がある。二十一円と六十二円とのあいだに、内容においてどのような違いがあるのか。ＡとＢとのあいだには四十一円の差がある。この三とおりの差額を、僕はミラノサンドの謎として受けとめている。

内容を知るには食べてみるほかない。ある日の午後、三人で店へいく。ひとりは女性だといい。料理に詳しく、どんなに辛辣なことでも平気で述べる人だと最高だ。

三人がそれぞれにA、B、Cを注文し、席で三等分すれば、三つのミラノが味わえる。感想をノートブックに書き、のちほど語り合う。三種類のミラノを食べながら珈琲を、そして感想を語り合うときには、エスプレッソのSを。

三とおりのミラノサンドの内容は一定ではない。ときどき変わる。季節に合わせることもあるだろう。Aではビーフパストラミと生ハム、というのがあった。Bでは、スモークサーモンとぷりぷりエビ、を覚えているし、ごろっとアボカド・エビ・サーモン〜大葉ソース仕立て〜、というのもあった。これは新ミラノサンドBと呼ばれた。照り焼きチキンとタマゴサラダ、があったし、海老・アボカド・サーモンとカマンベールというのもあった。これにはNEWという ひと言が冠してあった。二〇一九年の九月ごろのことだ。

もうひとつ思い出すのは、エビマヨ〜特製オーロラソース仕立て〜、というミラノだ。エビマヨとは、海老にマヨネーズをからめたものだ。

ドトールにあるドックとは、ドッグのことだろう。おそらくそうだ。その根拠は、メニュー一覧のジャーマンドックの下に、たいそう細く、まるで線のように、German hot dogとあるからだ。レタスドック、というものもある。レタスドックとジャーマンドックのふたつが、たとえばミラノサンドの出発点になっているのだろう、と客のひとりである僕は考えている。

ミラノサンドA、B、Cのどれかになにか飲み物ひとつを加えて注文するなら、合計された代金から一律に五十円を差し引く、ということは以前から恒常的に、おこなわれてきたことのようだ。ミラノサンドセット、と呼ばれてきた。これは日本語だが、さらに縮められて、ミラノセット、と呼ばれるようになった。

二〇一九年の十二月、東京都内のある私鉄の構内からも入ることの出来るドトールの、入り口の前に置いたボードで、僕はそれを見た。写真入りでわかりやすく図解してあった。三つあるミラノサンドのどれかに、ストローが斜めに刺さっておなじように見える五種類の飲み物のうちのどれかを合わせて注文すれば、合計の代金から五十円を差し引く、という。

ミラノセット、という新しい日本語を、僕はこうして覚えた。たったいま書いたような意味で、それはかなり複雑だけれど、ドトール以外ではおそらく通用しない日本語だ。

ドトールで珈琲一杯が二百円だった頃のことを、僕は思い出した。何年前のことだろう。僕はまだドトールの客になっていなかった。したがって珈琲一杯の値段も知らなかったのだが、二百円だと知ったとたん、閃くものがあった。一杯が二百円の珈琲は小説に使える、という閃きだ。

男女ふたりでドトールに入り、百円硬貨をひとつずつ出して一杯の珈琲を買い求め、席でそれを分け合って飲む。百円で珈琲一杯の割り勘だ。これは小説に使える、と僕は確信した。

その確信のとおり、間もなく、短編小説を書いた。おたがいに百円硬貨をひとつずつ出してドトールのような店で珈琲を求め、奥のほうの席でその一杯を分け合って飲む男女、という設定を使っただけではなく、そこから物語ぜんたいを引き出したのではなかったか。百円硬貨をひとつずつ出し、一杯が二百円の珈琲を、ふたりで割り勘する。こんなことが、ドトールで、出来た日々があったとは。

きまり文句ですべてが間に合う

　この本の五十九ページできまり文句のことを僕は書いた。子供の頃に覚えた数々のきまり文句だが、大人になってからは一度も使っていない。しかし自分の日本語能力の陰の部分で基礎になっているのではないか、という趣旨だった。今回もきまり文句についてだ。
　小説やエッセイなどの創作も含めて、自分がいつも使っている日本語の特徴のひとつは、きまり文句を使わないことだ。きまり文句とは、たとえば、次のような言葉だ。

「お恥ずかしい話ですが」
「いたずらに馬齢を重ねています」
「それはそれとして」
「そこをなんとか」
「そこまで言われちゃうと」
「やってらんない」
「それはきみの努力しだいだ」
「いつもお世話になりっぱなしで」
「きみのためを思えばこそだぞ」

「毒味をしてくれないか」

「五本の指に入る」

「村八分になる」

「白い目で見られる」

「二の足を踏む」

「二の句が継げない」

「足もとを見られて二束三文に買い叩かれた」

「業をにやす」

「濡れ手に粟」

「なにを言っても馬耳東風だから」

「目に入れても痛くない」

「泣き虫やーい」

「いい気味だ」

「ざまあ見ろ」

「この大罰当たりめが」

「艱難汝を玉にすだよ」

「女性らしいきめ細かな配慮」

たくさんある。思いつくままに書いていくだけでも際限なく増える。つい先日も、二十歳になったかならないかの若い女性二人が交差点を渡っていくとき、ひとりが次のように言うのが聞こえた。

「だから私は口を酸っぱくして、寝首をかくようなことはしないから、と言ったのだけど」

寝首をかくとは、恐ろしい言葉だ。口を酸っぱくして、という言いかたも、きまり文句の典型だ。日本語ぜんたいが、ひょっとしたら、きまり文句なのではないか。日常のなかで次々に、脈絡なしに生まれる状況のひとつひとつに、出来るだけすんなりと、溶け込んでひとつになるような言葉の取捨選択の技術を学ぶのが、日本語の学習だ。きまり文句のなかから、そのような言葉を選べばいい。数多くのきまり文句で維持されていく日本、というものがあるような気がする。

　きまり文句を使わないとは、使う必要のないところにいるからだ、としか言いようがない。使わないけれど知ってはいる。どれもみな子供の頃に覚えた。身辺の大人たちが盛んに使っていたからだ。ふさわしいきまり文句を選んでは当てはめるのが、彼らの人生だったのではないか。

　きまり文句が果たす機能は、すでにとっくにきまっている一定の枠を、どの人生にも当てはめることだ。きまり文句は結論でもある。きまり文句が登場すると、それは結論であり、そこから先に話が進まなくなる。こういう世界のなかに僕はいないとするなら、その僕がいるのは、どこまでも言葉をつくし、話をしなくてはいけない、やっかいな世界のどこかだ。結論としてのきまり文句がうまく当てはまると、「そうよねえ、そのとおりだわ」となり、そうなったら黙るほかないではないか。

すべてのきまり文句に関して、古い感じがする、という感想は否定出来ない。どのきまり文句も、存分に時間を経ている。いつだかわからないほど遠い昔に、きまり文句は作られた。僕が子供の頃には、大人たちは誰彼なく、きまり文句を使っていた。状況ごとにきまり文句を当てはめるという、きまり文句で維持される社会だったのか。きまり文句は、当てはめさえすれば、それでいい。うまく当てはまると、達成感すらあったのではなかったか。

いつのまにか聞かなくなった、という言いかたも、多くのきまり文句について、当てはまる。聞かなくはなったけれど、消えたのではない。充分に生きている。さきほど書いた、交差点を渡っている若い女性の言葉のように、きまり文句がふたつも、生きて機能しているではないか。親から聞いて覚えたとして、その親の年齢は、五十代前半だろう。この親たちもまた、親が使うのを聞いて覚えたのか。きまり文句にはこのような謎がある。きまり文句は、この日本の、どこに生息しているのか。どのような経路で、世代から世代へと、伝わっていくのか。

子供は成長して大人になる。かつての大人たちとのあいだには距離が生まれる。成長して自分の世界を持ったとき、そこではかつての大人が使っていた言葉は役に立たない。では、どのような言葉を、どう綴って、なにを語っていくのか。きまり文句の対極には、新たな謎が姿を見せている。

日本語はけっして曖昧ではない

僕はいつも日本語を使って仕事をしている。この連載も日本語で書いている。自分の日本語はどれだけのものなのか、とときどき思う。自分の日本語能力を試してもらいたい、という願望がある。

どんな試験になるのかについては、考えていない。中立で厳正な、よく出来た、文句のつけようのない試験がもしあるなら、受けてみたい。百点満点として、六十五点くらいなのではないか、と思う。

ほんのちょっとした言葉とその使いかたは、試験しやすいのではないか。試験問題を作りやすそうだ。僕も作ってみた。

次の言葉に短い用例をつけなさい、という設問に対して、「ボキッ。ポキッ」「ゴロン。コロン」「ゴロリ。コロリ」「グラリ。クラリ」「ノソリ。ノッソリ」「ズドン。ストン」「ブッスリ。プスリ」「ピカリ。ピカッ」「バッサリ。バサリ。バサッ。パサリ。バリッ」と、こんなふうに言葉をならべられたら、どうすればいいのか、途方に暮れるのではないか。

太い枝がボキッと折れる。細い枝がポキッと折れる。これで正解だろう。ブッスリは太いものが深く入った様子で、プスリは細いものが浅く入った様子、とでも答えれば正解だろうか。

最後にあるバリッは、バリッとした身なり、あるいは、バリッと引き裂く、とでも答えればいいか。設問をもうひとつ考えた。「ゴロゴロ。コロコロ」だ。休日は部屋でゴロゴロしている。蜜柑がひとつコロコロと転がる。回答はこれでいいだろう。

「アーン。ジーン。コーン」の三つに短い用例をつけなさい、という設問には困るのではないか。口を大きく開いてアーンしてごらんなさい。それを聞いてジーンと目頭が熱くなった。寂しい村はずれの夕暮れに狐がコーンと鳴いた。

このような言葉を僕は好いている。好きになるには、それだけの理由がある。こういった言葉はきわめて日本語らしいものだから、という理由だ。

パカン。パリッ。パックリ。パタン。パチン。バチン。バタン。

ピカッ。ピカリ。ピカピカ。ピリピリ。ピロン。ピラピラ。ピッタリ。

プルプル。プラプラ。プラリ。プルッ。プカプカ。ペリッ。ペタッ。ペコペコ。ペコリ。ペラペラ。ペタン。ペッタリ。

パ。ピ。プ。ペ。いちばん最初にこれらの音がある言葉を集めてみた。漏れているものがたくさんある。ピクピク。ピーン。プックリ。プリンプリン。ペラペラ。ペロリ。子供の頃、ノートブックにアイウエオ順にこうした言葉を、知るたびに鉛筆で書き込んで楽しんだのを、いまでも覚えている。

ポはじつに多い。なぜ、ポなのか。日本語の秘密だろうか。

「ポカッ。ポケッ。ポロリ。ポン。ポタン。ポトッ。ポテッ。ポトポト。ポクポク。ポキン。

ポコン。ポタポタ。ポツポツ。ポツリポツリ。ポトン。ポーン。ポヤーッ。ポイ。ポカン。ポコポコ。ポッチャリ。ポカ。ポキポキ。ポケーッ」

濁音になってよければ、ボロボロ。ボチボチ。ボキボキ。ボウボウ。ボケ。ボコボコ。など、数は多い。

なにであれ、その状態をいちばん外側からとらえた言葉が、なかば音になっている。その音は、それぞれの状態を描写している。その状態がどのようであるのか、じつにわかりやすく、音で表現される。ホカホカ。ホクホク。ホノボノ。ホレボレ。ホロホロ。ホソボソ。などと、ノートブックに「ホ」の項目を作って、思いつくままに書き込んでみたくなる。

日本語は曖昧だ、としばしば言われる。日本人自らが、日本語は曖昧だから、などと平気で言う。いったいどこが、曖昧なのか。日本語はきわめて端的だ、と僕は思っている。どの言葉も、言い当てている、という表現がまさにふさわしいほど、見事なまでに、端的だ。ぼかした表現をするときは、話者もそれを受け取る相手も、ぼかした表現であることを、充分に承知している。ぼかした表現が原因となって深刻な誤解を生む、というようなことは、日本人どうしではまずあり得ないのではないか。

状態をなかば音として表現した言葉の数々は、日本語が持つ端的さの極致ではないか、と僕は感じる。ヨボヨボ。ヨタヨタ。ヨロヨロ。こういった言葉を受けとめた人が、若い溌剌とした状態の表現だ、と誤解することは、絶対に、という言葉をここで使って、絶対にない。

誤解はまったくない。誤解のなさは、そうでありますように、と気を配った結果として、そこに生み出される。誤解のないように、と気を配った結果としての端的さ。日本語が崩れていくとしたら、この端的さが希薄になっていくときだ。

彼女を納得させるのは大変だからなあ

チャールズ・M・シュルツが一九六九年の一年間に描いた『PEANUTS』が、二〇一九年の日めくりカレンダーに転用されていた。僕はそれを机の上に置いていた。四コマの連載は毎日だから、いつでも日めくりに使える。その十二月三十一日の四コマ目、つまりその年の最後のコマは、チャーリー・ブラウンの嘆息で終わっていた。

吹き出しのなかには入っていなかったから、チャーリー・ブラウンがひとり胸のなかでついた嘆息だ。胸のなかで言っている、という意味の印のなかに、SIGH（嘆息）というひと言が書いてあった。ちなみに吹き出しは英語だとスピーチ・バルーンだ。人が音声にした言葉はすべてスピーチであり、それがバルーン（風船）に入っている。

「彼女を納得させるのは大変だからなあ」とライナスが言っているコマがあった。彼女とはルーシーだ。英語ではこの台詞は、She's a hard one to deal with. となっていた。やりにくい相手、という意味だが、その意味を拡大して、納得させるのは大変だ、という日本語の言いかたを当てはめてみた。

二〇二〇年になって使い始めた日めくりは別の出版社のもので、いつの作品であるのかは、明記されていない。スヌーピーの独白として、「それは生死を分ける問題だよ」というのがあった。It may mean the difference between life and death. と、スヌーピーは英語で言っていた。

日本語の生死は英語でも life and death だ。「分ける」という日本語は難しい。生死が問われる状態のぜんたいを日本語は問題にしている。英語だと、生死を分ける状態とは何なのかと、より究明的に問題にしている。生死を分けるとは、生と死とのあいだにある違いのことだと英語は言っている。

今年の一月六日のコマでは、チャーリー・ブラウンがライナスに You judged her wrong, didn't you? と言っていた。この台詞に僕は、「きみは彼女のことを読み間違えたね」という日本語を当ててみた。きわめて日本語らしい言葉がすんなりと当てはまる状況が、日本語を遠く離れた英語の世界にある。どちらの世界でも人がおなじような状況を作るからだ。

彼女に関する判断をきみは間違えた、と英語では言う。読み間違えた、と日本語では言う。この文脈でいう「読む」とは、いくつかの要素を勘案した上で判断を下す、というような意味だ。

「こんな時代に生きて何ともないかい」と、チャーリー・ブラウンがルーシーに言っていた。この日本語は、もっともすんなり受けとめてもらえるものとして、僕が考えたものだ。何ともないかい、とぜんたいのすべてが終わったあと、それをひっくるめた言いかたをする日本語に対して、英語ではいま起きつつある状況をまず問題にする。Does it bother you to live in times like these, Lucy? この英語も、これはこれで、究極的にすんなりしている。日常の日本語で言う「時代」に対応する言葉は英語にもあり、それは times だ。

「だから言ったじゃないの」と、ルーシーがチャーリー・ブラウンに言っていた。英語だとSee? What did I tell you? という言いかたになる。私が言ったことは何であったか、と英語では言っている。日本語が問題にしているのは、言った、という事実だ。言ったからには、そこには何らかの言葉があったはずであり、事態の推移を見ると、その言葉は正しかった、という意味を、言った、という日本語は内包している。

そんなことしても無駄だよ、という言いかたは、こなれきった日本語だろう。これを英語で言ってみよう。まったくおなじ言いかたがそのまま当てはまる状況は、日本語と英語のどちらにもある。

無駄だよ、と言うけれど、何が無駄になるのか。何事かを言葉にして言うにあたって、間違いなく必要とされるものは、何なのか。それは時間だろう。だから英語では、You're wasting your time. と言う。時間の無駄だよ、という言いかたは日本語にもある。もっとも必要とされるのは時間だと、どちらの世界でも共通に認識されているからだろう。

これはライナスがスージーに言った言葉だ。昨年の十一月のカレンダーに、I'll try to survive. というスヌーピーの台詞があった。頻繁に使われる日本語を当てはめるなら、何とかやってみるよとか、がんばるよ、などではないか。英語を直訳すると、私は生き抜く努力をします、となる。直訳もいいかな、とふと思う。

『PEANUTS』は英語の勉強になる、と言われている。日本語にそのまま置き換えることの可能な英語を拾っていくと、たしかに勉強になる。

こういう言葉には頭を抱えるほかない

人の体のあちこちを引き合いに出した言葉が日本語にはたくさんある。目、口、鼻、耳、胸、手、背中、腹、膝、尻、腰、脛、足など、じつに多彩だ。いちばん頂上にあるのが頭だ。その頭をめぐる言葉を探してみた。探すまでもなく、次々にあらわれた。

順不同で列挙してみよう。ひとり頭。頭が上がらない。頭を抑える。頭を下げる。頭を出す。頭打ち。頭をはねる。頭数を揃える。頭株。頭から。頭金。頭ごなしに。頭ごしに。頭出し。頭でっかち。頭割り。頭をもたげる。頭に据える。頭をすげかえる。頭に来る。これで二十だ。もっとある。

頭のなかがまっ白になった、という言いかたは、多くの人が日常的に使っている。使っているからには、意味は充分に伝わる。心理的に受けた衝撃があまりにも大きかったからしばらくのあいだなにも考えられなかった、というような意味だ。

思考の放棄や拒否と解釈されやすいが、事態はそんな生やさしい次元ではない。思考の用意がないことをはるかに越えて、次々に起こって来る事態のとんでもなさの、当事者による表現だと僕は考えている。

髪の生えている部分を頭ととらえるなら、頭を刈る、という言いかたは、散髪することを意味する。頭を丸めるのは、髪を切って坊主頭になることだ。頭がすっかり白くなった、という言いかたも、髪を問題にしている。

いちばん初め、という意味の頭なら、頭から、という言いかたがよく知られている。頭出し、という言いかたは、録音テープを再生するにあたって、録音されたものの最初がすぐに再生されるように用意するという意味の言葉だ。

人を数としてとらえるとき、ひとりふたりと数えるにあたって、人の頭を数える。ひとり頭、という言いかたがある。ひとり頭三千円になるね、などと使う。頭数、という端的な言葉もある。これで頭数は揃った、というふうに使う。頭割り、という言葉もある。ひとり分の出費を一律に算出するとき、頭割りするといくらになる、という使いかたをする。

頭が痛い、と言えば、頭痛がすることだ。頭痛ではなくて比喩の場合は、頭の痛い問題だ、となる。あれこれ考えるのだがいっこうに埒が明かない様子を言うときには、「が」ではなく「の」を使うのが、もともとは正しい日本語だそうだ。頭を悩ましている問題です、という言いかたもある。

頭、とひとつだけ漢字を書いて、脳の機能のすべて、という意味にもなる。物事を認識して区別したり、思考をめぐらせて判断を下したりする機能の、ぜんたいのことだ。

このような意味での頭にはどのような言葉があるのか。たいへん少なかった。この少なさを根拠に、日本人は頭を使わない、と言われたなら、どのように反論すればいいのか。

頭が堅い。頭がまわらない。頭がいい。頭が切れる。頭が働かない。頭を使う。頭を切り替える。このくらいしか見当たらなかった。これらの言葉にはすべて、その反対がある。頭が柔らかい。柔軟な頭だ。頭がよくまわっている。頭が悪いんだよ。頭がまったく切れてない。もっと頭を働かせよ。頭を使わないからそういうことになるんだ。頭の切り替えがまるできいてないよね。

さきほど書き忘れたことを、ここで書いておこう。この問題には頭を痛めてますよ、という言いかたには、日本語としてなんら問題はない。まったくおなじことを、この問題には頭が痛いですよ、と言ったなら、日本語として明らかにおかしいのだろうか……。日常的には許容されているけれど、厳密にはおかしいのだろう。どこか変だな、と僕ですら感じるのだから。

頭の黒い鼠、という言葉を久しぶりに見た。頭のつく言葉を国語辞典で探していたら、この言葉にでくわした。ごく幼い頃、僕はこの言葉を一度だけ聞いた。身辺にいた大人たちの誰かが、こう言ったのだ。

頭の黒い、とは、黒い髪の生えた、という意味だ。他の生き物と区別したうえでの、人という意味だ。人が鼠とは、これ如何にだ。家のなかのものをくすねていく人、という意味だそうだ。たとえば、饅頭を一個、くすねる。それを便所で食べる。人には見とがめられないだろう。しかしその饅頭は、甘臭いはずだ、と言葉の意味を幼い僕に説明した大人は言った。

頭出し、という言葉についてさきほど書いた。頭を出す、という言いかたにも触れておかなくてはいけない。地味だった人が日立ち始めることを、あの人は頭を出してきた、と表現するという。聞いたことも使ったこともないけれど。

深い思考を鋭くめぐらせて真実への経路を見つけるという頭ではないようだ。

なんだ、そんなことも知らないのか

「なんだ、そんなことも知らないのか。きみは教養のないやつだなあ」

二十代の僕は、ひとまわりは年上の編集者から、何度かこう言われたことがある。言うほうとしては相手のぜんたいを見下しているのだから、自分よりかなり年下でなくてはいけない。それに僕は、ものを知らない戦後世代のはしりだから、知らないことにおいては人後に落ちない。教養があると自分では思っているその年上の編集者にとって、僕は格好の標的だった。

「夏目漱石の最初の小説がなにだったか、きみ、知ってるかい」

と、おなじ編集者から酒席でいきなり訊かれたのを覚えている。当時は知らなかった。いまならかろうじて知っている。『吾輩は猫である』が最初の小説で、一九〇五年から〇六年にかけて執筆され、漱石は四十歳だったという。

その年上の編集者は『吾輩は猫である』の書き出しの一行を暗唱してみせた。「吾輩は猫である。名前はまだ無い」

この編集者とは酒席で同席することがなぜか多く、その都度、漱石に関する基本的な教養を僕は試された。おかげでいまでも覚えていることが、いくつかある。

一九〇六年の『草枕』の書き出しは、「山路を登りながら、こう考えた」という文章だ。『坊つちゃん』がおなじ年の作品だ。書き出しの一行は以下のとおりだ。「親譲りの無鉄砲で小供の時から損ばかりしている」

『こころ』は一九一四年の作品で、書き出しの一行は次のようだ。「私はその人を常に先生と呼んでいた」。広くその名を知られた文学作品の書き出しの一行は、知っている人が知らない年下の人に自慢してみせる教養の、筆頭ではなかったか。

清少納言を得意にしていた年上の人がいた。名前は思い出せないが、彼の口調はいまも覚えている。「セイ・ショウナゴンだからね。セイショウ・ナゴンだと思ってる人がじつに多い。きみもそうだろう。春はあけぼのの、清少納言だよ」

平家物語をヒラヤ・モノガタリと読み、なんだか知らないが一軒の小さな民家の話だろう、と当時の僕は思っていた。ヒラヤではなくヘイケなのだ。「祇園精舎の鐘の声、諸行無常の響あり」という文章は日本人ぜんたいの教養だったという。いまの若年層には、まず日本語に聞こえないのではないか。百人一首のどれだかを暗唱され、なんとなく日本語かなというのが第一印象です、と言って呆れられたことがある。

「徒然なるままに日暮らし硯にむかひて」と書き出したのは『徒然草』で、「私は、その男の写真を三葉、見たことがある」と書き出したのは、太宰治の『人間失格』だった。「幼頃から父は、私によく、金閣のことを語った」という書き出しで三島由紀夫は『金閣寺』を書いた。なんと言ってもこれですよ、と僕でも言いたいのは、川端康成の『雪国』の最初の一行だ。「国境の長いトンネルを抜けると雪国であつた」という書き出しだ。

アーネスト・ヘミングウェイの『老人と海』は一九六六年に日本語訳が刊行された。その翻訳によると、最初の一行は、「かれは年をとっていた」となっている。二〇一四年に別の翻訳が文庫になった。それによると最初のワン・センテンスは次のようだ。「老人は一人で小舟に乗ってメキシコ湾流へ漁に出る」こうして日本語訳を見比べていると、原文の英語の文章に接してみたくならないだろうか。

　教養という言葉はいまでも現役だろうか。「エリートという言葉とともに、いまだ立派に現役です」と力説する友人がいる。エリートの条件とか新たな教養主義、といった言葉を見かける。「教養というものは相手を黙らせるものではなく、際限なく摩擦を引き起こすものです」とも、その友人は言う。

　摩擦とは、意見の違いだろう。そして意見が異なるかぎり、どこまでも、おたがいに、言葉をつくさなくてはいけない。黙るどころではない。言葉をつくすためには教養が必要なのだろう。おたがいに言葉をつくしたその前方に、ぼんやりと見えてくるのは、意見を異にする者どうしが共通して立つ世界の、一端だ。

　柴又の寅さんが、あの軽い調子で、ときどき言う。「お前は教養があるねえ」と。「インテリの言うことは違うよ」という言いかたをするときもある。いずれの場合でも、言いかたはきわめて軽い。

　これが教養だと多くの人たちが勘違いしているものすべてを、寅さんは軽くからかっている。この軽さは注目に値する。渥美清の発声法を遠く越えて、この軽さには、真実が託されている。

勘違いされた教養のすべてに、寅さんがまったく信を置いてない事実が、この軽さによって表現されている、と僕は判断しているからだ。

流れる川の水にすべてを託す

青竹珊瑚、という言葉を知っている人は、そもそもごく少数だったのではないか。かつての日本でたいそう人気のあったハワイアン曲から、題名のなかにある漢字を組み合わせたものだ。青は『ブルー・ハワイ』の青だ。竹は『小さな竹の橋で』だ。そして珊瑚は『珊瑚礁の彼方に』だ。

一九五〇年代に入ってから一九六〇年代のなかばを過ぎるまで、日本にはハワイアン・バンドがたくさんあり、そのどれもが歌や演奏を、日本各地で盛んに披露していた。ハワイアン音楽がもっとも強く人々から求められた時代に、ハワイアン・バンドを中心にした業界の人たちの少数が、この言葉を知っていた。

客からのリクエストが出演バンドにはたくさん届いた。そのなかでもこの三曲は特に多く、この三曲を歌い演奏しないことには、舞台を降りることが出来ないほどだった、という意味を持った言葉だ。

僕が知っている青竹珊瑚は、青竹珊瑚また青い、というもので、また青い、の部分の青は『ブルー・ムームー』という人気のあった歌を意味した。

『小さな竹の橋で』は一九三六年にニューヨークのヒット・ソング業界で作られたもので、一九三七年にルイ・アームストロングがアンディ・アイオナと共演してレコードを作って、評判になったという。

直径十インチのLPを探してみたら、『ハワイアン・ヒット・テン ISLAND PARADISE ハワイで逢いましょう』という題名のLPのなかにあった。ミルス・ブラザーズが歌っていた。聴いてみた。じつに良かった。

一九五一年の日本でこの歌がヒットしたそうだ。英語の歌詞の一部分を日本語にしてみよう。「そして流れていく川の水に映ったきみは、私は永遠にあなたのものよ、と僕に言っているようだった」と、ポピュラー・ソングの王道を歩んでいくのだが、日本人はそうはいかないようだ。

橋があれば、その下にあるはずの川の流れを、日本人は見てしまう。そしてそのときの自分の心情を、流れる川に託すのが、たいそう好きなようだ。出発点は日本人がことのほか好んだ仏典にあるという。

「小さな橋よ、竹の橋の下で、川の水にながれてゆく。あの日の夢も、たのしいおもいでも、川の水にながれてゆく」と、歌い始めたそのとたん、橋の下にある川を流れる水に、日本語の歌詞は注目している。そしてそれゆえに、この歌は一九五〇年代の日本でたいへんな人気を獲得した、と僕は判断している。

川の水の流れにそのときの自分の心情を託した文章として、日本でもっとも広く知られているのは、鴨長明という人が十三世紀に書いたエッセイの、最初の一節だ。鴨長明はカモノチョウメイと読む。その最初の一節を引用しておこう。

「ゆく河の流れは絶えずして、しかももとの水にあらず。よどみに浮ぶうたかたは、かつ消え、かつ結びて、久しくとどまりたるためしなし。世の中にある人と栖と、またかくのごとし」

『方丈記』という、けっして長くはないエッセイの、書き出しはこうなっている。最初のワン・センテンスは、日本人なら誰でも知っている、とかつては言われた文章だが、まんなかにある、しかも、というひと言を省いて暗唱する人が、多かった。身近にいる年配の人に言わせてみるといい。たいていの場合、しかも、は脱落しているはずだ。

『方丈記』の方丈とは、広さにすると四畳半ほどだそうだ。方が四角で、丈はその一辺の長さだ、と僕は記憶している。四畳半を英語で言うと、four and a half mats としか、言いようがない。


この『方丈記』には、英語に翻訳されたものが、なぜだかたいへん多い。せっかくだから、そのうちのひとつを紹介しておこう。A. L. Sadler という人の英語翻訳が、『平家物語』と合わせて、日本で一冊の本になっている。『方丈記』の最初の一節を、そこから引用する、下記のとおりだ。

Ceaselessly the river flows, and yet the water is never the same, while in the still pools the shifting foam gathers and is gone, never staying for a moment. Even so is the man and his habitation.

最初の一節を原文で読むと、このくらいならなんとかわかる、という程度には理解出来る。

英語に翻訳されたものを読むと、隅から隅まで、くっきりとすべてを理解することが出来る。これは不思議なことだ、と僕は考える。原文が収録されている文庫本には現代語訳がある。原文、現代語訳、そして英語訳の三つを読みくらべると、楽しい。英語訳には何とおりかある。くらべてみるとまた別の面白さがあるはずだ。原文はひとつなのにその英訳はいくつも出来る。ものの言いかたが学べるだろう。

戦争の経済的負担はとてつもない額になる

一九六〇年代なかばのある日、disposable という言葉と watch という言葉が、僕の目の前で結びついた。証拠物件のように、その現物が僕の手のなかにあった。

アメリカ軍は兵士たちに配付する腕時計として、電池式で本体はプラスティックの、軽量な腕時計を採用した。電池がなくなったら、電池を交換するのではなく、それはそのまま捨ててしまい、新品を使うのだ。だからこその、disposable watch だった。

電池を交換するなら、その電池を大量に作らなくてはいけない。人材を養成し、道具を揃え、新たな部署をいくつも新設し、世界じゅうどこでも、アメリカの兵士がいるところには、交換用の電池や扱いかたのマニュアルなど、すべてを用意しなくてはいけない。それには費用がかかる。電池がなくなったら新品と交換したほうが、はるかに安くあがり、しかも簡単なら、ためらいなくそうするだろう。現実に、そうしたのだ。

あのとき手に持った disposable watch の、タイメックスによる正確な復元が製品として市販されている。僕はそれを購入していつも使っている。戦争とはまずなによりも先に、経済的な負担がとてつもない額になるものだということを教えてくれた、disposable watch の記念として。

「咳」という言葉と「エチケット」という言葉が結びついた。ごく最近のことだ。たとえば電車のなかで咳をすると、睨まれたり席を変わられたりする。マスクを着用し咳はしない、というのが、他の人たちに対する、咳エチケット、なのだ。いつも乗っている小田急電鉄という私鉄の、プラットフォームにある電光掲示板に、咳エチケット、という言葉を僕は見た。

「再」という言葉と「裾上げ」という言葉が結びついたことは、僕でも知っている。たとえば女性が通販でパンツを買う。裾上げをしてもらう。届いた製品を身につけてみて、裾がやや短い、あるいは、やや長い、というとき、裾上げしなおしてもらうことが、再裾上げ、という言葉を得た。

「荷物」という言葉と「はさまり」という言葉が結びつくと、荷物はさまり、という新しい言葉となる。電車の運行にかかわるいくつもの言葉のなかでの、最新と言っていい言葉だ。

閉まろうとするドアを押しとどめて車両に乗りこむと、荷物の鞄がドアにはさまれる。すでに満員に近い混みかたなのに、そこへ入ろうとして無理をすると、閉まるドアに鞄がはさまれる。はさまる、あるいは、はさまれる、という動詞をやや無理をして名詞にすると、はさまり、ともなるだろう。荷物がはさまるのだから、荷物はさまり、という言葉が、そのような状態を生き生きと活写するものとして、時代のなかに誕生していく。片足はさまり、というような言葉はまだないようだ。現実には、いたるところで、毎日のように起きているはずだが。

あるひとつの言葉と、まったく別の言葉との、思ってもみなかった結びつきの実例は、たくさんある。思ってもみなかった結びつきによって、それまでは存在しなかった言葉が、突然、社会に躍り出る。そのような言葉が必要とされる現場が、日本じゅうに生まれたからだ。

燃やせるゴミ、という言葉には、もはや誰もなにも感じないと思うけれど、この言葉が登場したときには、これはいったいなにごとか、という印象が強くあった。「燃やせる」という言葉と「ゴミ」という言葉の結びつきだ。結びついて当然のような気もするが、燃やせるゴミ、という言いかたは、それまでなかった。

　燃やせるゴミ、の反対は、不燃ゴミ、と言う。燃やせるゴミの大きな部分を占めるのが、生ゴミという種類のゴミだ。家庭から排出されるものが多いから、家庭ゴミ、とも言われている。「家庭」と「ゴミ」が結びついて、家庭ゴミ、という言葉が、おそらく理の当然として、生まれていく。

「お茶」と「バー」が結びついた実例を僕は知っている。ドリンク・バー、というものの一部分だ。ドリンク・バーは、英語のサラダ・バーから派生した日本語だ。このお茶バーには、いろんなお茶が用意してあるという。あるところには、ダージリン、煎茶、鉄観音、全部で十二種類のお茶があるという。アイスウーロン茶はいいとして、ピーチウーロン茶は、どのような味と香りなのか。お茶を売るための、このバーの料金はひとり九十九円だそうだ。

「デミグラスソース」と「ビーフ」が結びつくとデミグラスビーフとなる。ドトールというチェーンの喫茶店にある、あつあつミラノという冬のメニューだ。三種類のチーズが熱く溶けていて、ブレンドコーヒーとセットで五百七十円だそうだ。

　ミラノサンドBの、この冬の新種だ。

　新しい言葉を僕ですら次々に知る。置き配。レディボー。ちとふな。この一週間に遭遇した言葉だ。

日本語は滅びていくのだろうか

「だいじょうぶです」というひと言を、じつに多くの人が使っている。便利なのだろう。口をついてこの言葉が出てくる、という状態になっている。多くの人がいろんな状況のなかで使っているうちに、使用範囲が広がっていく。使用範囲が広がれば、意味も違ってくるのは当然だ。

間に合っている。そんな必要はない。ご心配は無用です。という意味で、「だいじょうぶです」というひと言が使用されている。ある男性が女性を夕食に誘った。たまにはおいしいものを食べようよ、という彼の言葉に対して返ってきたのは、「だいじょうぶです」だった。

誘った男性は彼女に承諾してもらえたと思ったのだが、じつはその反対だった。「だいじょうぶです」は、断りのひと言だった。「そんなご心配をしていただかなくても、だいじょうぶです」という意味だった。

「お降りのお客さまは前のお客さまに続いてお降りください」という男性車掌によるアナウンスを、二、三日前、小田急線の車両のなかで聞いた。日本語だということはわかったが、このアナウンスを受けとめる人たちの、どこになにを訴えたいのか、不明だった。

降りる人は前の人に続いて降りろ、ということは考えるとわかった。続いて、という部分が問題なのだ。降りる人とのあいだを空けずにひとつながりに降りてくれ、と言いたいのだ。

「前の人とのあいだを空けないで降りてください」と言えば、それでいいのではないか。しかし、短い言葉で、聞いたとたんにわかるように言うのは、思いのほか難しい。

等間隔降車、という言葉を何年も前に、確か小田急線の電車のなかで聞いた覚えがある。もう降りないかなと車掌が判断し、ドアを閉めようとする寸前、駆け出て来る人がいる。こういう人をなんとか少なくしようという思いが、等間隔降車、という言葉を生んだ。

新たな必要が新しい言葉を生むんだなあ、と考えていたら、突然、なんの脈絡もなしに、青天の霹靂、という言葉を思った。霹靂は青天からやって来る。英語でもおなじだ。Out of the clear blue sky と言えば、日本語の青天の霹靂ときれいに対応する。重く曇った空やいまにも雨の降りそうな空からは、英語でも日本語でも、霹靂は来ない。澄みきった青い空から、霹靂は来る。だからこそ、人々は驚くのだ。

ももひき、という言葉が若い店員に通じなくて苦労した、という話は面白かった。まださほどの年齢ではない男性が、ある日のこと、スーパーマーケットの二階にある衣料品売り場で、ももひきを買おうとした。「ももひきはありませんか。いまは寒い季節だから、冬用の暖かいの。言葉としては通年だけど」と言うのだが、肝心のももひきという言葉が通じない。

「男がズボンの下にはくタイツみたいなものでさあ、いまは化学繊維かな、色は黒だろうな、ぴったりしてるようで、そうでもなくてさ。ぴちぴちは嫌なんだよ、きついから」

売り場の見本棚に下がっているものを手に取り、こういうものでしょうか、と言われたものがずばり、ももひきだったが、その店員はふさわしい言葉を知らなかった。パンツのアンダーですからアンダー・パンツでしょう、ということでサイズを確かめ、支払いをしたという。

アーモンドのプラリネとドライフルーツのセミフレッド、というデザートを食べた。純白のテーブル・クロスは、輝かしい純白のままだった。「の」がふたつに、「と」がひとつ。滅びていく日本語のなかで、最後まで残るのが「の」と「と」だ、と僕はいつも言っている。その僕によって、ここでこうして書かれるのにまさにふさわしい、美味なデザートだった。デザートを平仮名で書くと、いっこうに際立たない。そろそろ平仮名で書いてもいいかとふと思ったのだが、そうもいかないようだ。

レミゼ、という片仮名言葉を知ったばかりだ。昔は小説の題名、いまは舞台のミュージカルの、『レ・ミゼラブル』を略して、レミゼと言う。途方に暮れていた僕に、レミ、という言いかたもあるよ、と別の人が言った。外国でも略している。Les Miz. と略せば、音声でも文字でも、『レ・ミゼラブル』のことだ。

フランスで知られている手帳にアジェンダというのがある。僕はひと頃、使っていた。この手帳のうしろに世界地図があり、その地図のなかでは、四国がSikokと表記され、九州はKiousiouと表記されていたことを、いまでもときどき思い出す。一九九三年には、四国と九州の表記はこうだった、という記録がある。キューシューとは言わずに、キウシウと言ってみるのは一興だろうか、といまも僕は思う。

英語を学ぶ教材としての英字新聞

英字新聞、という言葉に僕が初めて遭遇したのは、中学生の頃だった。英字、という言葉に、新聞という言葉が結びつき、英字新聞という新しい言葉が生まれる。それまでは知らなかったものが、またひとつ増えた、という妙な感慨があったのを記憶している。

日本国内で発行されていて、日本に住む外国人記者が日本の記者と協力して日本人の英語の勉強用に、あるいは日本にいる外国人のための情報源として、編集している。ＱＲコードにスマホをかざすと、ニュースを読む英語の音声を聞けるものもある。

いま僕のところにある英字新聞は、日刊がふたつ、週刊が四つ、週末に刊行されるのがひとつ、そして週のうち五日だけ刊行されているものがひとつ。こんなにたくさんある。

The Japan Times は日本人が作った最初の日刊英字新聞だ。二〇二〇年は百二十四年目だという。全十二ページが国内、経済、インサイト、世界、テレヴィジョン、意見、スポットライト、スポーツの八つのセクションに分かれている。全十六ページの The New York Times がついてくる。一年前、新幹線で京都へいくとき、町田駅の売店で購入した。あれこれ読んでいくと京都まで退屈しなかった。それ以来だ。

慣れ親しんだ日本語の言葉を、これを英語ではなんと言うのか、という興味で読んでいくのは、英字新聞のもっとも初歩的な、しかし有効な読みかただろう。ほんの一例として、通勤者たち、と英語で言うにはなんと言えばいいのか。とっさに出てくる人は少ないのではないか。

三月四日号の一面まんなかに、前日の朝の品川駅の通勤風景が、カラー写真で掲載されている。通路をびっしりと通勤者が埋めている。白いマスクをした人がほとんどだ。記念的な写真だと僕は判断している。英語のキャプションのなかで、通勤者たちはcommutersと呼ばれている。

一面にある四つの記事のうち三つまでがコロナウイルス関連のものだ。これを英語でなんと言うのか、という興味で記事を読んでみた。「ウイルス拡大」virus fallout「野党の批判」opposition criticism「今年の会計年度」this current fiscal year「現内閣の寿命を縮めるおそれ」threat to the longevity of his administration「全国の学校閉鎖」nationwide school closures「テレワーク（日本語としての）」working remotely「コロナウイルスで世界的に心配されているマイナスの影響をやわらげる」to ease the adverse impacts now anticipated in relation to the global COVID-19 crisis

The New York Timesの全十六ページが毎回、ついてくる。この十六ページは、世界、経済、意見、ファッション、科学、スポーツ、文化、旅行の各セクションだ。世界が四ページ、そして意見が三ページだ。

一面の左には、「コロナヴァイラスから学ばなくてはいけない」と題して、ヨーロッパにおける疫病の歴史から現代の人たちが学ばなくてはいけないことについて、ハンナ・マーカスという人が文章を書いている。その右には、「中国の危機によって世界の経済が脅かされている」という題名で、アレクサンドラ・スティーヴンスンという人が文章を寄せている。供給者としても消費者としても、中国は巨大になり過ぎ、しかもその勢力範囲は、多岐にわたっているから、その経済がいったん崩れたなら、修復は不可能であるはずだ、という趣旨の文章を読んでいくと、もはや世界は終わりかと、悲観のきわみに人は立つ。この悲観は正しいのではないか、と誰しもが思う。

ヨーロッパでの疫病の歴史に学ばなくてはいけない、という文章のなかでは、クアランティンという言葉の、最初の意味を知ることが出来た。疫病の拡散を防ぐための隔離と検疫をクアランティンは意味しているけれど、そのために必要な期間を示す四十日間が、もともとの意味だった。船が外国から入港してくると、隔離の期間として四十日、上陸は禁じられ、厳しい管理が施行されたという。

「コロナウイルスの時代に」は、in this time of coronavirus となる。「少数者へと押しやられている人たち」は marginalized people だ。「アジア系の人たちへの差別」は、anti-Asian discrimination と言えばそれでいい。こう言えばそれで充分、というものの言いかたを学ぶいい機会が、英字新聞のなかにある。

英字新聞、という言葉にはいまだになじめない。この言葉を初めて聞いたときに感じた奇妙なものはいったいなになのか。日本語の新聞とは明らかに区別された一例が、英字新聞ではないか。英字は区別されている。単なる英語の新聞ではなく、わざわざ英字新聞なのだから。

日本語にならない英語というもの

「きみは眼鏡をかけたほうがいい、と眼科医が言ったんだよ」

と、その日の四コマの最初のコマで、ライナスが言った。姉のルーシーが左にいて、ライナスは正面を向いて両手を広げている。そのライナスは眼鏡をかけているではないか。あのライナスが眼鏡をかけることになるとは。僕はかなりの衝撃を受けた。

僕は『PEANUTS』の日めくりカレンダーを使っている。どこにも明記はされていないが、五十年くらい前の作品を、今年の日めくりに流用したのだろう。

二コマ目ではライナスは左を向いていて、うしろにルーシーがいる。三コマ目ではふたりとも正面を向いている。ややうしろにルーシーがいる。四コマ目では、左にいるライナスとその右のルーシーが向き合っている。左右の側面から、眼鏡をかけたライナスを見ることが出来る。ライナスが言っている。

「なにが起きてるのかよく見えるのは、なかなかいいことだよ」

この『PEANUTS』の連載は物語が続いていくことが多い。日めくりの次の日、二月六日も、主題はライナスの眼鏡だった。

I'm sorry that you have to wear glasses, Linus.

と、チャーリー・ブラウンが言っている。これに対してライナスは、

Don't feel sorry for me, Charlie Brown.

と応じている。

このふたつの sorry は日本語にならない。たとえばチャーリー・ブラウンの台詞を、

「きみが眼鏡をかけるなんて気の毒だよ」

とでも訳したなら、ライナスの気持ちのなかをのぞきこんで、勝手に気の毒だと言ってることになるから、sorry は日本語になっていない。ライナスの台詞にある sorry は日本語にするのがもっと難しい。

アイムソーリー、と片仮名で一語に書いて日本語にしてしまう、ということをいま僕は思いついた。エクスキューズミーとおなじように、アイムソーリーを日本語として使うのだ。ソーリーには、すいません、という日本語が対応しているのだから、アイムソーリーが日本語になる日は、思いのほか近いのではないか。次の日、二月七日も、ルーシーとチャーリー・ブラウンが、ライナスの眼鏡を話題にした。

「眼鏡をかけたライナスが家に入って来たのを見たとき、私は泣きそうになったわ。眼鏡をかけて家に入って来たとき、ほんとに気の毒だった。子供のフクロウみたいだったもん。私の心は張り裂けんばかりだったのよ」

窓辺にふたりならんで、ルーシーがチャーリー・ブラウンにこう言っている。「こんなことを私が言ってるなんて、ライナスに伝えたら、頭をはたいて吹き飛ばすわよ」

と、四コマ目でルーシーが大声でチャーリー・ブラウンに言っている。ルーシーは本領を発揮している。そのルーシーにとって、ライナスは、Sucking your thumb and holding that stupid blanket. なのだが。「親指はしゃぶるし、あの阿呆くさい毛布はいつも持ってるし」という弟だ。

ルーシーの台詞のなかにも、sorry の一語がある。気の毒だった、と仮に僕は日本語にしておいたが、この sorry のひと言は、何度も繰り返すが、日本語にならない。

ルーシーというひとりの人の思考と行動の、結果としての sorry なのだが、それが日本語にならないとは。すでに書いたとおり、可哀相だ、気の毒だ、といった言葉は、相手の気持ちのなかをのぞき込んだ上での、勝手な推測としての言葉だ。

眼鏡をかけたライナスは、その眼鏡のレンズを、スヌーピーの長い耳で拭いたりする。あの長い耳は、ビーグル犬が特徴的に持っているものだ。

三月十六日の日めくりでは、最初のコマから三コマ目までの三つのコマをついやして、ライナスがスヌーピーの耳で眼鏡を拭く動作を、作者は描いている。

最初のコマではライナスが眼鏡をはずす。レンズが汚れてきた、という設定だろう。二コマ目でライナスはスヌーピーの耳でレンズを拭う。三コマ目では、きれいになった眼鏡を、ライナスはかけなおす。四コマ目でライナスは歩み去り、スヌーピーが残される。そしてそのスヌーピーには、頭のなかではこう思っているという意味のスピーチ・バルーンがあり、そこにはGood grief!（「やれやれ」）のひと言がある。

耳で眼鏡を拭かれたならスヌーピーではなくとも胸のなかではGood grief! としか言いようがないのではないか。スヌーピーの登場する連載をすべて集めた本があるから、そのなかでスヌーピーのGood grief! を探してみよう。

「俺」はしぶとく生きのびる

自分を意味する「俺」という言葉は、国語辞典ふうに解説するなら、同輩や身内の人たち、あるいは目下の人たちのなかでのみ用いる、くだけた自称だ。オレオレ詐欺は「俺」という言葉が身内でいかに多用されているかの証明だろう。

『俺は待ってるぜ』という歌謡曲がこの日本でヒットしたのが一九五七年のことだったという。石原裕次郎というおなじ歌い手による『俺はお前に弱いんだ』が多くの人に受けとめられたのは一九六〇年代なかばではなかったか。「遅くならないうちに今日はこのまま帰ろうね」という台詞が冒頭にあった。

おなじ歌手によって、『おれの小樽』や『お前にゃ俺がついている』などがあった。自分のことを私や僕ではなく、俺と呼ぶ人として、石原は恰好ではなかったか。

『俺たちに明日はない』というアメリカ映画は一九六七年のものだ。ボニーとクライドの男女の物語だと思っている人は多いが、マイケル・J・ポラードが演じたサムを加えた三人の物語だ。おなじ年の『俺たちは天使じゃない』では、ハンフリー・ボガート、アルド・レイ、ピーター・ユスティノフの三人が活躍した。

『俺たちに鎖はない』『俺に近づくな！』『おれの女に手を出すな』『俺は知らない』『俺の墓標

は立てるな』と、いろんな「俺」があった。どれも日本で公開された外国映画の題名だ。日本の映画では『霧笛が俺を呼んでいる』が一九六〇年の日活作品だった。『復讐は俺に任せろ』という題名でアメリカの娯楽小説が日本語に翻訳されたのはいつだったか。

流行歌や映画あるいは娯楽小説の題名のなかで、「俺」や「おれ」「俺たち」は静かに過去へと遠のいていく。日本の男たちによって、音声で放たれる「俺」は、まだ健在だろうか。日本全国に林立する会社のなかでは、彼らはまだ生きているようだ。

「俺は聞いてない」という台詞は、勤続年数が二十年近い会社員男性の、常套句だそうだ。新人の女性社員がＰＣのモニターから顔を上げ、「私はうかがっておりませんが」と、涼しく言う場面もあるという。

「それは俺にまかせろ」

「そういうことはまず俺に言えよ」

「そんなことを俺に言うな」

「俺んとこへそんな話を持ってくるな」

「あれは俺がやった仕事だ」

「あいつは俺と同期なんだよ」

「あいつは長いこと俺んとこにいたんだ」

「あいつを育てたのはこの俺だからね」

「俺とお前の仲じゃないか」

「お前にはこの俺がついてるから」
と、虚実さまざまに、今日もまた、会社という現実のなかで、日本の男たちはこのような言葉を、音声にしている。
「俺はそういう男さ」
というひと言を忘れてはいけない、と忠告してくれた人がいる。自分という人のすべてが、「俺」と「男」のふた文字で、提示してある。「俺」とは「男」なのだ、「男」とは「俺」のことなのだ。

自分自身はどうなのか。自分自身とは、いまこれを書いている僕のことだ。たったいま自分のことを「僕」と言ったとおり、僕はどうしようもない東京の坊やだ。坊やとは、洟垂れ小僧ではないけれど、いいとこのお坊ちゃまでもなく、そのどこか中間の、なぜだか東京にいる根なし草、という程度の意味だ。そこに生まれた子供が自分を意味した呼称を使うとき、それは「僕」でしかなかった。だから僕は「僕」で育ち、それ以後ずっと「僕」だったのだが、高校の三年生の一年間だけ、自分のことを「俺」と呼んだ。

この一年間はいまでも忘れがたい。僕が俺になるだけではなく、言葉ぜんたいがぞんざいで荒くなり、喋りかたも明らかに素っ気なくなった。

年上の編集者にこのことをかつて語ったら、それは湘南の影響だよ、と明快な回答をその人はくれた。湘南から出て横浜、品川と東へ向かい、山手線で渋谷まで上がり、そこから三軒茶屋と下北沢へ向かったんだ、そのなかにきみはいたはずだ、とその人は言った。「そのとおりです。高校は千歳烏山ですから、三軒茶屋と下北沢のどちらからでも、延長線上になりますね」と僕は彼の説に取り込まれ、いまでもその説を信じている。

僕が自分のことを「僕」と呼ぶとき、その「僕」は英語のＩの日本語訳だよ、というのも、半分は冗談だが、残りの半分は本気で、なかなかいいではないか、と判断している。Ｉという音声がボクという音声に変わっているだけだ、と解釈すると、この冗談は成立する。成立するからには、本気だと考えるほかない。

頭に「かね」のつく言葉を探してみた

「地獄の沙汰もかね次第」という言いかたがある。わかりやすくするために、地獄の沙汰、というような誇張された表現が使ってある。この世のほとんどすべてのことはかねで解決出来る、という意味だ。日本はあらゆる物がかねで買えるはずの国だ。そこではかねがものをいう。

頭にかねのつく言葉を国語辞典で探してみた。かねは金という漢字になっている。金入れ、金売り、金貸し、金食い虫、などから、金目、金儲け、金持ち、などへ、三十ほどだった。思いのほか少ない。

しかし、かねのからんだあれやこれやは、俗世間のしがらみの典型ではないか。日本語のもっとも得意とする分野だ。おかねの話をするにあたって、日本語は言葉に不足しない。

思いつくまま、無差別にあげてみよう。金、かね、カネと三つの書きかたがあるが、ここでは平仮名で書くことにしよう。

借りたかね。

貸したかね。

かね目の物。

かね目当て。

かね次第。
かねの出し入れ。
かねの出入り。
かねの動き。
かねのなる木。
出ていくかね。
入って来るかね。
そんなことはかねにならない。
かねがたまらない。
かねが出ていくいっぽうだ。
かねを寝かす。
かねで面を張る。
かねに飽かす。
すぐかねのことを言う。
かねのかからない。
かねのために働く。
かねに目がくらんだ。
あいつはかねには厳しいんだ。

かねに転んだ。

かねでかたをつける。

かねはもらったか。

まだある。こうして書いていくと、なにごとかを感じる。それは、いったい、なにだろうか。

かね離れのいい男だ。

かねの使いかたを知っているね。

かねにものを言わせる。

かねには淡白だよ。

かねの話はいっさいしないね。

あれはもらったかねじゃないか。

かねに汚い男だ。

かねに執着する。

かねの出所はどこだ。

かねづるを掴んだら放すな。

こうして書き出したものを見ればわかるとおり、かねに関する言葉やものの言いかたは、千差万別であるのが基本だ。どちらかと言えば、かねはない。かねがうなる、というような言いかたがあるが、大抵の場合、うなってはいない。かつかつだ。かねが充分にはない状態のなかで、こうした言葉を使う人たちの誰もが、生きている。ないかねをいかに工面するか。それが人生の醍醐味だ、ということにしておこう。

かねは、ぜに、とも言う。銭、と書く。ぜん、という言いかたが変化して、ぜに、になった。江戸時代の小額貨幣の総称で、まん中に穴のあいた円形をしていたそうだ。現在では、五円硬貨と五十円硬貨がそれに当たる。小銭、という言葉はまだ現役だろう。ぜにには、おぜぜ、という言いかたもある。いま、どのような状況のなかで、どんな人が、おぜぜ、と言っているのだろうか。

日銭は、かつての僕が言ったような、にっせん、ではなく、ひぜに、と言う。毎日の収入となって入って来る現金のことだ。日銭には、ひがね、という言いかたもある。

国語辞典で銭の項目を見ていたら、銭の取れる芸者、という用例があり、これにはかなり驚いた。安物買いの銭失い、という言葉は、知っている人がいまのところまだ多いだろう。銭入れはコインケースだから、おぜぜはいまやコインなのだ。

かねと銭をひとつに合体させて、銭かね、という言葉にすると、それは強調の表現であると同時に、この世の俗事のすべてがこの一点に集まった、という感きわまった気持ちとなる。その銭かねでもっとも広く知られているのは、銭かねの問題ではない、という言いかただろう。この世のきわみである銭やかねを超える問題があるというのだから、それはたいそう興味深いことだ。

かねはさまざまに変化する。ご予算。これをわざわざ、バジェット、と片仮名にする世界がある。おあし。おひねり。持ち合わせ。懐。懐具合が悪い、という言いかたは、持ち合わせがない、という意味だ。懐が寒い、という言いかたもある。手元、とも言う。手元不如意、と言えば、かねがないことを意味する。示談に持ち込む、というかねの使いかたもある。

かねはすべて経済問題であり、かねはマネーともなる。マネタリアンたちがマネタイズやマネタリゼーションに励み、貨幣経済における貨幣価値の変動に一喜一憂しているとか。遠い世界だ、かねは遠い。

よろしかったでしょうか

ごく最近の出来事だ。僕に友人ふたりを加えて三人がカフェに入り、コーヒーを注文した。そのときウエイトレスが言ったひと言が、僕にはとっさには理解出来なかった。

どんな状況だったのか、正確に書いておこう。僕たち三人はおなじ種類のコーヒーを注文した。「お砂糖とミルクはお使いになりますか」とウエイトレスに訊かれて、三人とも、どちらも使いません、と答えた。お待ちください、というひと言を残して、ウエイトレスはにこやかに去った。やがて三人のコーヒーがテーブルに届いた。三人のコーヒーをテーブルに置きながら、「お砂糖とミルクはよろしかったですね」とそのウエイトレスは言った。彼女のこの言葉が僕には理解出来なかった。少なくとも、反射的に、ただちに理解することは、出来なかった。

三つのコーヒーをテーブルに置きながら、三人に対して均等に、彼女は言った。三人に等しく言ったのだ。口調としては疑問文だったから、なにごとかを彼女は僕たちに訊いているのだ、ということはわかった。主題が砂糖とミルクであることも、僕はすぐに理解した。しかしそこから先は、謎だった。砂糖とミルクがどうしたのか。

よろしかったでしょうか、と彼女は言っている。なにごとかの可否を彼女は問うている、などと僕は考えた。その僕のどこにどのような不備があるのか。

彼女はじつは日常の日本語によくある省略法を採用していた。「砂糖とミルクはお使いにならないということでしたので、いまの私はどちらも持っては来ませんでしたが、それで」というような言葉が、大胆にもすべて省略されているのだという事実に僕が気づくまでに、三秒はかかっただろうか。話者である彼女が省略した言葉を、それを受けとめるほうの僕がおぎなうまでに、三秒ほどの時間が必要だった、ということだ。

よろしかったでしょうか、と彼女は過去形を使っている。よろしいでしょうか、となぜ現在形を使わないのか。これについても僕はのちほど考えた。理屈で引き出したような回答にたどりつくのに、数日は必要だった。現在形よりも過去形のほうが、彼女の感覚では、より丁寧な言いかたになるのではないか。客に対して丁寧に言おうとして、彼女は現在形ではなく過去形を採用した。そのときその場でくっきりとかたをつけたい、という気持ちがある程度まで強くあるなら、語法は過去形になる、と言ってもいい。

省略のしかたに法則はない。日常会話のどこで、どの部分の言葉を、どのように省略するのかなど、広い範囲で話者の自由だ。そのとき、その場で、話者がきめていい。

なぜ、こんなことが、可能なのか。話者の省略された言葉を受け取る側の人が、省略された言葉をおぎなってくれる、という期待が暗黙の了解として、存在しているからだ。おぎなってくれるはずだ、と話者が期待したとおりに、受けとめる側の人が、過不足なくおぎなってくれる。理解はそこで成立する。

省略することとおぎなうこととは、密接な関係にある。この関係をまったく知らない人が、省略だけを見た場合、これはきわめて不正確だ、重要なことが抜け落ちている、伝えるべきことを充分に伝えているとは言いがたい、と批判するのではないか。

　しかし、おぎなう側の人がすべて心得ておぎなうなら、おたがいが理解し合うという関係は、見事に成立していく。なぜだかわからない、不思議だ、という批判は、ごく短い距離で、日本語の曖昧さ、という定型と結びつくのではないか。

「お砂糖とミルクはよろしかったでしょうか」という言葉に、現場に特有の幅の広い解釈をほどこし、砂糖とミルクは本当にお使いになりませんか、という意味に解釈することは、充分に可能だ。使わないのだから、使いませんと答えるなら、本来の経路からは少しだけずれたところで、理解は成立する。

　省略が話者の自由にゆだねられているなら、それを受けとめる側の人たちは、話者がなにをどこでどれだけ、なにを目的にして省略したのかなど、重要なことすべてを、その場でとっさに、反射的に、しかも正しく、おぎなわなくてはいけない。話者による省略の自由に、受けとめる側の人は、常に隙間を空けることなく、ついていかなくてはいけない。

　もしそのようなことが可能なら、日本語の外にいる人たちにとって日本語は、ますますよくわからない言葉になっていくのではないか。と同時に、「お砂糖とミルクはよろしかったですか」というひと言を、その場でとっさに、完璧に理解する人が減っていくなら、省略法そのものが、効力を失うはずだと、僕はそんなことまで、心配している。

丁寧さと正確さ、そしてご理解のはざまで

「まもなくしての発車となります」

とアナウンスされるのを僕は初めて聞いた。これは記念すべき出来事だ。二〇二〇年三月十六日の午後六時過ぎ、東京の町田駅小田急線上り各駅停車新宿行きの列車が停止している車輛内での、男性の車掌によるアナウンスだった。

「まもなく発車します」という言いかたはもっとも正しい日本語だが、乗客には言葉でも丁寧に接しようとするとき、この言いかたは、センテンスを構成する各語がどれもみな、あまりにもあらわなのではないか。

まずなによりも「発車」という動詞がむき出しだ。そのむき出しのまま、「します」と結びついて、「発車します」と、じつにそっけない。まずそこをなんとかしようと配慮した結果が「発車となります」ではなかったか。

こうすると、「発車」は見事に名詞となる。その名詞と吊り合わせるために、「発車します」の部分の「します」は「となります」へとかたちを変えた。これを日本語の柔軟性と呼んでいいのかどうか。「発車します」が現場でのかなり早急な知恵によって「発車となります」となり、それでなんの問題もなく通用するのだから、これは柔軟性としか言いようがない。

丁寧さと正確さ、そしてご理解のはざまで

「まもなく」のあとに「の」のない「まもなく発車となります」というアナウンスメントが、ある期間おこなわれたあと、「まもなくの発車となります」と言われるようになったのではないか。「まもなく発車します」という言いかたから、「まもなくの発車となります」という言いかたへと変えれば、言いかたとしてはより丁寧になり、しかもより正確になると話者が思えるようになる。このように思えるか、それとも、思えないのか。ここがもっとも大事なのではないか。「まもなくの発車となります」に続いて、「まもなくしての発車となります」という言いかたが現場で生まれてくるのは、ごく当然のことだと、僕は判断している。

　この当然さの次の段階として、「まもなくしましての発車となります」という言いかたが現実のものとなる日は、ごく近いのではないか。その次はなにか。「まもなくいたしましての発車となります」か。「六番線の各駅停車新宿行き、まもなくいたしましての発車とさせていただきます」とアナウンスしている声が、聞こえるかのようだ。

「こちらのほうへいらっしゃるご都合がおありでしたらぜひともお立ち寄りください」というような文面がダイレクト・メールにあったとして、その文面をなにげなく読んだとして、この文面はおかしい、と言える人はもはや少ないのではないか。おかしいとは、間違っている、ということだ。どこが間違っているのか、僕にもわからない。

　都合、という言葉の使いかたが、間違っているそうだ。都合、という言葉の意味を知らないまま、自分の解釈だけにもとづいて、都合という言葉をとらえてはいけない、とよく知っている人は言う。

都合を予定とおなじような意味にとらえると、この文面のようになるという。都合に予定という意味はない。都合はいいか悪いかであり、あるかないかではない。「俺にも都合がある」というような言いかたから影響を受けているのかもしれない。自分のなかであれこれ画策して優先順位を決めたりすることを、都合がある、と言いあらわす。だからこのダイレクト・メールの文面は、都合という言葉を予定に変えれば、問題はひとまずなにもない。

スーパーマーケットで支払いの列にならんでいた僕は、自分の順番になったとたん、「袋のご利用はいかがなさいますか」と、担当の若い女性に早口で言われた。とっさにその意味がわからなかった僕を、そりゃあ世間離れの第一歩です、と笑った人がいた。

購入した物品をビニールの袋に入れるのかどうかを、僕は問われた。このような内容のことを、このような言葉のつらなりで問われることが、これまでなかった。「袋の」までは僕にもわかる。何の袋なのか。そうなるともうわからない。「ご利用はいかがなさいますか」という彼女の言葉を受けとめた瞬間、反射的にすべてを理解し、彼女に正しく返答することが、僕には出来なかった。自分が袋に関してなにかを問われていることは、彼女の口調でわかった。何の袋なのか。それを僕はどうすればいいのか。

レストランに客として入った男性が僕に報告するところによれば、注文する段階になると、「注文を取れる者を呼んでまいりますので、しばらくお待ちください」と、接客の若い女性に言われたという。テーブルについた客に水を持っていくだけの短時間のアルバイトだろう、ということだ。

思っていないで答えをくれ

「と僕は思う」と、これまでに何度書いたかわからない。小説以外ではエッセイと呼ばれる短い文章を依頼されることが多い。「僕」という一人称で書くから、文章のあちこちで、「と僕は思う」と書いてきた。「と僕は思う」という言いかたには、現在の自分のすべてがある。いまの自分のありったけが、その言葉の背後にあるのは当然のことだから、したがって、「と僕は思う」という言葉を、使いたいときにはいつでも、僕は使ってきた。

ところがいまでは、「と僕は思う」は、可能なかぎり使いたくない言葉になっている。なぜなのか。そうなった最初のきっかけは、アメリカのジャーナリストが日本のサラリーマンを説得する現場に同席したことだ。

日本のサラリーマンは直訳英語で I think を連発していた。これに対してアメリカのジャーナリストが、きみの I think はもうたくさんだ、direct で positive な answer を right now くれたまえ、と迫った。I think を日本語で言うなら、「と僕は思う」ではないか、と僕は考えた。

その日本のサラリーマンは、自分はこう思う、とはけっして言わなかった。I think は自分ではきめられない人のものなのか。そのような人に出来るのは、think することだけなのか。

そんなことを僕が考えたすぐあと、「と思う」という日本語を批判した日本人による文章を、僕は雑誌で読んだ。「と思う」は主観的で情緒的であり、子供っぽく、論理的ではなく、自分がどこにもない言いかただ、と批判してあった。「と思う」のは当人以外の誰でもないはずなのに、それが子供っぽいとはどういうことなのか、と僕は考えた。

「と思う」という言いかたを、あまりにも多くの人が、あまりにも安易に使っているから、それは論理的ではない、などと言われるのではないか、と僕は考えた。そのときはそう思ったけれど、いまは違うかもしれない、という程度の、根拠のじつはほとんどないものとして、「と思う」や「と思った」が使われているのではないか。きわめて不確かな、きわめて曖昧な、あるかなきかの思考の象徴として、「と思う」は多くの人たちに便利に使われているのではないか。雑誌に寄稿した文章のなかで「と思う」を批判した人は、このあたりすべてを、いっきに、否定したかったのではないか。

というようなところまで考えた僕は、さらに考えた。その結果は、「思う」という言葉がいけないのかもしれない、ということだった。

「我思う、ゆえに我あり」という言葉が、かつての日本では広く知られていた。いまでは知らない人は多いだろう。この言葉の場合の「思う」は、いろんな考えを深くめぐらせる、という意味であり、考えられるだけ考え抜くことだ。そしてこの「思う」とまったくおなじ「思う」が、広く流布していて、その結果として、多くの人たちがきわめて安易に多用している。

このような言葉は日本語に多い。人生、という言葉はその一例だろう。それはやがてかならずや人生の財産となるだろう、という日本語の言いかたは、日本語としてひとかたまりに、すんなりと、なんの問題もなく、隅々まで理解したこととして、のみ込むことが日本人にはたやすく出来る。英語に翻訳してごらん、と僕は言う。人生の財産、という日本語の言いかたとそれが内包している意味のすべてを、英語らしい英語でわからせなくてはいけないとなったら、大変だ。その日本語を解剖し、分析し、意味をひとつずつ取り出しては、それを今度はひとつずつ、英語にしなくてはならない。

「思う」という言葉に問題があるのだ、と判断した僕は、「思う」を使わずに、ほかの言葉で言い換えることを、画策した。「感じる」「決心する」「願う」「判断する」「想像する」「憂慮する」など、言い換えるための言葉は、いくつかあった。いまもっとも多く使っているのは、「判断する」だろうか。「思う」を別な漢字で書いてもいいか、などとも「思う」なら、たとえば「思う」のかわりに「想う」はどうか。「と僕は思う」が、「と僕は想う」になるのだから、少なくとも印象が大きく変化することには、期待していいようだ。

「と僕は思う」という言葉をめぐって、ひとまわりしたかな、といまの僕は判断している。「思う」という日本語の意味は広く、使いかたは多岐にわたる。それを「思う」のひと言で間に合わせているのだから、そこに問題を見るなら、問題は数多くある。「と僕は思う」でなにがいけないのか、という態度を取ることにしようか。

しかし外見がおなじであるのを避けるなら、「と考える」や「と判断する」などを使うしかないのか。

日本語能力試験Ｎ５に合格するか

外国から日本へ来て働きたいと考えている人たちに、日本語の能力がどのくらいあるのかを知るため、日本国家は彼らを試験している。この試験の問題集が手に入った。じつにうれしい。公式のウェブサイトからだという。自分の日本語能力を試験されてみたい、と常に僕は思っている。日本語を自分の外からとらえると、その能力を試験されてみたくなるようだ。日本語能力試験は英語ではJapanese Language Proficiency Testと言い、ＪＬＰＴと略す。一九八四年に始まり、二〇一〇年から新しくなったという。日本語の知識を使って、当人がどのくらい日本の人たちとコミュニケート出来るのかを、試すのだ。

言語知識という問題はもっとも基本的なＮ５からいちばん難しいＮ１まで揃っていた。二十五分と五十分の二冊になっていて、Ｎ５の二十五分のほうはなぜだかすべて平仮名だ。もんだいようし、げんごちしき、もじ、ごい、などと印刷してある。五十分のほうは漢字で、言語知識（文法）・読解、などとある。

この段階で僕にとっていちばん面白かったのは、二十五は「ふん」で五十は「ぷん」となっていたことだ。日本語の時間の「分」には「ふん」と「ぷん」のふたとおりがある。二十五ぷんと言う人はいないとして、五十ふんは充分にあり得る、と僕はとらえている。

『日本語能力試験公式問題集　第二集』N5の「げんごちしき（もじ・ごい）」の右肩に、もんだいようし、とある。問題だけが印刷してあるから、もんだいようし、なのだ。解答用紙は別にある。そこへの解答の記入のしかただが、これはこの手の文書によくあるわかりにくさの、典型だ。

「もんだいには かいとうばんごうの1、2、3…があります。かいとうは、かいとうようしにある おなじ ばんごうの ところに マークして ください」と注意書きがある。1、2、3はどれらも四角く線で囲んである。…のところは4でしかないのだが、なぜ4と書かないのか。「マークする」とは、どういう行為なのか。マーク、というような片仮名語をこんなところで使っていいものかどうか。

　げんごちしき（もじ・ごい）（25ふん）という問題を、さっそく自分で自分に試験してみた。二十五分は必要なかった。十二分くらいか。三十五ある問題をすべて正解した。最初の関門はこのように突破した。

　問題30は、次のとおりだ。

　つよい　かぜが（　）います。

　括弧のなかに、なにが入るか。「1、2、3、4から　いちばん　いい　ものを　ひとつえらんで　ください」と質問してあり、1、2、3、4はそれぞれ、「1ふいて　2いそいで　3とんで　4はしって」の、四つだ。正解は1の　ふいて　であり、括弧のなかにはそれが入るから、解答用紙には1という数字を記入すればいい。

強い風が急いでいます。強い風が飛んでいます。強い風が走っています。どの三つも面白い。これからの日本語としての可能性に満ちている、と僕は判断している。正解は、ふいて、であり、強い風が吹いています、と言えば、それはずっと以前からそのように言われ続けてきた、もはや面白くもなんともない、どこからも文句のこない、ごく普通の言いかたではないか。

言語知識（文法）・読解（50ぷん）が僕を待っている。待たせてはいけない。腕時計の長い針が10の位置に来るのを待って、そこから、よーい、ドンだ。長い針が8のところへ来るまで、僕は試験問題を相手にしていればいい。「よーい、ドン」という言いかたをし、いま初めて使う。少なくともこうして文字に書いて使うのは、これが初めてのことだ。

全部で六十七の試験問題を解くのに僕は二十分ほどかかった。すべての質問に正解した。三つくらいは不正解があるといいのかな、といまは感じる。六十七問で七十五分だから、ひとつを六十七秒ほどで正解しないといけない。

あとは聴解だけだが、これは音声を受験者たちに知らせる文章が、付随していなかった。正解するはずだと勝手にきめて、N5という関門は越えたことにしよう。これはめでたい。次の課題はN4やN3に進むことではなく、N5の試験を、現実に受けることだ。合格すれば、N5合格者として、日本で仕事を探すことが出来るのではないか。日本国籍でも日本語能力試験は受けることが出来るはずだ。日本国籍でも、日本語の出来ない人、おぼつかない人など、たくさんいるはずだから。N5の合格者になろう。きっと証書のようなものをくれるはずだ。それを常に携行し、胸を張って歩こう。四十七都道府県、八十五の国や地域、二百四十九の都市で受験することが出来る（二〇一八年現在）。二〇二〇年は七月五日と十二月六日の二回だったが、一回だけのところもあるので、現地で確認するといい。

出典＝日本語能力試験公式ウェブサイト（https://www.jlpt.jp/）

お前はネクタイがいつもゆるんでいる

五月初めの美しく晴れた日だった。五月晴れとはこのことか、と僕は思った。この場合の五月は、さつき、と読む。風薫る五月、という言葉も浮かんだ。

いつものテーブルに向かって椅子にすわり、窓の外の景色を見るともなく見てぼんやりしていたら、二十三歳の五月の自分へと、なぜか僕の思いは移った。

忘れもしない新入社員だったあの頃の僕は、陽ざしも風も関係なく、ひたすら会社の仕事をしていた。大学を卒業して東京の商事会社に就職した僕は、四月一日から出社したから、五月の初めには新入社員としてひと月が越えた頃だった。僕がまず思い出したのは、そこでの机の配置だった。僕が所属していた販売部の部長のデスクは、東の窓を背にした頑丈そうな両袖のスティールのデスクで、椅子は左右の肘かけのあるものだった。この部長のデスクに対して垂直に、おなじ八つの事務机が四つずつ、まっすぐに向き合っていた。どの机にも回転だけする事務椅子が付属していた。

僕の机は四つずつ向き合った片側の、いちばん端だった。部長のすぐ前が課長、その右側が係長、そして病欠者の空席をへて、僕の机だ。向かい側の四つの机に誰がいたのか思い出せないが、四つとも常に多忙にふさがっていた。

部長の席の椅子にすわると、八人の部下をじつによく見渡すことが出来た。新入社員の僕は彼の観察の対象だった。観察したものが、部長には気に入らなかった。だから僕は五月のある日、部長に呼ばれた。

彼のかたわらに立ち、なんでしょうか、と訊いた僕に部長がまず言ったのは、お前はいつ見てもあくびをしている、というひと言だった。

眠いからあくびが出る。人生のなかであれほどに眠かったことはない。東京・渋谷から地下鉄銀座線に乗って京橋で降りるのだが、虎ノ門で睡魔と戦い、新橋でその戦いに破れて眠りの底へと落ちながら、銀座のあとは京橋であり、なかば眠った人としてプラットフォームへとさまよい出た。二十三歳の僕はストレスのすべてをいったん受け入れ、自分のなかで強烈な眠気へと転換していた。半端ではないあくびが何度も出た。

お前はいつも塵箱に片足を乗せている、とも部長は言った。どの机の下にも円筒形の塵箱があり、その高さは片足をかけるのに最適だった。お前は上と下がいつも違うから気に入らないとも部長は言った。上下揃ったスーツを着ていないから、という意味だ。手近にあるものを着るだけだから、スーツではない場合はしばしばあっただろう。

お前は色物や柄物のシャツを着ているから、これも良くない、と部長は言った。色物とはただのブルーやピンクであり、柄物とは平凡なストライプのことだ。お前はネクタイがいつもゆるんでいる、いまもそうだ、ちゃんと締めろ、と部長は言った。ゆるんでいるのではない。苦しいからゆるめていたのだ。ゆるめていたタイが、部長には、ゆるんだタイに見えた。見る人にもよるかとは思うが、ゆるめているタイは、ゆるんだタイに見えてはいけない。この点に関しては、僕は反省した。タイのゆるめかたのうまい人になろう、などと思いながら、カタオカさん、電話です、通商代表部から、という電話に僕はその場を救われたのだった。

窓の外にある五月晴れの景色はそのままに続いていた。タイというものを、いまの僕は所有しているだろうか、と思った。桜の巨木はすっかり葉桜だ。その葉に陽ざしが当たる様子を眺めながら、黒いニットのタイが二本あることを、僕は思い出した。

一九六〇年代のなかば、黒いニットのタイが、東京で流行した。僕も持っていた。灰色と黒の二本ではなかったか。いまその現物はどこへどうなったかまったくわからないが、数年前に復刻された。雑誌の広告で見た僕はそれを購入した。僕としてはきわめて珍しいことだ。

やがて届いた黒いニットのタイは、じつに美しいものだった。織り目はやや細かく、幅はもっとも広いところで五センチだ。締めたときに喉もとに出来るノットは小さいほうがいい、などとも僕は思った。黒いニットのタイ。字面は悪くない。短編小説の題名に使える。

というようなことを友人に語ったら、別なブランドの黒いニットのタイを一本、進呈してくれた。織り目は大きいが、幅は五センチだ。黒いニットのタイが、二本も僕のところにある。どちらも素晴らしい。これを、どうしたらいいのか。黒いニットのタイ、という題名で短編小説を書くのがいちばんいいのではないか。書くにあたっては、二本とも手もとにあったほうがいい。書いたあと、誰かに進呈するといいのではないか。二本を、おなじ人に。

空飛ぶ円盤の時代は過ぎ去ったか

日本語でいちばん好きな言葉は、空飛ぶ円盤、という言葉だ。僕がまだ子供だったある日のこと、突然に登場した言葉だった、と記憶している。

アダムスキーとかいう人がアメリカでＵＦＯに関した本を出版し、それが日本語にも翻訳された。その本には、著者自らが撮影したという、空飛ぶ円盤としか言いようのない、子供の目にもこれはインチキではないかと思えるような、いくつもの写真がともなっていた。

かまどでご飯を炊くおかまを浅くして車輪をいくつかつけた、ぼやけた一連の写真だった。しかしそれらの写真には不思議な魅力があり、子供の僕は何度も眺めた。空飛ぶ円盤、という言葉を際立たせるのに、その写真は確実にひと役、買っていた。

英語では空飛ぶ円盤はフライング・ソーサーと呼ばれた。ソーサーとは受け皿のことだ。フライング・ソーサーが大衆語だったとすると、公式な呼称は頭文字をとってＵＦＯと書き、音声ではユーフォーと言い、日本語ではそのまま、未確認飛行物体、と訳された。

フライングの元祖が、荒天時の喜望峰に今もあらわれるという、さまよえるオランダ船のThe Flying Dutchman であるとして、受け皿が空を飛ぶずっと以前に、絨毯が空を飛んでいたような気がする。空飛ぶ絨毯、つまり Flying Carpet だ。確か千夜一夜物語に登場したはずだ。このFlyingの翻訳が、空飛ぶ、だとしたら、それはそれで優秀な翻訳だ。

空飛ぶ鉄腕アトムを、ごく淡く思い出した。空を飛んでいるときのあのポーズで、彼の人形が市販されていなかったか。空飛ぶ円盤の時代は過ぎ去った。しかし言葉の上に積もりかけた埃を払うなら、言葉そのものはいまも輝きを失ってはいない。

ジョニクロそしてジョニアカという言葉を僕は見つけた。ブレンデッド・スコッチ・ウィスキーの名前だ。ジョニー・ウォーカー・ブラック・レーベル、あるいは、ジョニー・ウォーカー・レッド・レーベルのどちらも、市場で健在だ。ジョニー・ウォーカーを大胆にもジョニと片仮名三語に短縮し、レッドはアカ、ブラックはクロとしてそれぞれの末尾につければ、たちまちジョニアカとジョニクロが生まれた。

六十年ほど前の日本人にとって、ジョニアカとジョニクロは輝かしいヨーロッパの代名詞であり、そのヨーロッパを外国旅行した人が誇らしげに持ち帰るみやげ物の王座に、どちらのウィスキーも君臨していた。

時は確実に流れ去り、半ライスの時代となって久しい。半ライスという言葉を初めて知ったときの、深い感銘に似た気持ちを、僕はいまでも忘れていない。

ジョニアカやジョニクロから十年は経過した頃だったか。街の食堂の壁に大きくかかげられたメニューボードのいちばん下に、半ライス、という文字を僕は見た。意味はとっさにわかった。通常のライスの半分の量、という意味だ。

半ライスのすぐ上にはライスがあり、そのライスの値段の半分が、半ライスの値段だった。

ライスとは、平たい皿に盛りつけた白いご飯のことだ。この半分の量が、半ライスだ。よくぞこう言ってくれたものだ、これこそ日本語の鑑だ、と僕は感銘をあらたにする。ご飯のお代わりを注文するとき、通常の半分の量のご飯を注文する客が、思いのほか多かったのか。

　半ライス、という言葉が生まれたのとほぼおなじ時期に生まれたのが、かけこみ乗車、という言葉ではないか。いまではすっかりなじんでしまい、誰もなんとも思わない平凡な言葉だが、出来たばかりの頃は新鮮だったろう。

　プラットフォームに忙しく発着する電車の、今まさに閉じようとするドアに向けて突進する老若男女は、今もかつても、多いままだ。あの人たちになんとか警告を発したいものだと考えた人たちが、現場の知恵としてひねり出したのが、かけこみ乗車、という名詞だ。名詞にしておけば、かけこみ乗車は危険です、おやめください、とすぐに使える。

　閉まろうとするドアに向けて突進し、両側から閉まるドアをすり抜けて車内の人となるのだから、かけこみ乗車という言葉は、現実を巧みに映し取っている。かけこみ乗車としか言いようがないではないか、見事な言語感覚だと感心していたら、かけこみ乗車の言い換えがあらわれた。

「これからの無理なご乗車は危険です、おやめください」というプラットフォームでのアナウンスメントのなかの、「これからの無理なご乗車」という部分は、かけこみ乗車を、言い換えたものではないか。名詞になっているとはいえ、かけこみ、という言葉は、あらわにすぎるのだろう。

歌のなかの女性たち

歌われている女性主人公の名前が、題名あるいは歌詞に出てくる歌謡曲の、いちばん初めのものは、『カチューシャの唄』だろう。一九一四年に中山晋平が作曲し、女優の松井須磨子が舞台で演じていた芝居の劇中歌として、無伴奏で歌った。

これが口コミで評判となり、新聞が記事にし、歌詞や譜面を紹介し、ついにはレコードが、そして譜面が市販された。日本の歌謡曲はここから始まった、と言われている。

『カチューシャ』という歌もある。こちらはロシア民謡に日本語の歌詞をつけたもので、歌声喫茶の客たちがかつて盛んに歌った。

カチューシャはロシアの女性だ。いいのかい、と僕は言う。なぜなら、戦前の日本の歌謡曲では、外国の女性、あるいは歴史的な事情のなかにいた女性、芝居その他で広く知られていた女性たちなどが、続いたからだ。

『マノン・レスコオの唄』が一九二八年だ。中山晋平が作曲し西條八十が歌詞をつけた。マノンの血の涙が可愛い、と歌われている。一九三〇年には『唐人お吉の唄』があった。下田港には春の雨が降り、泣けば椿の花が散るという。

『お駒恋姿』が一九三五年のものだ。お駒が女性の主役の名だ。一九三九年には『長崎物語』

という歌が広い人気を得た。じゃがたらお春、という日本女性が主人公だった。お春さんは外国の男性と結婚し、彼とのあいだには娘がいた。じゃがたら、という通り名はそのあたりに由来する。長崎もの、と呼ばれる歌謡曲がいくつかある。その始まりがこの歌だったそうだ。

一九四〇年には『お島千太郎旅唄』が盛んに歌われた。そして一九四二年には『湯島の白梅』が発表された。この歌も人気があった。人気は戦後も続いていた、と僕は記憶している。女性の主役の名はお蔦といい。対する男性は、主税、だった。しゅぜい、ではなく、ちから、と読む。

一九四三年の『可愛いスウチャン』は、ここまでの総仕上げと理解していいだろうか。スウチャンとは、現地の女性の名だ。ここでいう現地とは、当時の日本にとっての戦地であった、満州のことだ。

すごいではないか。歌謡曲の題名あるいは歌詞のなかに登場した女性たちは、外国の女性か、さもなくば、歴史的な事情のなかにその身を置かざるを得なかった女性たちだ。たとえば『湯島の白梅』のお蔦の名は、ひとりの女性の名であるよりも、記号のようなものとして機能したのではなかったか。念のためつけ加えておくと、『可愛いスウチャン』のメロディーは、戦後の日本で『練鑑ブルース』となった。

一九五一年は戦後の日本だ。パチンコが全国に広がり、逆コースや社用族などの言葉が流行語となった。葉書が五円、封書が十円の日本で『上海帰りのリル』が、日本の主題歌のようだった。無国籍、という言葉を久しぶりに思い出し、いま初めて使う。四年後の『東京アンナ』のように、リルとかアンナなどの名は、無国籍な名前、と呼ばれた。

一九五四年の『お富さん』を忘れてはいけない。死んだはずだったお富さんは生きていたけれど、情けをかけてはいけない他人の花だ、と言う伊豆屋与三郎は、いまでは異名を、斬られの与三という。よさん、ではなく、よさ、だ。歌舞伎で見るとこの与三は、左の頬のまんなかに、黒く描いたばってんのように、刀傷がある。

一九五五年の『東京アンナ』をへて、一九五九年には『夜霧に消えたチャコ』という歌があった。男性が酒を飲むバーのような店で働く女性の愛称が、チャコなのだろう。

一九六二年になってようやく、『江梨子』と『霧子のタンゴ』だが、霧子は酒の店ではたらく女性だ。江梨子は最初から死んでいる。女性の死人が主人公の歌は珍しい。江梨子は、海辺にある墓の下で静かに眠っている。いまはその名前だけが残り、その名前は美しい、と歌詞にある。

一九六四年には『智恵子抄』という歌があった。一九七一年には『純子』という歌がある。酒の店で働く女性の名だろうか。この歌を歌った小林旭には、一九七五年に『昔の名前で出ています』という歌がある。横浜の酒場に戻ったその日から昔の名前で出ています、と彼女は言う。彼女が言う昔の名前とは、平仮名で書いて、ひろみ、という名だ。そしてこの『昔の名前で出ています』のB面、つまり裏面は、『夕子』という歌だ。

純子や夕子たちもまた、酒の店で働く女性たちだろうか。確認しなくてはいけないとは思うのだが、おっくうでもある。彼女たちも男性のための酒の店の従業員だと判明したなら、確認のために費やした手間は、やっぱりそうだったか、という思いのなかに、溶け込ませるほかない。

母親をめぐって話はつきなかった

「僕は母親似ですよ。そのことはたいそう良かったと思ってます」

と彼は言った。編集の現場を後進にゆずり、いまは管理職の男性だ。

「母親から受けた影響は大きいですからね」

会社は違うけれど、おなじような立場の男性が、こんなふうに補完した。かつて母親に言われたことがいまも生きている、という点で彼らの意見は一致した。

「お前という子供はいくら言っても覚えない。少しは反省しなさいよ。五、六年前までは、母親とおなじことを、上司たちに言われてましたから」

子供が母親から受ける影響は大きくて当然だろう。バイオロジカル・マザーと育ての母とが、日本では同一人物であることが多い。子供が成長していく日々に母親は添っている。妊娠したときから子供とともにいる存在だ。

「べつになにかを教わったわけではないんですよ。いろんなことを教わりましたけれど、系統立てたものではないし、ひとつのことをいろんな視点から見る、というようなことども、無縁でした」

とひとりの中年男性が言えば、深くうなずいて、もうひとりが次のように言う。

「しかし、じつによく、叱られたなあ」

「母親の口癖、というものもあったよね。私はいいから、という台詞を何度聞いたかわからない。私さえ我慢すれば、というのもあった」

僕が話を聞く相手は、ひとつの会社で勤続三十年ほどの男性たちだ。彼らが語る母親とは、こんな母親がかつて日本じゅういたるところにいたということであり、彼らはそんな時代に、母親とともにいる子供だった、ということでもある。彼らの話のなかに登場する母親たちには、思い当たるところが十分にある。自分の母親として具体的に知っているわけではないが、時代の象徴として、そんな母親たちも知っている、ということか。

「病気したつもりで、という言いかたをしてましたね。炊飯器を買い換えたとき、母親がそう言ってたのを、いまも記憶してます。予定外の、しかもかなり高額な出費だったのですね」

この発言にしみじみと、別の男性が言ったのは、

「時代を感じるねえ」

というひと言だった。

「そういう母親がいた時代だよ。その母親のもとで僕が育った時代でもあるんだ」

「いつも母親は、家のなかで忙しくしてましたねえ」

という思い出は、時代を照射している。母親が家のなかで多忙だった時代、というものがかつてあった。

「さほど大きくはない家でしたけれど、母親は小走りでしたね」

いつも家のなかで忙しくしていた母親。その家のなかを小走りに移動していた。なにかと言えば、子供を叱っていた母親。

「ボタンが段違いですよ、と何度も言われました」

「外で遊んできなさい、というのもありましたね。その場合の外は、おもて、と言います。ある時間、家のなかで母親は、ひとりになりたかったのではないかな、といまになって思います」

「ずっと家のなかにいると、確かに子供は叱られましたね」

「男のくせにお前はお喋りだねえ、と言われたのを覚えてます。口数が多いよ、とも言われました」

「口のへらない子だねえ、というのもあった」

「早くお食べ、というのは、母親の口癖として、定番ですね。もっとお食べ、というのと合わせて」

　男たちの誰もが、このひと言には喝采を上げた。

「こんなに散らかして、少しはかたづけなさい、というのもありましたよ」

「宿題はやりましたか」

　というひと言に、男性たちは手を叩いて喜んだ。

「宿題はやらなかったね」

「半分くらいまでは、やりましたよ」

「半分なら、点数をつけると、〇点だよ」

「〇点はないでしょう」

「いまならね。しかし、僕たちは、もう昔だから。昔の小学校は、厳格だった」

「そうですか」

「そうだよ」

「これは人から聞いた話だけど」

と前置きして、いまは部長の彼が言ったのは、次のようなことだった。

「子供が本を読んでると怒る母親がいたそうだ。さすがに僕は怒られたりはしなかったけれど、この母親の気持ちは、わかるんだ」

「外で遊んできなさい、というのがありましたね。あれとおなじ根っこですか」

「なにかを知るなら、自分の体の動作をとおして、具体的に知れ、というようなことを、その母親は教えたかったのかな」

本を読め、と誰もが母親に言われたそうだ。母親をめぐる彼らの話は続いた。

自分たちがいかに本を読まなかったかについて、男たちは楽しそうに語り合った。

「こころ」について学習する

夏目漱石の書いた長編小説に、『こころ』という題名のものがある。「なぜ漱石は心という漢字を使わなかったのか、意見を述べよ」という試験問題があったなら、それはたいそう良い問題だ、と僕は判断する。こういう問題を、論文形式と呼ぶのだろうか。試験問題では、意見を述べよ、と言っている。論文を書け、とは言っていない。意見を述べる文章を書けばそれは論文でしょう、という考えかたもある、としようか。こころ、とは、なにか。簡単に言うなら、精神作用を総合的にとらえ、なにからなにまで押し込んだ結果のものが、こころだ。昔は精神作用はすべて心臓が司る、と思われていた。こころはどこにありますか、と問われて頭を示す人は、まだ少ないだろう。胸を示す人のほうが、はるかに多いのではないか。ついでに書いておくと、ここでは心ではなく、こころ、で話を進めることにする。

こころもまた、ありとあらゆる俗事を次から次へと引き受け、手いっぱいであることには、あらためて驚く。こころ驚く、という言いかたをしたくなる。こころから驚く、という言いかたが昔からある。

こころならずも。

こころの触れ合い。

こころばかりの。
こころを汲む。
こころのこもった。
こころに深く響く。
こころの張り。
こころの安らぎ。
こころを打つ。
こころにとめる。
こころのやすまる。
こころを致す。
こころを入れ替える。
こころが弾む。
こころを込める。
こころにもない。
こころもとない。
こころ細い。
こころの持ちかた。
こころを鬼にする。

こころを砕く。
こころここにあらず。
こころゆくまで。

こうした言葉ないしは言いかたを、すべて僕は知っている。子供だった頃、成長していく日々のなかで、周辺の大人たちが用いるのを、聞いて覚えた。ただ聞いたのではない。成長していく子供は、このような言葉を、学習した。だからこそ、いまでも覚えている。

学習とはどういうことなのか、ほんの一例をあげておこう。こころばかりの、という言いかたがある。私の気持ちです、というような言いかたをしてもいい。ほんの気持ちですから、などとも言う。しかし、私のこころです、とは言わない。ほんのこころです、とも言わない。日本語を外から学習した外国の人なら、言うかもしれない。日本の内部で、日本人と日本語に囲まれて成長した人は、絶対に、という言葉をつけてもいいが、こうは言わない。僕が言う学習とは、一例としてこういうことだ。

こうした言葉を知ってはいる僕だが、そのような言葉を自分で使ったことは、一度もない。なぜ、使わないのか。必要がないからだ。このような言葉を必要としていない状況のなかで、僕は生きてきた。

知っている言葉の同心円を描くなら、知ってはいるけれど使ったことのない言葉は、その同心円のいちばん外に位置する。使う言葉ほど、同心円の中心に向けて、集まる。中心にある小さな円形のなかの言葉だけを使って、僕は生きてきた。知ってはいるけれど自分では使ったことのない言葉について、以上のような説明を僕はする。そしてこの説明がひっくり返るようなことは、まずないはずだ。

すべて知っているとさきほど書いたが、こころ、というひと言が冒頭につく言葉のなかには、知らない言葉がいくつかあった。いまの自分が知らないとは、子供だった頃の自分がどこからも聞いていなかった、ということだ。

こころが煮える、とはどういう意味なのか。こころ入れ、という言葉も僕は知らなかった。こころ入れの贈り物、という使いかたをするという。こころのこもった贈物、という意味だそうだ。こころぐみ、もわからなかった。類推するための手がかりが、どこにも見当たらないからだ。ありそうでない、とはこのことか。積極的に対処しようとする気持ち、だという。

こころしらい。これは知らなくてもいいだろう。こころ遣い、というよくある言葉の、老人語だった。こころばえ。そして、こころばせ。前者は、言葉の端々にあるその人の高い心境、という意味だ。後者は、とっさの状況にも対応できるような普段からのこころがけ、だそうだ。

こころ安い。わからないと言うなら、これはもっとも難物か。おこころ安くおぼしめせ、という用例が国語辞典にあった。安心の出来る、という意味だ。安心、という言葉をよく見てみると、こころは安い、となっている。こころやすだて。親しさに慣れて遠慮がなくなること、という意味だそうだ。

進駐軍の残飯の日々

アメリカと日本の戦争が始まった頃、『日本との出会い』（日本語に翻訳されたときの題名は『米陸軍日本語学校』ちくま学芸文庫　二〇二〇年）の著者、ハーバート・パッシンは、シカゴ大学で人類学を教えていた、妻と生まれたばかりの子供がいる、二十代の青年だった。

友人の助言にしたがって、陸軍と海軍の日本語学校を受験して両方に合格し、陸軍を選び、アメリカ陸軍の語学研修生となった。研修期間を二カ月残して戦争は終わったが、パッシンは日本に進駐し、ＧＨＱの民間情報局に配属された。

シアトルから輸送船で十四日後に東京湾に入り横浜港に上陸し、何台ものトラックで横浜駅へ行き、そこから列車で、当面のキャンプ地だった座間へ向かった。一九四五年の十二月にパッシンは将校に任官されていた。座間へ向かう列車は途中で何度も止まったという。そのときのことについて、パッシンは次のように書いている。

「列車が止まるたびに、必ず何百という人びとが線路沿いに集まってきた。男はボロ服や軍服のお古を着て、女はモンペ姿で子供をおぶったり、食料、チョコレート、煙草、お金などを物乞いした」

このような日本人を相手に、列車のあちこちで、ＧＩたちはたちまち小規模な商売を成立させた。煙草ひと箱をばら売りすると十五円になった。当時の為替レートは一ドルが五円だったから、両切り二十本入りのラッキー・ストライクの小箱が三ドルで売れたことになった。兵士の携行食であったＫーレーションはばら売りの対象として恰好だった。

　戦争のあとの重要な軍務であった占領を遂行するために、もっとも多いときで四十万人ものアメリカ兵が日本に進駐した。だから彼らは進駐軍と呼ばれたのだが、この言葉も日本の若年層には通用しないだろう。日本に進駐したアメリカ兵たちが目の前に見たのは、敗戦後の日本における食料の決定的な不足、つまり進駐軍の残飯を目ざした日本人たちの姿だった。残飯とは、食べ残しを生塵として、捨てたものだ。ハーバート・パッシンは当時の日記に次のように書いた。

「二〇人ほどの婦人たちと数え切れないほどの子供たちが、軍隊食堂の後ろの屑入れをあさり、残飯を欲しがった」

「日本人が石油缶やバケツなどの容器持参でやってくると、ＧＩたちは残り物をこうした入れ物に一杯にして帰していた」

「ある老女などは、母親に背負われた赤ん坊の口に拾い集めたパン切れを詰め込んでいた。でも、こういう人たちはまだ幸運だ。近くに米軍のキャンプがない人たちは、いったいどうするのだろう？」

　このような残飯の日々から七十五年が経過したある日の午後、自宅から足早に歩いて五分のスーパーマーケットへ僕は行ってみた。進駐軍の味ないしは香りが、まだどのくらい残っているか、確かめるためだ。戦後の日本人が最初に体験した進駐軍の味や香りは、進駐軍の残飯だった。残飯、という言葉ももはや通用しないか、などと思いながら菓子の棚を見ると、Milky Way があるではないか。ミルキー・ウェイは日本語では、天の川、と言う。英語でも日本語でもどちらでもよかった子供の僕が、日本語を意識した最初の例が、このミルキー・ウェイ、つまり天の川だった。

ひとつずつ銀紙に包んだ、小さなタジン鍋のようなかたちをした、ハーシーズの Kisses というミルク・チョコレートの小袋を見つけた。その近くには、進駐軍の板チョコの代名詞だった、ハーシーズのチョコレート・バーもあった。チョコレート・バーはまだ日本語ではないけれど、板チョコは最初から日本語だったと僕はとらえている。進駐軍の板チョコにもっとも近いのは、いまではキング・サイズだ。ジャイアントというのもあった。こうなるとバーではなくタブレットだ。

ベスト・フーズのリアル・マヨネーズが健在であるのを知って僕は感激した。かつて何年ものあいだ、僕はこれを食べた。ガラス瓶に貼ってあるレーベルには、New look, same great taste. とある。一九一三年の創業だそうだ。ダーキーズという銘柄のマヨネーズも好きだったのだが。WRIGLEY'S のチューインガムはなかった。黄色。白。緑色。この三つが、なぜないのか。リグレーのガムの代わりに、ジェリー・ベリーという銘柄のジェリー・ビーンズの小さな袋入りを買った。フルーツ・ミックスという袋だったが、リコリスは入っていなかった。

コカ・コーラは後日の課題にして、A＆Wのルートビアのアルミ缶をひとつ加え、僕は代金を支払った。進駐軍のことなどすっかり忘れ、奇妙な買い物のひとときを僕は楽しんだ。

はるかに遠く子供たちが遊ぶ

僕の左の拳ほどの大きさのトマトだった。赤く熟れていた。洗ってへたを取った僕は、そのトマトにかぶりついた。かぶりついた、という言いかたを、いま初めて、文章のなかで使う。音声では一度や二度は、子供の頃に言ったのではなかったか。

トマトをナイフで切ったりせず、そのままかぶりついて食べることをするのは、いったい何年ぶりのことになるか、と僕はそのトマトを食べながら考えた。子供のとき以来ではないか。海に向けて田舎道を友人たちと歩いていくと、道の両側は畑となった。トマトの畑だ。トマトの樹にはトマトがいくつも実っていた。子供の拳をはるかに超える大きさの、出来るだけ赤いトマトを、ふたつ三つ、失敬する。失敬する、という言いかたも、いま初めて使う。

海へ行ってさまざまに遊び、トマトをボールの代わりに、海の上で投げて遊ぶ。やがてトマトの皮が切れる。そうなったら、そのトマトを受け取った子供が立ち泳ぎしながら半分ほど食べてしまい、いちばん遠くにいる子供をめがけて投げる。このときのトマトの食べかたが、かぶりつく、という食べかただった。トマトにかぶりつくのは、このとき以来だ、とそれから何十年もたってから、僕は述懐するのだった。

ジャンケンをしてないなあ、と僕は思った。イシカミハサミ。グーチョキパー。ジャンケンポン、でイシカミハサミのどれかを出す。アイコデショ、の「ショ」のところで、全員が揃って次の手を出す。ジャンケンポンの、「ポン」のところとおなじだ。

Ding-dongとかJingle-jangleといった呼び名を久しぶりに思い出す。イシはハサミに勝つ、と言いたければ、Rocks win over scissors. と言わなければならない。イチ、ニ、サンと数えてサンで全員が出す、と言うなら、at the count of three と言ったあと、ワン、トウ、スリーで全員が出す。このジャンケンをしていない。何十年もジャンケンをしていない。数人がなにかを決めるとき、ジャンケンしよう、と言ったことが、その数十年のなかばにあったとして、二度か三度ではなかったか。

最初はグー、と自分で言って他の人たちをグーに誘導し、自分はパーを出す、というのをどこかで見たことがある。パーはグーに勝つ。紙のことをパーと言うのはジャンケンのときだけだ。Ａ４のコピーペーパーを、Ａ４のコピーパー、と言う人はいない。

トマトへのかぶりつきからジャンケンをへて、子供だった頃には頻繁にしながら、あるとき以来まったくしていないことについて、僕は考えをめぐらせた。

缶蹴り、という遊びをしていない。どんな遊びなのか、説明が必要だろうか。鬼ごっこ、という遊びもあった。僕も何度かしたことがある。隠れんぼは、説明してもわからないのではないか。全員がどこかに隠れたのを、ひとりずつ見つけていく、という遊びだった。いまならどこに隠れたらいいのか。コンビニの棚の陰にしゃがむのか。蜻蛉釣り、という遊びもあった。釣るべき蜻蛉が、どこにいるだろうか。めだか掬い、というのもあった。金魚掬いなら、町の縁日でいまも現役だ。

　おなじ空き缶をふたつ用意し、どちらにもひとつだけ穴を開け、そこにそれぞれ長い紐をとおし、穴から抜けないように裏で固定する。そして立ち上がり、左右の手に紐を持ち、空き缶から出ているその紐を左右ともに足指の親指と人さし指のあいだにはさみ、自宅の前をパカポコと歩くと、妙に楽しかった。あの遊びに名称はあっただろうか。ふたつの空き缶の高さが異なると、楽しさはそのぶん複雑になった。

　押しくら饅頭、という言葉とその実体を、何十年ぶりかで思い出した。昔の子供たちがおこなった遊びのひとつだ。季語としては冬のものだろう。陽ざしが直射している冬の午後の板壁を背に、何人かの子供たちが均等にその陽光を享受していると、誰が始めるともなく、押しくら饅頭となった。

　陽ざしの直射している板壁を背にして一列になっている子供たちは、その両端から、隣の子供に体を密着させ、なおかつ押すのだ。板壁を背にした子供たちは、その左右の端から、相手に体を密着させ、押していく。押されて列からはじき出された子供は、すかさず列の端につき、隣の子供を押していく。これを繰り返して、子供たちはひとときを遊びのなかで過ごした。何度もはじき出される子供がいた。一度も押し出されない子供もいた。ただそれだけのことだ。「押しくら饅頭、押されて泣くな」と言いながら、子供たちは押し合った。押されて列から出され、泣きだす子供もいたのだろう。

受話器に飛びついたのは、いつだったか

この連載を書き始めて気づいたのは、知ってはいるけれど自分では一度も使ったことのない言葉がじつにたくさんある、ということだった。

知ったのは子供の頃だ。身辺にいた大人たちから学んだ。彼らはそのような言葉を使っていた。一九四〇年代そして一九五〇年代にかけての、僕がゼロ歳から二十歳にかけての期間だ。僕の二十代は一九六〇年代のぜんたいと重なる。仕事として自分の言葉を使う作業を始めたのが二十歳からだ。かつて大人たちから学んだ数多の言葉は、まったく使わなかった。古くさい、間に合わない、言いあらわせない、したがって使わなかった。自分の言葉で書いていくのが精いっぱいだったから、古い言葉は使おうとも思わなかった。

新しい言葉を無理して作ったことはない。難しい言葉をつらねたのでもない。平明さを旨とした自分なりの単純な言葉しか、使うことは出来なかった。大人たちから学んだ昔の言葉と、そのような昔を抜け出したあとの、自分なりの平明で単純な言葉の両方に、僕は時代的にまたがっているようだ。知ってはいるけれど使わない言葉が、底辺にびっしりと敷かれていることが、自分の日本語能力の基礎の一部になっている、という話はこの連載ですでに書いた。

時間が経過していく。生活が変化する。人そのものが違ってくる。日本人はずっとおなじだ、

とらえている人は多いけれど、じつは何度も変わっている。激変した生活のなかでもはや使えない言葉を、人々は使わない。いつの間にか聞かなくなった言葉が、こうして増えていく。

具体的に例をあげるといいかな、と僕は考える。電話はどうか。自分の部屋に自分専用の固定電話があった時代から、僕は小説を書き始めた。部屋にいるときには固定電話でもいいだろう、とは思うけれど、スマートフォンだと、電話回線が機能しているかぎり、いつどこにいても、電話をすることが出来るし、かかってもくる。電源をオフにしておく、という新たな手口がある。

電話ボックスは街のいたるところにあった。海沿いの国道にぽつんとあった電話ボックスは、小説に使えた。英語では phone booth と言ったが、いまでもこう言うのだろうか。日本語の電話ボックスは完全に死語だろう。

会社や自宅の黒電話。街の赤電話。ピンク電話、というものもあった。電話機、という言葉じたい、謎だろう。電話が鳴る、とはどういうことですか、と真剣に質問されたのは数年前だ。電話をかける。かかってくる。電話をする。もらう。電話があった。電話一本よこさない。電話が来る。もらった電話ですけれど、という言いかたは、会社用語としてまだ現役だ。受話器を静かに置いたとか、受話器に飛びついた、受話器を戻した、といった表現は考えなおさなくてはいけない。受話器、という言葉そのものが、意味不明なのではないか。スマートフォンにかかってきた電話を受けるとき、電話に出た、という表現をいまでも使うのだろうか。

使わなくなった言葉が言いあらわす物が、日常生活のなかにないのが標準だと、その言葉は使われなくなる。釘。金槌。鉋。鋸。くぎ、かなづち、かんな、のこぎり、と読む。金槌はトンカチとも言った。

こうした物を人々は使わなくなった。だからそれらを言いあらわす言葉も、身辺から消えていく。

鋸の目立て、ということがあった。鋸の目立て屋さん、と呼ばれた人もいた。錐は、きり、と読む。錐とは、なにか。どのようなとき、どんなふうに使うものなのか。五十年くらい前なら、錐が必要になったとき、お父さんが道具箱から出して来たではないか。

螺子回し、という言葉の意味が伝わらない、という話を人から聞いたのが、三十年ほど前になる。ねじまわし、と言う。プラスの二番を持って来て、というような言いかたは、まず絶対につうじない。ヴァイスグリップなど、夢のまた夢ではないか。

家のなかでのいろんな修理や修繕を自分でおこなっていた時代には、金槌や錐もつうじた。身近にあったからだ。いまはもうない。自分ではやらないからだ。やらないからそれらは身辺にない。したがって言葉も、やがて消えていく。

本を読みながらうたた寝をした僕は柱時計が四時を打つ音に飛び起きた、といった表現には問題が多いという。本を読まない人には、本を読んでいて眠くなりそのまま眠ってしまう、という長く続いた習慣が、はなからわからない。柱時計とはなにか。四時を打つ音とは。なにからなにまで、つうじない。ごく平凡な、なんでもないちょっとした文章が、まるでつうじない日がくるとは。

スヌーピーが果した役は大きい

アメリカの新聞連載漫画『PEANUTS』は一九五〇年の十月二日に、いくつかの新聞で開始した。作者のチャールズ・M・シュルツは二十七歳だった。連載は五十年続いた。一九九九年の終わりにシュルツは引退を表明し、二〇〇〇年の二月に他界した。

五十年続いた連載は二十六巻のコレクションにまとまっている。日曜版も含めて、シュルツが描いた『PEANUTS』のすべてを、一点残さず収録した全集だ。二十五巻目は一九九九年から二〇〇〇年までであり、その半分あたりで『PEANUTS』は終わっている。後半は連載以外のものが収録されている。最終巻である二十六巻目に『PEANUTS』はもうない。

シュルツはじつにさまざまな人物を作り、連載のなかに登場させた。「すべては鏡に映ったシュルツなのよ」と、奥さんだったジーン・シュルツが最終巻で書いている。主人公のチャーリー・ブラウンから始まって、ルーシー、ライナス、スヌーピー、その他、すべての人がシュルツだっただけではなく、彼らに託して連載のなかに描いたことのぜんたいがシュルツだった。あらゆるアイディアがじつは自分そのものだったことを表現する言葉として、シュルツはauthenticity という言葉を使っていた。

すべてはそこまで生きてきた自分のなかに根拠があり、その意味であらゆるものが誠実な本物であり、それでこその『PEANUTS』なのだ、というような意味なのだ。
　連載が始まったばかりの頃の作品に、シュルツがそのまま表現されたような出来ばえのものがある。ぜんたいはあのスペースが均等に四分割された四コマだ。チャーリー・ブラウンとその男友だちのふたりが、車道に向かって歩道の縁にすわっている。最初の三コマまで変化はまったくない。ふたりがそれぞれになにごとかを深く考えている様子を、その三つのコマは表現している。そして四コマ目では、Well, that's the way it goes. と、ふたりのうちのひとりが言っている。

　そんなもんさ、という意味のきまり文句だが、七歳か八歳の小学校低学年の男の子ふたりが、真剣に考えた結論としてこんなふうに使うと、効果は大きい。この四コマを読んだ人たちは、笑うほかない。そんなもんさ、というきまり文句の、もっとも面白い使いかたを考えて手に入れたのが、シュルツが言うところの、authenticity だ。

　自分のなかにある本当のことをユーモアに転化して表現するためには、シュルツは連載のために何人もの人物を作る必要があった。どんな人物がもっともふさわしいか、シュルツは常に考えた。

　たとえばスヌーピーだが、日本では姿かたちの可愛い小犬でしかないが、『PEANUTS』ではシュルツの重要な分身だったから、その果たした役は大きい。

　白い小さな雲が自分の小屋の屋根よりも低いところにいるのを屋根から見て、スヌーピーは、「高いところが怖い雲は初めてだ」と思う。空の高いところに浮かぶ白い雲に関して、高所恐怖症の雲、ということを考え出すのは、シュルツの authenticity のひとつだ。スヌーピーの小屋の屋根、という場所を見つけたのも、彼の言う authenticity のなせる技だ。

この低いところに降りてきた小さい雲の話は、次の日の四コマに続いていた。雲はいったん高い空に戻る。「それでこそ雲だ」とスヌーピーは言うけれど、その雲はふたたび低いところへ降りてくる。それを小屋の屋根から見て、スヌーピーは言う。「確かにあそこまで高いと、ちょっと怖いからな」

小屋の屋根の上で、第一次大戦の複翼戦闘機のパイロットになった想像をするのが好きなスヌーピーだが、僕が好いているのは、月面に降りようとしている宇宙飛行士になったスヌーピーだ。彼は月面に降りようとしている。月の表面が宇宙船の窓のすぐ外に見える。その月面の印象を地球から問われたスヌーピーは、It looks like a dirty beach. と答える。いままさに自分が降りようとしている月の表面は、汚れた海岸のようなのだ。

四コマ目でスヌーピーはさらに言葉を続ける。その内容は、Or has someone already said that? というものだ。「誰か他の人がおなじことを言ったかなあ」というような意味だ。

アメリカ国家による宇宙計画、なかでも宇宙飛行士による月面到着やその直前のコメントなどに関して、シュルツの考えかたが、充分に表現されている。

スヌーピーが彼の小屋の屋根の上であお向けに寝たのは一九五八年十二月十二日が最初だったという。ここから彼は大躍進をとげた。

犬も歩けば棒に当たる

ことわざは日本の長い歴史を生き抜いた知恵の結晶であるという。数多くの人生から抽出されたものであるからには、日本の社会はことわざのなかにこそある、と言っていい。

「人を見たら泥棒と思え」ということわざがある。すごいではないか。他人は信用するな、という知恵を日本語はこんなふうに表現する、などと書くのは、現在の人が都会のなかですることだ。かつての日本つまり農村では、他人への不信は根本精神であり、それは排他精神として日本を作った。「人を見たら泥棒と思え」という表現は単純で誰にでもわかる。しかも生活のなかでの具体性をしっかりつかんでもいる。

「出る杭は打たれる」ということわざには説明が必要だ。何本か並べて打った杭の中で一本だけ高く出ていると、他と高さをそろえるために打ち込まなくてはならない。頭角を現わす人は、憎まれて邪魔にされる。つまり、目立ちすぎてはいけないという戒めだ。

「出る杭は打たれる」の文字どおりの解釈は以上のようだが、字面どおりの解釈とは別の解釈も十分に成り立つ。「出る杭」とは、ちょっと変わった奴、面白い奴、自分の意見を述べる奴、などと解釈することが可能であり、そのような人は打たれないように気をつけなさい、という意味に加えて、そのような人は打たれて当然ですよ、という意味が巧みに隠されている。

　ことわざをわかりやすくするために、当時は人々の身辺にいくらでもいたはずの動物たちが、たくさん登場する。馬。蛙。猫。豚。猿。蛇。虫。狸。犬。鳥。蝙蝠。虎。それぞれことわざをよどみなく言えるかどうか。

『新明解　故事ことわざ辞典』（第二版、三省堂、二〇一六年）を数年前に購入した。約七千三百のことわざが収録してあるという。この一冊のなかに日本が詰まっている。キーワード索引というものがあり、馬の項を見ると百以上はある。もっとも広く知られているのは「馬の耳に念仏」だろう。「馬耳東風」というのもある。「生き馬の目を抜く」や「馬の背を分ける」などは僕でも知っているし、「馬脚を露わす」も知っているが、初めて見るものを含めて、知らないものは多い。

　いまも知っていることわざは子供の頃に加留多で覚えた。ほとんどの加留多がことわざだった。『故事ことわざ辞典』には「東西いろはがるた一覧」がある。東西とは東京と関西のことだ。少なくとも「い」「ろ」「は」の三つは知っている。「犬も歩けば棒に当たる」「論より証拠」「花より団子」の三つだ。「に」は何だったか。「二階から目薬」というのを思い出したが、「一覧」によればこれは京都で、東京では「憎まれっ子世に憚る」ということわざだった。

　この辞典で「大同小異」の項目を見ていたら、類似のものとして「五十歩百歩」があげてあった。昔の日本は大雑把だった。五十と百がおなじだとは。差はあるが本質的には変わらないそうだ。六十八はどうするんだ、七十三はどうなるんだと、いまなら大騒ぎだ。「目くそ鼻くそ」とも言うし、「どんぐりの背くらべ」という言いかたもある。

この辞典はさらに面白い。英語圏で見つけた同じような意味のことわざが英語で紹介してある。「大同小異」だと、As good 20 as 19 が近いそうだ。日本語だと五十と百なのに、英語では20と19だ。

「二兎を追う者は一兎をも得ず」ということわざは日本で多くの人が知っている。「欲を出して同時に二つのことをやろうとしても、どちらも成功しないこと」と、意味が説明してある。二匹の兎を同時に追いかけて、結局は一匹も捕まえられずに終わる。兎を人が追いかけて、捕まえることが出来たのだろうか。狙いをつけた一匹だけを追い続けるなら、捕まえる機会が増したのかどうか。ひとつ分の手間をかけて思いがけずふたつ手に入ったときは、「一石二鳥」だった。石をひとつ投げることによって、鳥を二羽、しとめた。

「河童に水練」の項目を見ていたら、該当する英語のことわざがあげてあった。仮に日本語で書くなら、生卵の吸いかたを祖母に教える、となる。

生卵の尖ったほうに、ほどよく丸い穴を開け、そこからなかの生卵を吸い出していく、という食べかたは昔から日本にあった。まったくおなじ食べかたがＧＢにもあったとは。ＧＢとはグレイト・ブリテンのことだ。ＧＢにもあったとは、とたったいま僕は書いたけれど、生卵は世界共通のかたちをしている。かたちや殻がおなじなら、食べかたも似ていて当然だろう、なかみを吸い出す食べかたに、なんら不思議はない。吸い出す後半に穴からほんの少し醤油を入れ、箸でかきまわして吸った友人がいた。

初めて見る食べ方を幼い僕は呆然と観察した。

花道はもはやどこにもない

「俺」という言葉のつく慣用句について、かつて僕は書いた。今回は「男」だ。

「この世に男と生まれて」という言いかたはまだ現役だろうか。男に生まれるか女に生まれるかは、まったくの偶然だ。女に生まれようが男に生まれようが、変わりはいっさいない。しかしこのことを、男の子供が成長していく過程で大きく変えてしまうのは、日本の男尊女卑のいっぽうをになった、日本の母親たちだ。

「あなたは男なんだから」そんなことはしなくていい、と母は言う。「あなたは男なんだから」そんなことは知らなくてもいい、とも彼女は言う。なんにも知らない、なんにも出来ない男たちが、こうして大人になっていく。

「男はつらいよ」と柴又の寅次郎が言う。なにがつらいのか。今回も恋は成就せず、自分は道化を演じただけだ。そのことがつらいようだ。顔で笑って心で泣く、と言う彼の個人的な感慨を昇華させると、「男の涙は見せない」となる。

『男ならやってみな』という歌を一九六四年に和田弘とマヒナスターズが歌った。可愛いお前のためなら杖にも柱にもなる、と彼は言う。それ以外では、どんとその胸叩いてみろよとか、思いこんだら命をかけて、などと言うだけだ。『これが男の生きる道』はクレイジー・キャッツの歌だ。『男なら』という歌が戦前にあった。

昭和十四年の『赤い夕陽は砂漠の果てに』という歌は昭和二十三年に『男一匹の唄』となって岡晴夫が歌った。『男のいのち』も昭和十四年だ。『男の純情』は昭和十一年で日中戦争の始まる前年だ。ずっとあとになって、『男傘』『男のブルース』『男船』と、男ものの歌謡曲は少ない。

「男は黙ってサッポロビール」というＣＭが毎日何回となくＴＶで全国に放映された時代があった。「男」ものの、最後の頃だったと、いまにしてつくづく思う。そして「男」ものが盛んに始まったのは、戦前の日本が戦争に向けてその急坂を転げ落ち始めたのと、期を一にしていた。戦後は高度経済成長。それが日本の「男」だった。

黙りこくってビールを飲むしか能のない男たちは、いまでも全国に健在だ。その「男」たちにかつては似合うとされた言葉は、「男は外に出ると七人の敵がいる」とか、「男は外に出て稼ぐものだ」といった言葉だったが、こうした言葉をこのところ聞いていない。

このところ、とは何年くらいなのか。二十年、あるいは三十年ほどの期間のなかで、いつのまにか、少しずつ、聞かなくなっていった。聞かないのは人々が使わないからだ。なぜ、使わないのか。そのような言葉で言いあらわすことの出来るほどの価値が、身辺にないからだ。

二〇二〇年から三十年前は一九九〇年だ。バブルの名残がまだ街のなかに少しだけ残っていたが、街ぜんたいとしては際限なく、しかも急速に、細っていき始めた頃だ。

平成の三十年のことを〝失われた三十年〟と表現してもいる。失われたものはたくさんある。

日本の男たちの価値の下落は、全体的な劣化によって日本が下落したことと、重なっている。日本を支えてきた男の価値は、日本とともに、当然のこととして、ごく低いものとなった。失われた三十年からさらに前、まだ日本の男たちには価値があると思われていた頃には、「男の顔は履歴書だ」というような言葉が、世のなかに席巻していたのだった。

「男なりゃこそ」「それは男の仕事だ」「男どっこい」「男の勲章」「男のくせに」「男はそれだけは出来ない」「それでも男か」「それでこそ男だ」「男の子は泣かない」「男一匹どこへいく」「男たるもの」「男は度胸」「男がすたる」。

「男」のひと文字があたまにつく慣用句を、思いつくままに書き出してみた。古色蒼然とまではいかないとはいえ、これはもうどれも役には立たない、という感想なら僕も持つ。「男の花道」という言葉を忘れていた。花道なんかもはやどこにもない。

何年も前、当時はまだ四十代だった男性の言ったひと言を、僕は覚えている。愚痴を言い続け、それを肴に酒を飲み続け、最後はぐでんぐでんに酔った男が、お前にこれがわかるか、などと言いながら、同僚にタクシーに乗せてもらった。後日、その同僚が言ったひと言は、「あれがあいつの美学だから」というものだった。

「男と女の関係」についても書いておこう。「男と女のこと」とも言われるし、「所詮は男と女だから」などとも言われる。男と女が生来的に持っている、身体と生理の差異が、男と女のどちらにおいても、「所詮」と言われてしまう。男と女のどちらをも、いったんは貶めないことには、理解出来ないのだろうか。

曇りガラスに必ずこう書いた

小学校二、三年生の頃には、ウマシカという言いかたをすでに知っていた。ウマシカは馬と鹿であり、馬鹿のことだが、あまりにも端的な言葉は避けて、別な言いかたをしたほうがいい、と子供なりに配慮した結果のウマシカだ。身辺の大人たちから教わった記憶もある。友だちとふたりで歩いていたら、馬と鹿が連れ立って歩きよる、と言われたのを覚えているから。

馬鹿はサンスクリット語のモハからきているという。無知な、という意味だそうだ。馬鹿は当て字だ。莫迦とも書く。これも当て字だろうか。馬鹿という当て字はじつに良い、と僕は判断している。当て字は多いが、これはそのなかでもベストではないか。

窓のガラスが湯気で曇っているような状態、つまり外は寒くてなかは暖かい、というようなとき、窓のガラスは曇っていた。その曇ったガラスに指先で文字を書くなら、それはバカという片仮名ふたつではなかったか。ごく簡単に、誰にでも書くことが出来た。図形を描くときには、へのへのもへじ、にきまっていた。馬鹿はごく早い時期から、生活のなかになじんでいた。ともすれば誰であろうとも馬鹿になり得たのだから、漢字で書こうが片仮名で書こうが、馬鹿は馬鹿として、日常のなかにその位置を保っていた。

馬鹿のつく言葉は多い。ざっと数えて三十は下らない。どの言葉も思いのほか外を向いている。馬鹿のつく言葉を眺めていると、楽しい。馬鹿が持っている側面のひとつが、こちらに乗り移ってくるからだろう、と僕は判断している。馬鹿の功徳は意外に大きい。どの言葉も知っている。知ってはいるけど、自分の言葉の一部分として使ったことは、これまで一度もない。馬鹿は不思議だ、とも言えるようだ。

「そんな馬鹿な」とか「馬鹿みたい」、あるいは「馬鹿まるだし」「馬鹿にしないで」「馬鹿をみた」「馬鹿くさい」「うすら馬鹿」などは、日本語の基本の一部だ、落とすことは出来ない。たとえば「そんな馬鹿な」は、このままでも十分に使用に耐えるが、「そんな馬鹿な話があるもんか」というふうにすると、これはかなりこなれた進化形だ。「馬鹿をみた」も、「結局、みんな揃って馬鹿をみたわけだ」と使うと、まぎれもないジャパニーズ・ネイティヴがそこにいる、という雰囲気になるから面白い。

「親馬鹿」「馬鹿力」「馬鹿づら」「馬鹿高い」「馬鹿丁寧」「馬鹿騒ぎ」「馬鹿正直」「馬鹿笑い」など、馬鹿がたくさんいて、それぞれに彩りを加えている。「馬鹿じゃなかろうか」は「馬っ鹿じゃなかろうか」と発音するだけで、本物らしく聞こえる。

「馬鹿馬鹿しい」「馬鹿を言っちゃいけない」「馬鹿もほどほどになさい」「そうなると馬鹿にならないよね」と列挙していて、ふと思いついたのは外国の人に課する日本語能力試験の問題だ。「馬鹿にする」「馬鹿になる」「馬鹿にならない」この三者の意味の違いを例文を添えて説明せよ、というような問題は、受験者泣かせの玄人好みだ、と言われそうな気がする。

この鋏はものが切れない、と不満を言うと、すかさず返ってくるのは、よく切れる鋏ではなく、「馬鹿と鋏は使いよう」という言葉だった。切れないと判断している鋏でも、使いようによっては充分に切れますよ、という意味だが、鋏だけが問題なのではなく、馬鹿も同時に問題にされている。馬鹿な人でも使いようによっては役に立つ、という意味における馬鹿だ。切れない鋏で工夫して切るなら、その人は少なくともその状況では、馬鹿とは言いがたい。

切り傷につける薬を探していたら、「馬鹿につける薬はありません」と言われたのも、自分の日本語能力の一端として、いまも機能していると思いたい。久しぶりに行った学校で覚えた、くくはちじゅういち、という呪文のようなひと言をことあるごとに繰り返していたら、「馬鹿のひとつ覚え」と言われた。馬鹿はひとつずつ覚えるのだ、と解釈しなおして、その場をやり過ごした子供の僕だった。

さきほど書いた「馬鹿になる」には、ふたつの意味がある。ひとつは、賢い人がその場の必要に応じて馬鹿な人を演じる、という意味だ。ふたつめは、たとえばネジの山が擦り減って、ネジとしては使いものにならなくなった状態を、意味する。

「馬鹿、馬鹿馬鹿」というのを知っているだろうか。若い女性が、身も世もなく、しかし故意に甘さを加えてこう言えば、たいていのことは、彼女の願うとおりになった。馬鹿なあいつ三部作は次のとおりだ。「あいつも馬鹿なやつだよ」「あいつはいつまで馬鹿をやってるつもりなんだ」「いくらあいつでもそこまで馬鹿ではないだろう」

知らなかった言葉を知るとき

ナポさん、という言葉を僕が最初に受けとめたのは、ナポさん、という音声だけだった。知らない言葉だ、と思うと同時に、知っていなければならない言葉でもあるだろう、と思った。あのときから五十五年ほどの時間が経過している。

『００１１　ナポレオン・ソロ』というＴＶのシリーズ・ドラマが一九六四年にアメリカで放映され人気だった。日本では一九六五年に放映されて人気を博した。ナポレオン・ソロをロバート・ヴォーンが演じ、彼の部下のような同僚、イリア・クリュアキンを、デイヴィッド・マッカラムが演じた。日本で放映されたときには、全編が日本語に吹き替えられていた。イリアの役を担当した声優の日本語の台詞のなかに、ナポさん、という言葉があった。イリアがナポレオンのことを、こう呼んでいたのだ、と謎は解けた。

メルクマール、という言葉を知らなかったのも、おなじ頃ではなかったか。二十代なかばの僕は、喫茶店で同年令の編集者と打ち合わせをしていた。彼はごく当然のことのように、メルクマールという言葉を使った。ドイツ語だろう、と僕は思った。文脈から推測して、指標、というような意味だろう、とも思った。僕の推測は的中していた。この言葉はいまでも編集の現場では現役だ。Merkmal と書く。

ディストピア、という言葉に初めて接してから十年は経過している。知らない言葉だったが、ユートピアの反対だろう、という程度には見当がついた。二〇一三年のオックスフォード英語辞典にはまだ掲載されていない。

ディスインティグレート、ディスハーモニー、ディストートなど、ディスのつく言葉は多い。そうではない、反対の、といった意味の接頭語だ。ディス世界、ディス小説、ディスもの、などの言葉に接していくと、ディストピアにどのような意味が託されているのかおよそわかる。

BLという言葉を知らなかった。知らないでいたときから十年は経つか。ボーイズ・ラヴ、という言葉の、イニシアルふたつだそうだ。英文字表記で英語もどきの、しかし内容や意味は日本でのみ通用する言葉が、あくまでも日本語として、現役の日本語のなかに次々と加わっていく状況がある。疑似的なバイリンガルの実現として観察すると、ある程度までは面白い。

ものは試しと英語の辞書に当たってみた。Boyles Law の記載があり、ほんの一瞬、これがボーイズ・ラヴに見えたときには、あわてた。ボイルの法則、として日本でも知られている。温度が一定なら気体の体積は圧力に比例するというロバート・ボイルの法則だ。

メタ小説、という言葉を最近まで知らなかった。メタ小説、という言葉に接するたびに、メタモルフォーゼのことだろうな、と推測していた。メタ小説とは何のことですか、と編集の現場にいる人に訊くと、さあ、なんですかねえ、という答えが返ってきていた。

英語だと動詞ならメタモルフォーズであり、名詞なら、フランツ・カフカの『変身』という小説の題名のように、メタモルフォーシスだ。

メタモルフォーゼをメタと短縮させた日本語になってから、ずいぶんと時間が経っている。伝統にとらわれることなく、まったく新しい発想にもとづいた芸術の形態、という意味だという。これを小説にあてはめると、メタ小説、になる。これは狭い意味であり、広い意味では、姿や状態を完全に変える、という意味だ。

フラッシュ、と片仮名書きされて、日本のサラリーマンたちのあいだで多用されている言葉を、ぼくは知らなかった。「まだフラッシュの段階ですから」というふうに使う。Flash と綴る。意味は推測出来る。アイディアが思いつきとして浮かんだ段階です、というような意味だ。やや昔ふうな日本語だと、まだ生煮えです、という言いかたがある。

ワーズスウ、という言葉を音声で初めて受けとめてから、十数年になるだろうか。書き言葉になおすと、ワーズ数、つまり、文字数のことだ。文章全般のことを、仕事の現場の日常として、ワーズと呼んでいるなら、文字数という言葉は、ワーズにスウをつけて、ワーズスウとなる。ワーズカズにはならない、とあまり面白くない冗談をつけ加えておこう。

喫茶店での打ち合わせの席を先に立つ僕に対して、私たちはここで仕事を続け、終わったらラップアップしていきます、と編集者が言ってからおなじく十数年になるか。Wrap up という言葉は昔からある。それが日本語になり、片仮名音声でラップアップとして、日常的に使用されていることは、まだ知らなかった。いまでも使われているのだろうか。

人が生きるから人生なんだよ

その言葉を目にしただけで、あるいは聞いただけで、そのとたん、すべてがわかった気持ちになる言葉、というものがある。一生そして人生のふたつは、その代表ではないか。どちらの言葉も、あらゆる人たちが、じつにさまざまな状況のなかで、おそろしいまでに気楽に使う。おそらくそのせいでもあるだろう、一生や人生について、自分はすでにすべてを知っている、という気持ちになる。

一生、と書いて、イッショウ、と読む。イッセイやカズオは男性の名前としてはあり得る。ヒトナマ、イチナマ、イチオなどとは、かつての僕ですら読まなかった。しかしいまならごく普通にいるかもしれない、とふと思う。

一生、という漢字ふたつによる言葉、その読みかた、およその意味、使いかたの実例いくつかなどを、おそらく親から、小学校二、三年生の頃、ひとつながりに教わったのではないか。生まれてから死ぬまでの全期間のことだという。意味するところもその説明も、国語辞典はきわめてそっけない。こうとしか言いようがないから、こうなのだろう。生まれてから死ぬまでのあいだに、どれだけの税金を、きちんと払ったかどうか。それだけが国家にとっては問題なのだ。これ以外のことは、じつはどうでもいい。

その意味するところを深く探究したりはしないけれど、その代わりに、自分はすでに一生というものに関して、すべてを知っている、という気持ちにさせる言葉、それが一生だ。一生ついてまわるよ。一生のお願いだから。一生恨んでやる。これは一生ものだ。一生かけて償いなさい。なにしろ一生の問題だから。それで一生楽が出来る。それは一生の宝物だ。一生を棒に振った。一生を捧げた。一生不犯。一生懸命。

人生、という言葉についても、ほぼおなじことが言える。この言葉を見たり聞いたりして、すべて自分は承知している、分かっているつもりだ、という気持ちになる人は多いだろう。国語辞典でその意味を調べると、人間がこの世に生きていくこととその生きかた、という説明が手に入る。まったくおなじジンセイという発音で、人世、というのがある。ジンセでもヒトヨでもない。世のなか、あるいは、世間、という意味だ。ついでに言っておくと、世間はヨカンではなく、セケンと発音する。

この人生という言葉も、ほとんどと言っていいほどに多くの人が、いろんな状況で、じつに気楽に多用している。人生、という言葉を覚えるとき、すでに人生については知るべきことを自分はすべて知っている、と思い込むことを、言葉と同時に覚えるように、しむけられているのではないか。

人生いかに生きるべきか、という日本語におかしなところはない。この言いかたをしばしば目にしてもいる。ところが、一生いかに生きるべきか、という言いかたには、さほど厳密な気持ちにならなくとも、賛成出来ない人は多いはずだ。一生、という言葉をこんなふうには使わない。使うとすれば、一生をいかに生き抜くか、といった言いかたになる。個別性にもとづく具体性のようなものが、一生という言葉にはついてまわる。

だからだろう、語られるのは、人生だ。人生哲学。人生観。人生訓。人生論。人生経験。人生の達人、という言いかたも、そこで問題にされるのは、その人の理想的な生きかただ。人生行路、というのもあった。人生劇場は東京・神田神保町におそらくいまもあるパチンコ店の名前だと理解していたが、尾崎士郎という作家が書いた長編小説の題名だという。強い正義感による深い人生探究だそうだ。

人生の一大事。人生は一度だけ。人生意気に感ず。これは、自分を理解してくれる人の気持ちに応えて仕事をすることだ。第二の人生、というのもある。人生の浮き沈み。人生を悲観的にとらえる。それが人生さ。一生という言葉を使ってこれを言い換えると、人の一生なんてそんなもんさ、となる。人生いろいろ。一生いろいろ、とは言わない。一見したところ、いろいろのようだが、じつはどの人生も、似たり寄ったりなのではないか。ロンクンカンとも、三つの「ン」とも言われているのが、人生論、人生訓、人生観、の三つだ。

一生は一生としか言いようがなく、人生は人生としか言いようがないのか。和英辞典（『コンサイス和英辞典』、三省堂、二〇〇二年）を見ると、人生も一生も、life だ。Life としか言いようがなく、したがって life なのだろう。一生には whole life という言いかたもあったか。生きている全期間、という意味だ。それが人生さ、と英語で言いたければ、Such is life. と言えばいいようだ。簡単ではないか。

ライナスは眼鏡をかけている

　こんなふうに描かれたライナスを僕は初めて見た。僕がいま使っている卓上の日めくりカレンダーの、九月一日の均等に四つに割られたコマの、最後のコマのなかに、このライナスはいる。チャーリー・ブラウンの胸から顔にかけての高さのところで、ライナスは地面と平行に、空中に浮かんでいる。あまりのうれしさにライナスは空中に浮かんでしまったのだ。

「ミス・オーマーが学校に戻って来たんだ」とうれしそうに叫んでいる空中のライナスのぜんたいは、ごく初歩的な平泳ぎを試みている人のように見える。これはいったい何なのか、という表情で、チャーリー・ブラウンはライナスを見ている。

『PEANUTS』の連載は長く続いた。ライナスをこのように描いたのは、作者のチャールズ・M・シュルツにとって、これが唯一だったのではないか。僕がいま使っている日めくりカレンダーは、数十年前の作品だろう。いつの作品なのか僕はまだ確かめていない。九月一日の均等に四つに割られたどのコマのなかにも、ライナスがいる。

　最初のコマでは、「ミス・オーマーが戻って来るんだって！」と喜んで叫びながら両手を上げ、チャーリー・ブラウンに駆け寄って来るライナスだ。

　二コマ目でもライナスは両手をあげている。チャーリー・ブラウンと向き合って立っている彼が、左の側面から描かれている。三コマ目のライナスは嬉しさに目を閉じ、祈りのときのように両手の指を組み合わせ、その両手を自分の喉もとに当てている。四コマ目のライナスについては、すでに書いたとおりだ。

ミス・オーマーはチャーリー・ブラウンやライナスの通っている学校の先生で、彼らのクラスの受け持ちだ。ライナスはこのミス・オーマーをたいそう気に入っている。彼女はすでに結婚していて、ミセス・ヘイゲマイアーという。待遇改善を求めたデモに参加し、プラカードを持った。そのことで校長から解雇された。ライナスはこれにかなり動揺した。そのミス・オーマーが戻って来るとは、解雇が取り消され、もとの職場への復帰がかなったのだろう。ライナスはそのことがうれしくてたまらない。あまりにもうれしいから、彼は空中に浮かんだ。

このライナスがもっとも得意としているポーズは、フロアにすわって両足を投げ出し、左手にブランケットを持ってその一端を顔に当て、右手の親指を口に入れてしゃぶり、満足そうに目を閉じている、というポーズだ。

日めくりカレンダーの三月三十一日の四コマに、このポーズのライナスを見ることが出来る。最初のコマから三コマ目まで、ほとんどおなじだ。四コマ目のライナスは、口から出した親指を観察し、I think I'm losing my flavor. と言っている。仮に日本語にするなら、「あの香りが抜けてきたかなあ」とでもなるだろうか。このコマは素晴らしい。

自分のこの親指の味に関して、姉のルーシーにライナスが、見事に言い返している四コマがある。「あなたの真似をして親指を口に入れ、しゃぶるのを一度やってみたけれど、吐きそうになっただけだったわ」と言ったルーシーに対して、「味が悪いからだよ」とライナスは言い返していた。

二月十四日の四コマの、最初のコマでも、ライナスは得意のポーズを見せている。ただしここでのライナスは眼鏡をかけている。彼が眼鏡をかけ始めたことをめぐっては、二月の五日から六、七、八、九と、ぜんぶで五日をかけて、作者のシュルツは、『PEANUTS』の連載として、描いている。

四月十四日の四コマにもライナスが登場する。最初のコマは、もっとも得意としているあのポーズだ。ひとりで静かに充足しているライナスのところへ、ルーシーがやって来る。自分が新聞で読んで感銘を受けた記事について彼女は説明する。ルーシーとライナスとでは、おたがいの世界が完全に食い違っている。しかしなぜかライナスのほうが根源的に正しい。だからその正しいひと言で、姉をかたづける。その様子は見事なものだ。読んでいる僕は拍手したくなるほどだ。

フロアの上にあお向けにひっくり返ったライナスは八月二十四日に見ることが出来るし、どんなふうに生えているのかよくわからないあの髪がすべて逆立っているライナスは、二月二十七日に見ることが出来る。どちらの場合も、手を下したのは姉のルーシーだ。

体調が万全ではないので今日は自宅で寝ている、という状態のライナスは、一月二十九日と九月五日・六日との両方で、見ることが出来る。「頭痛がする」とルーシーに言い、「今日は病気だ」と、ライナスはチャーリー・ブラウンに、言っている。

未来への明かるい希望

ラブ、と書いてなんのことだかわかるだろうか。わからない人たちがすでに日本にいるのは、よろこばしい。ラヴ、と書く人もいた。ラッヴ、と書かれることもあった。もとをただせば英語のLOVEだ。

ラブとは、なにか。LOVEがラブとなった日は特定出来るのではないか。一九六七年にザ・ビートルズが、All You Need Is Loveという歌を発表した。日本での題名は、『愛こそはすべて』というものだった。意訳の範囲には納まっている、と判断していい。ザ・ビートルズのこの歌は、偉大な許可書のように機能したのではないか。あの四人がこう言ってるんだよ、と。

一九六七年の日本は『夜霧よ今夜も有難う』の年だった。『世界は二人のために』という歌もあった。佐良直美だ。『ブルー・シャトウ』に代表されるグループ・サウンズも「愛」を盛んに歌ったが、二年ほどで下火になったという。佐藤栄作という人が総理大臣だった。

アメリカの軍隊が南ヴェトナムのメコン・デルタに、初めて侵攻した。デトロイトでは史上最大の黒人暴動があり、ワシントンでは平和行進が十万人を動員していた。未来への明るい希望などはどこにもなく、どうにもならない、という現実だけがそこにあった。

だからこそと言うべきか、一九七六年の夏はsummer of loveだった。

フラワー・チルドレンはラヴ・ジェネレーションに属し、LOVEの四文字をかたどったペンダントを首にかけ、対峙した警官隊の銃口に花を差し込んだ。あってはいけないもの、いけすかないもの、良くないものすべて、この世から消えてなくなればいいものなど、自分たちの価値観の外にあるものすべてを敵にまわした果ての、LOVEだった。Make love, not war. という言葉が世のなかの隅々にまでいきわたったことを、記憶しているだろうか。LOVEの対極に存在しているもの、それは戦争だった。戦争の反対側にある価値としてLOVEがあった。アメリカがおこなった数多い戦争のなかで、アメリカで多くの人々に忌み嫌われた最初の戦争が、ヴェトナム戦争だった。

日本ではそこが完全に抜け落ちたままに、LOVEは愛と訳され、流通することとなった。「お前は愛のない奴だなあ」とか「きみは愛というものを知らないのか」などと、相手を叱責することによって自分は高みに立とうとする試みのために、愛はひと頃は盛んに用いられた。「愛は旗印ですよ。愛と叫んでいればそれでいいのですから、支出は一円も必要としません」と教えてくれた人がいた。旗印は合言葉、あるいは気合などとも言えるだろう。多少の持ち合わせはあるとしても、身銭など一円も切りたくない人にとって、愛は便利に使える旗印だった。

日本における愛の歴史は知るに値する、と僕は判断している。西洋からもたらされた概念のひとつなのだろうか。そのような領域を研究していた人によると、自由という外来の概念にもっとも近い日本産のものは、好き勝手、だという。愛は、好く、好いた、などではないか。愛のある関係は、好いた仲、となる。歌謡曲のなかで歌われた数多くの愛は、あなたから私への愛、私からあなたへの愛、というもので、こうしたものには、閉じられた関係、という言葉があたえられていた。古い書きかただが、最愛しむ、という書きかたがある。いとおしむ、と読むそうだ。愛しい、と書いて、いとしい、と読むのは、単なる当て字だろうか。

外来の概念、とさきほど書いたけれど、日本にいまある愛は、いろんなところからの影響を、ひとつに練り上げたもののようだ。キリスト教が説く愛をどうすればいいのか。これは日本の愛のなかにあるのか。古代ギリシアや古代ローマの愛があるはずだし、仏教のなかに愛に近いものが、かならずあるだろうと僕は感じる。

シャンソンを経由して日本に入ってきた愛についても、思いは広がる。アムールの日本における普及のしかたを、検証しなくてはいけない。『我に語れよ愛の言葉を』は、パルレ・ムア・ダムールとして僕でも知っている。『二つの愛』もいい歌だ。なによりも大きいのは『愛の讃歌』ではないか。しかし、この歌からでも、すでにかなりの時間が経過している。

「愛さえあれば」という言葉は、懐かしい言葉と言うよりも、いま使えば恥ずかしい言葉の、代表ではないか。「愛はお金じゃ買えないよ」という言葉に未来はない。「愛は地球を救う」という題名のＴＶ番組がいまもある。「愛がいくらあろうとも、世界はもうどうにもならない」という認識が、かろうじていまを支えている。

サービスはまだ生きている

サービス、という言葉が日本語になってから、ずいぶん時間が経過した。サーヴィス、と書く人もいるが、サービス、でいい。なにしろそれは日本語なのだから。もとは英語の単語であるserviceが日本語になったのは、戦後すぐのことだろう。どんな必要があって、この言葉が、無料のとかおまけの、といった意味の日本語になったのか。

Serviceを英和辞典で調べると、次のような意味がならんでいる。勤め。勤務。軍務。礼拝。典礼。便宜。奉仕。世話。修理点検。給仕。公共施設の運営。食器の一式。テニスのようなサーブ権のある競技のサービス。無料のとかおまけのといった意味はどこにもない。

国語辞典で「サービス」はどのように説明されているか。直接に物を作るのではなく、生産者と消費者とのあいだにあって、おたがいの便宜をはかる仕事。金融。商業。交通。通信。教育。公務。医務。自由業。範囲は広い。

というような説明のあと、もうひとつの意味が説明されている。本来の仕事を越えて特別の便宜をはかったり気配りしたりすること、という意味だ。日本語としてのサービスという言葉の出発点はここにある、と僕は判断している。

おまけとして無料で加えてくれたもの。それを単語ひとつでは、サービス、と言う。たとえば食料品を計り売りするとき、計量器の針が規定のところを越えているのに、規定の料金しか取らないこと。言葉で説明するとこんなふうに長くなるけれど、要するに、無料でくれたものだ。無料のもの。くれるもの。ただのもの。このような意味にいきつくのに、さほどの時間はかからない。すぐだ。

「サービスしときました」「もっとサービスしなさいよ」というのは、商店街に一軒の店舗を構える店主と、その地元客の女性との、店先での対話の一部分だ。一部分ではあるけれど、どちらの台詞にも、サービス、の一語があるではないか。

　子供だった頃、いろんな店の店先で、大人たちが交わすこうした会話の断片を、何度となく聞いた。最初に聞いたとき、日本語としてのサービスという一語の意味は、すでにわかっていた、と記憶しているが、子供なりに推測した意味がじつは正解だった、という可能性は充分にある。おなじようなものであるなら、可能なかぎり安く手に入れるのは、庶民にとってきわめて重要なことだった。

　昭和二十四年、『トンコ節』という歌が流行していた日本の、広島県呉市の町の、リッツという映画館の前に、進駐していたオーストラリア兵たちのジープが停止していた。発進しようとするそのジープに駆け寄った、当時の僕より三、四才年上の日本少年が、「チョコレート・ワン・サービス」と叫んだ。

「チョコレートをひとつおくれ」という意味を伝えたくて、その少年は、チョコレートをひとつ、という部分を、チョコレート・ワンと翻訳した。そして、無料でちょうだい、という意味を託して、サービスという一語を最後につけ加えた。「チョコレート・ワン・サービス」という見事なひと言の出来上がりだ。走り去るジープを、立ちどまったその少年は見送った。このときすでに、サービスという一語は、無料で、という意味の日本語になっていた、と僕は書く。

サービス、という言葉を取り込んだ日本語を、思いつくままにあげてみよう。家族サービス。出血サービス。出血の部分が赤い色で書いてあったのを、記憶している。大サービス。お色気サービス。ピンク・サービス。体当たりサービス。セックス・サービス。出張サービス。モーニング・サービス。これは喫茶店で朝の時間に、珈琲に添えてトーストとゆで卵を供することだ。アフター・サービス。サービス価格。これは奉仕価格とも言う。サービスがいい。サービスが悪い。サービス期間。サービス精神。サービス心。サービス業。サービス・ヤード。サービス・ステーション。サービス・ライン。サービス・エリア。サービス・エース。

　サービスの一語が強固にくっついた日本語は、三種類ある。サービス残業。本日のサービス品。リップ・サービス。この三つだ。サービス残業の意味は、時間外の仕事を自ら進んで無料でおこなうこと、とでもすればいいか。

　本日のサービス品、という言いかたはいまも立派に現役だ。僕の自宅から歩いて五分のスーパーマーケットで、このひと言を印刷したカードが、ポップとして食品の棚に立ててあるのを、つい最近、僕は見た。

　リップ・サービスは、口先だけでいいことを言う、という意味だが、いい約束を次々に交わしながら実行はしないこと、などへと意味は広がりつつある。

一拍子、二拍子、四拍子

僕の自宅にある固定電話の十桁の番号のなかに、2という数字が四つある。この番号になってから三十年以上が経過している。

自分のこの番号を電話で人に伝えるとき、僕は2を「ニ」と発音している。最初からだ。しかし復唱する相手は、いかなる場合であろうとかならず、2を「ニイ」と言う。このことに僕が気づいてから十年近くたっている。

電話番号を音声にするにあたっては守るべきルールがある。1「イチ」、2「ニイ」、3「サン」、4「ヨン」、5「ゴオ」、6「ロク」、7「ナナ」、8「ハチ」、9「キュウ」、0「ゼロ」というルールだ。2と5そして9は「ニ」「ゴ」「ク」ではなく、「ニイ」「ゴオ」「キュウ」と発音される。4を「シ」と言う人はいるかもしれないが、その場合は「シイ」であり「シ」ではない。

なぜ2が「ニイ」になり、5が「ゴオ」、そして9が「キュウ」なのか。数字のどれもが、たとえるなら「トン」という一拍にならないといけない、という至上の命題が日本語にはあるからだ。123という市外局番をイチ・ニ・サンと言っていると、トン・トン・トンにはならず、トン・ト・トンになる。2を「ニイ」と言うなら、それはトンになる。5と9に関してもまったくおなじだ。

トンとは、何だろうか。音声にした場合の日本語の、最小単位だ。音譜なら八分音譜ふたつだ。トンひとつで四分音譜ひとつになる。手を叩くなら一拍だ。一拍がトンなら、二拍はトントンだ。三拍はトントントンだ。四拍になるとトンがもうひとつ増える。日本語の音声を拍の連続にするための最小単位がトンという一拍だ。トンの一拍が日本語の音声すべての基本となっている、と僕は理解している。

ビル。パン。ジャム。ギャル。ラブ。ゴム。キャラ。こういった言葉は、一拍だろうか。二拍ですよ、と主張する人もいる。日本語は二拍からなのか。

ビーチサンダルのことであるビーサンはトントンと二拍だ。2Lのコーク、と言われてすぐにその意味がわかるだろうか。コカコーラが二リットル入っているプラスティックのボトル、という意味だ。コークではなんのことだかわからない。短い単語なのだから、片仮名で書くのはやめにして、coke と英語で書いたらどうか。

片仮名で書くとおなじく二拍のコーンもなんのことだかわからない。アイスクリームのコーンがあるし、ひと粒ずつにした黄色いもの、というトウモロコシもある。原語の綴りかたは同一ではない。昔の狐の鳴き声を文字にするときにはコーンではなかったか。

スフという二拍の言葉は知らなくて当然だろう。僕が子供の頃にはこの言葉はすでにあった。staple fiver という英語の s と f を日本語のスとフに置き換えてひとつにつなげてスフが出来た。化学繊維という意味だ。

三拍の言葉はたいそう多い。スマホ。ミズホ。アプリ。サプリ。サボリ。ヤスミ。船橋ららぽーとのことをララポと言う。ワンピースをワンピと言うのがかつて地方都市で流行した。いまでもそうだろうか。彼女たちはネックレスのことをネックと呼んでいた。

　四拍の言葉になると、際限がない印象だ。日本語のほとんどすべて四拍ではないか、と言いたくなるほどだ。ギヤマン。ビードロ。カステラ。バテレン。こうした昔日までさかのぼると、現実の問題として際限は明らかにない。

　インテリという言葉がかつてあった。最近はあまり聞かない。インテレクチュアルないしはインテリゲンツィアがもとになっている、と聞かされた。その昔ニューヨークに出来たアウトドア用品の店はいまはブランド服を売っていて、日本ではアバクロと言われている。サブスクはサブスクリプションだ。ヘビロテはヘヴィ・ロテーションを片仮名の日本語にしたものだ。音楽のＬＰないしはＣＤを「しばしばかける」という意味だが最近は聞かない。ハナキンは花の金曜日、そしてラテランは新聞のラジオ・テレビ欄のことだ。

　イヤミス、という言葉を数年前に知った。読後感に不快なものが確実にあるミステリー、という意味だ。

　流通するときには音声で行き交う。音だけが頼りだ。そしてその言葉を発する人たちは、意味をよく心得ている。使われたほうの人も、意味はすぐに察することが出来る。どういう意味？　などと訊いてはいけない。

　ラジカセはラジオ・カセットが元になっている。カセンは化学繊維の化と繊をカセンとした傑作だ。傑作は思いのほか多い。僕が最高の傑作だと勝手にきめているのはカネボウだ。一八八七年に創業し、一八九三年に鐘淵紡績株式会社という社名になり、二〇〇一年にカネボウとなった。この二十数年間のかなり早い時期に、人々はカネボウと呼び始めたのだから。

かつてはよく使っていたはずなのに

子供の頃に覚えていまも知ってはいるけれど、自分では一度も使ったことのない言葉。いつの間にか聞かなくなった言葉。いま自分で使うのは恥ずかしい言葉。その言葉を聞いただけでかつては気持ちが高揚した言葉。このような言葉を夕食の席で同席した人たちに求めたら、どの人も面白がり、たくさん集まった。覚えきれないのでメモしたなかから、それぞれに説明を加えて、いくつか紹介しようと思う。

「とばっちり」

ちゃんと漢字がある。迸り、と書く。小学校一年生くらいの頃に知った。当時は人との関係が密接だった。身のまわりにいつも何人かの人がいた。だから自分が何か失敗をしでかすと、周囲の人たちがとばっちりを受けた。それから十年くらいたつと、関係は明らかに希薄になった。人との関係が希薄なら、とばっちりも成立しない。

「大忙し」

年配の人たちが温泉からの絵葉書の片隅に、自分の最近の予定をいくつかあげ、そんなわけで大忙しです、と書いたりする。彼らが二十代なかばだった頃、大忙しの日本の内部に、彼らは完全に巻き込まれていた。当時の言葉をいまも彼らは使っている。いまの人はもっと忙しいが、ひとつにまとめて、大忙し、と言ったりはしない。

「みっともないことをしてはいけません」

母親がしばしば言った。みっともないことはしないのが、母親の人生だった。他人を見て自分をなおす、という言いかたがあるとおり、自分はこうである、自分にはこれがある、と言った主義や主張よりも先に、人からどう思われるか、という基準があった。母親が子供を叱ることはたびたびあっても、みっともない、という理由で叱られる子供は少ない、あるいは、少なくなりつつある、と思いたい。単なる楽観ではなく。

「半ドン」

土曜日の午後は休み、という意味だ。土曜日だけではなく、午後からは休み、という意味にもなる。ドンとは大砲の空砲の音だ。午後からは休みであることを人々に知らせるために、空砲とはいえ大砲が打たれた。その音を聞いて、ああ、午後は休みなのだ、と人々は思った。土曜日が休みであることがあたりまえの時代に、半ドンという言葉は、冗談まじりに由来を説明するときにしか、もはや出番はない。

「この馬鹿！」

この言葉も絶えて聞かない。なにかと言えば、この言葉がおしまいについたものだ。なにを言ってるんだ、この馬鹿、というふうに。この言葉が現役だった頃の世のなかは、利口と馬鹿のふたつに分かれていたようだ。利口が馬鹿に物事を説明するとき、いくら言えばわかるんだ、この馬鹿！　などと言ったものだ。いまはなんと言っているのだろうか。このような言葉を思わず口にしてしまうような気持ちがそもそも、ないのかもしれない。いつの間にか聞かなくなった言葉は、その気持ちを内面で支えていたものが消えたからだ、ということは充分にあり得る、と僕は感じる。

「明日は給料日だ」

給料が振込になって久しい。給料が現金の封筒入りで社員に配られた日々を懐かしむ声はいまもある。現金で配られた給料というものを、彼らは記憶しているのだ。この記憶もやがて途絶える。明日は給料が振り込まれる日だ、という日は毎月あるのだが、それは振込日であって給料日ではない、ということか。振込になってから、何かが消えましたよ、という声は僕でさえ聞く。いったい何が、消えたのか。

「自分へのご褒美」

気持ちはわかりますけれど自分ではきまり悪くて使えない言葉です、と言った女性がいた。可処分所得が急激に減っていくことを反映した言葉ですよ、と言った男性もいた。可処分所得のなかに、自分へのご褒美というなにがしかの金額があり得た時代の言葉です、と彼は説明していた。いまはそんなものはありません、というのが彼の結論だった。

「神棚にまつる」

まつる、を漢字で書くなら、奉る、となるのだろう。神棚にまつるのは、ごく日常的な行為だった。特別なことではない。小さな家でも神棚があり、何かあればこの神棚を家の人たちはおがみ、供えものをしていた。いまは神棚がない。神棚にまつる、という行為もない。まつる、という心が消えた。たとえば息子が最初にもらって来た給料は、まず神棚にあげたのではなかったか。神棚にでもまつっておけ、という言いかたがあったような気がする。どこにでも好きなところに置いておけばいい、というような意味だが、こういう言いかたのなかにも、神棚は登場した。

「縁の下の力持ち」

縁の下、という場所がどこなのか、それがまずわからないはずだ、と指摘されてから五十年はたつ。

アカンベーにレロレロバー

「エヘン」という言葉をいまだに一度も使っていない。講演会で壇上に立った僕が聴衆を見渡し、最初の言葉が軽く「エヘン」であるのは、理屈では十分にあり得る。子供の頃に盛んに読んだ漫画のなかに偉そうに描かれたチョビ髭に山高帽の人が、しきりにこう言っていた。エヘンのあとにオホンと続くのが定番だった。ドラえもんの漫画にエヘンという言葉が出てくるという。作者がエヘン・オホンの時代の人だからだ。

「コホン」という咳がいまとなっては愛らしい。他の人たちを十分に意識した遠慮がちな咳が、たとえば漫画のなかの音声では、コホンと書かれていた。いまの咳は人のことなどまったく眼中にない。自分がいま咳をしたいからするという、ゴホッゲホッの咳だ。

「アンポンタンという珍しい言葉が私の口をついて出たのです。こんな言葉を知っている、という自覚すら自分にはなかったのですが」と、四十代後半の女性が言った。彼女が小学生だった頃、母親が盛んに使ったのだ。級友たちも使っていた。ひと頃はごく日常的な言葉だった。成長して状況は変わり、使わなくなった。意味するところはあまりにも端的であり、ひとのことをこんなふうには言わなくもなった。

「ノータリンという言葉も知っています」と、おなじ女性が言った。脳足りん、と書く。脳が少しだけ足らない人、という意味だ、いまでは端的すぎるのだろう、久しく使わない、と彼女は言っていた。

「クルクルパーもよく使いました」と、彼女はつけ加えた。クルクルとは左巻きのこと、そしてパーは、音声のとおりであり、自分の頭をまっすぐにのばした人指し指で示しながら、左巻きの渦を描いてみせる、という動作をともなった。パープリンそしてパーノスケとも言ったそうだ。

「イチコロは何度も使ったなあ」と友人が言う。僕も使った。一発でコロッと参るからイチコロなのだ。使う範囲は広い。「ホロリと泣いてみたいよ」と、その友人は言う。いまのようにいきなり号泣するのではなく、涙の粒がひとつふたつこぼれ落ちる、という泣きかただ。「コロリ、というのがあったね。それから、コロッ、というのも」と、僕が冗談を言った。なにがコロリだったのか。イボコロリという外用薬があったことを思い出した。コロッはコロッと寝返る、というような場面で使う人がいたのは、知っている。

「アカンベーと言いなら、どんな動作をしたか、知ってますか」と、女性に訊かれて、僕は知らなかった。「知らなければ日本人の恥ですよ」とまで彼女は言う。アカンベーと言いながらある種の動作がとっさに出来るかどうかは、その人が日本人であるかどうかを分けるという。知らないものは知らない。なぜ、僕は、そんなことを知らないのか。

　知らないと言えば、レロレロバーの意味や使い道も、僕は知らなかった。言葉は知っていた。レロレロバーだ。アカンベーと似ている。しかし、領域はまったく異なるという。レロレロバーは、這い這いをしている赤ちゃんをあやすときの言葉だと、つい昨日、僕は知った。自分も赤ちゃんになったつもりで目の位置を赤ちゃんと出来るだけおなじにした上で、レロレロバーと言えば、赤ちゃんはその音に喜ぶという。

「ドロンします、という言いかたを、つい最近までしてたように思うんですけどねえ」と言った男性がいた。凝った言いかたをする人だと、フケます、とも言った。いなくなります、つまり、さぼります、という意味だ。ドロンはヒュードロドロからきてるのではないか。忍者がその姿を消すとき、ヒュードロドロと音がし、忍者を囲むように煙が上がって忍者は見えなくなり、煙が晴れたらその忍者はもういないのだそうだ。

「おじゃんになる、とう言いかたもありました。ついぞ聞きませんが」と、彼は続けた。江戸時代に名物の火事が鎮火すると、半鐘の鐘が、ジャーン、ジャーンと鳴らされたという。終わったよ、という意味のジャーンという鐘の音が、人々の日常のなかで、おじゃんになる、という言いかたへと変化した。おしゃかになる。おくらになる。という言いかたにも、それぞれの出発点があるのだろう。

テンテコマイ。これは、忙しい、という意味だ。ナンマイダー、ナンマイダー。二度繰り返すのが正しい日本語だ。使用される範囲は広い。あとは天の神様を頼るほかない、となったとき、人々に出来た最大のことは、ナンマイダー、ナンマイダー、と言うことだった。アッケラカン。スットンキョー。スッポンポン。スッカラカン。愉快な言葉はたくさんある。ドッコイショ、と人は言わなくなった。重い物を下ろすときかならずこう言ったのだが。

失敗は七回まで許される

『「猿も木から落ちる」そのほかの日本の諺』という本を購入した。木から落ちる途中の猿が一四、表紙に描いてある。日本で広く知られている諺を百編選び、そのどれにも英語訳をつけ、巻末にはその百編に対して、よく似た諺、というものをＧＢ（イギリス）やＵＳＡ（アメリカ）に古くからある言いまわしから選んだ一覧がある。著者はデイヴィッド・ギャレフといい、諺ごとに一ページの絵をつけた人は、ジュン・ハシモトという。

「猿も木から落ちる」はEven monkeys fall from trees.だ。和文英訳の試験に出したらいいのではないか、と僕はふと思った。

「国滅びて山河あり」の英語訳はDestroy a country, but its mountains and rivers remain.にある「おなじような諺の一覧」を見ると、The land outlasts the king.となっている。こちらのほうがはるかにわかりやすい。王様よりも国土のほうが生きのびる、という言いかただ。国が滅びるのは、戦があったからだ。その戦に負けたほうは敗退し、勝ったほうが主君を立て、その下にその主君の時代の文化が出来ていく。山河ありとは、こういうことだ。

「一寸先は闇」という諺の英語訳は、闇は一インチ前方に横たわっている、というものだ。一寸は一インチになっている。「おなじような諺の一覧」には、自分の未来を知る人はいない、という言いかたがあげてある。

「七転び八起き」の英語訳では、七回転んで八回起きる、とほとんど直訳だ。巻末の「一覧」を見ると面白い。成功しなかったらもう一回やってみろ、という言いかたがあげてある。なるほど、そういうことか、と誰もが納得するはずだ。七回失敗しても八回目には、うまくいくかもしれない。失敗は七回くらいまでなら許される、という読みかたも出来るだろう。

「武士は食わねど高楊枝」という日本の諺は、いまでも通じるだろうか。通じないのではないか、と僕は思う。英語をとおして、この日本の諺を理解する、という試みが楽しめるのではないか、と期待して僕は巻末の「一覧」を見た。

逆境にあってもそれを見せてはいけない、という言いかたがあげてあった。なるほど、そういう意味なのか、と納得出来る人は多いのではないか。「食わねど」とは、満足には食べていない、という意味だ。これは、逆境のひとつだ。そしてその逆境を人に見せない工夫のひとつが、「高楊枝」だ。「高楊枝」とは、さも十分に食べたのだなあと人に思わせるために、これ見よがしに楊枝を使ってみせること、という意味だ。

著者の英語訳では、武士は食べていなくとも、楊枝は高くかかげるのだ、となっている。高く掲げる、という部分は、holds high としてある。holds high をどう解釈するかは問題だが、「高楊枝」の「高」は、楊枝の位置の高低を示すものではない。

次の日本語文の意味を書け、という試験問題に、武士は食わねど高楊枝、という諺はふさわしいのではないか。逆境にあってもそれを人に見せてはいけない、という回答には、頭の固い採点者なら、いい点数をくれない可能性がある。

『新明解　故事ことわざ辞典』（第二版、三省堂、二〇一六年）によれば、太宰治が『津軽』という文章のなかで、武士は食わねど高楊枝という諺に関して、次のように書いているそうだ。「ちよつとやけくそにも似たあの馬鹿々々しい痩せ我慢の姿」と太宰は書いているという。これに則するなら、気位を高く持って生きるべきだ、というような解釈には、いい点数がもらえそうだ。

「大食腹に満つれば学問頭に入らず」くらいの日本語なら、その意味はまだ伝わるだろう。たらふく食べてから勉強にいそしんでも頭に入らない、という意味。巻末の「一覧」を見るとじつに愉快だ。ほぼおなじ意味のことを、英語ではわずかに四語で言いあらわしている。Hunger sharpens the mind. の四語だ。腹がへっていると頭が冴える、という言いかただ。

「案ずるより生むが易し」はどうだろうか。あれこれと考えるよりも、まずとにかくやってしまえば、思いのほか簡単に出来るものだ、という意味だ。「生む」は「産む」とも書く。産んでしまえばあっけなく産めるから思い悩む必要はない、ということだ。巻末の「一覧」を見ると、夜がもっとも暗いのは夜明け前だ、という言葉が提示してある。

「八十の手習い」の英訳は、八十歳で書道を習ってもいい、とある。「手習い」とは学問の総称だ。八十だけではなく、六十や七十の年齢をあげたおなじ諺があるそうだ。九十はどうなのか。漢字だけではない。六十歳や七十歳の年令にして、おなじ諺があるという。勉強を始めるのに遅すぎることはないのだろうけれど、九十歳ともなるとそうもいかないのではないか。

自分にとって面白い日本語とは

　子供の頃の僕は自分にとって面白い日本語を項目別にノートブックに書いていた。このことについてはこの連載のどこかで、ごく部分的に書いた。

　たとえば「さ」の項目なら、「さー」「ささ」「さーっ」「さっ」「ざあ」「さあっ」「ざあっ」「さらさら」などから始まって、「ざあざあ」「さめざめ」「ざぶざぶ」「さむざむ」「さてさて」「さばさば」「さくさく」「さっくさく」「さんざん」「さくりさくり」「さえざえ」「さいたさいた」「さまざま」「さいどさいど」「ざわざわ」「さわさわ」「さんさん」「さびさび」といった言葉を、鉛筆による大きな字で、ノートブックに書いていった。この項目は数が増えそうだと感じると、ノートブックのページをさらに二、三ページは白いままに空けておく、という程度の知恵なら、当時の僕にもあった。

　ひとつの音による言葉。それに半濁音や濁音がつくのかつかないのか。ふたつの文字で作る音を繰り返す言葉。半濁音や濁音はどうなるのか。子供の僕はこのような言葉に対して、最初の面白さを感じたようだ。「さびさび」は「錆」を強調した表現で、そのものぜんたいが錆で覆われている、という意味だ。「さいどさいど」は「再度再度」だし、「さんどさんど」というのもある。「三度三度の飯にありつく」などと使う。「さいたさいた」は、桜が咲いた、だ。

「さんさん」は降る雨あるいは照る太陽の形容だし「さわさわ」は風が草木を吹き抜けていく様子だ。「さぶさぶ」は「寒ぶ寒ぶ」と書く。真冬に裸になって風呂に入るとき、人はこう言った。

こんなことをノートブックに書き、たとえば雨の日の午後、自宅で過ごす時間に、あちこち読んでは楽しんでいた。そしてこのことが僕の日本語能力の基礎を作ったのだと、いまでも真剣に考えている。

「さ」の項目の次は「し」だ。「しーっ」「しっしっ」「じいっと」「じっと」「しこしこ」「しんしん」「しとしと」「しずしず」「しげしげ」「しかじかかくかく」「しおしお」「しゃあしゃあ」「しくしく」「しなしな」「しねしね」「しましま」「しめしめ」「しらじら」「しわしわ」「しんしん」「しーっ」は伸ばした人さし指を唇に直角に当ててこう言うと、静かにしなさい、聞こえないじゃないか、といった意味になる。「しっしっ」は子供や猫を追い払うときに使う。「じっと」と「じいっと」を正確に区別するのは難しい。「じいっと」のほうがより強調された言いかただ、といまでも理解しているが、こんなことを子供はどこでどうやって覚えるのだろうかと、いまでも思う。

「しかじかかくかく」は、この言葉を覚えて以来、自分では一度も使っていないし、人が使うのを聞いた記憶もない。しかしなぜか知っている。なぜなのか。

「しねしね」は「死ね死ね」だ。「しましま」は「縞縞」だ。「しめしめ」を漢字で書けと言われたら、書けっこない。そもそもこれに漢字があるのかどうか、それすら知らない。「しらじら」は、夜がこのように明けていくこともある、と理解しているが、しらじらしい嘘、というのも知っている。夜の明けかたと嘘のありかたというまったく異なるふたとおりの理解が、僕の頭のなかでじつに平和に共存している。この平和的な共存は、ひょっとして、日本語の秘密のひとつだろうか。「しんしん」は「と」というひと文字をともない、夜が更けていく様子を表現するが、雪が降り続けて積もっていく様子も、言いあらわしているという。まったく異なったふたとおりの理解の、平和きわまりない共存の例だ。夜が更けていく様子と、雪が降り積もっていく様子とは、どこかに共通のなにかがあるのだろうか。自分の書いたノートブックを見ながら子供がこんなことを考えていると、その考えはやがて、日本語能力の基礎のはじっこにつながったりするのだろうか。

このノートブックを僕は父親に見せた。見せたことすら忘れていたある日、父親は三穴バインダーとそのリフィル、そして耳のついたディヴァイダー・ペイパーを何枚も、僕にくれた。おそらく軍用のものだろう、頑丈な厚いボール紙の表紙の三穴バインダーは、僕のお気に入りとなった。ページが増えればリフィルをはさめばそれでいいのだ。ディヴァイダー・ペーパーは項目別にページを分けるのに重宝だった。

自分にとって面白い日本語を書きつらねたそのノートブックは、三穴バインダーとそのリフィルのおかげで、子供の域を脱したプロフェッショナルな雰囲気すら帯びていった。アメリカの三穴バインダーとそのリフィルをいまも僕は使っているが、最初に使ったのは、父親がくれたものだった。

喋る人ではない、考える人なのだ

僕がいま使っている『PEANUTS』の日めくりカレンダーの十月十七・十八の土・日の四コマの絵はじつに珍しい。スヌーピーの犬小屋の屋根にライナスが寝ている。スヌーピーとおなじポーズで、体の向きもおなじだ。

自分の小屋へ帰るために歩いてきたスヌーピーは屋根の上に寝ているライナスに気づく。しばらくライナスを観察し思案する。そして小屋に入り、腹ばいになって頭だけ外に出し、「それでは僕はゲスト・ルームで寝るとしよう」と、自分に言う。

スヌーピーの小屋は小さい。ゲスト・ルームなどあるわけない。だからこそ、こう言っているスヌーピーは読者を笑わせる。と同時に、屋根の上に寝ているライナスを許容していることも、このひと言で表現している。そしてライナスはなにも言わず、おなじポーズで仰向けに寝たままだ。これは素晴らしい。

小屋の屋根の上はスヌーピーの世界だ。屋根の上に仰向けに寝るようになってからのスヌーピーは、いま彼が考えるようなことを考え始めた、と作者のシュルツは言っている。一九五八年のあるときからではなかったか。

おなじ日めくりの九月二十三日の四コマも愉快だ。屋根の上にいつものポーズで横たわるスヌーピーを見て、「体を休めているんだね」とライナスは言う。「そんなに体を休めるからには、ひどく疲れることをしたんだろうね。いったいなにをしたんだい」とライナスは訊く。

自分がなにもしていないことをスヌーピーはよく自覚している。ライナスのこのひと言に対してどう返答すればいいかを考えると、「一日じゅう頭がいたいよ」とスヌーピーは、屋根の上に仰向けに横たわったまま、自分にこう言う。

スヌーピーはなにもしていない、と指摘するのは、ライナスにとっては思ってもみないことだ。しかしそれを自分の思考に忠実なひと言でやってしまったのは、読者にとっては笑いの種だ。そしてそのライナスのひと言を気に病みながらも、屋根の上のポーズを変えない様子にも、読者は笑うはずだ。

チャーリー・ブラウンやルーシー、あるいはライナスたちの喋る英語を、スヌーピーは完全に理解している。しかしそのスヌーピーが他の登場人物に対して、対等に、そして直接に、おなじく英語の台詞を喋ることは、絶対にない。

スヌーピーのスピーチ・バルーンの描きかたは、頭のなかで思ったことを自分に言っている人であることを読者にわからせるための、描きかただ。二〇二〇年の日めくりの一月一日から十二月三十一日まで調べてみたところ、スヌーピーが登場する日は七十五日あった。どの日のなかでも、スヌーピーは喋ってはいなかった。彼は思う人なのだ、考える人だ。

犬小屋に飼われている一匹のビーグル犬が、いつも周辺にいる人たちの、英語による言葉の核心を理解することは、十分にあり得る。しかし、連載ぜんたいの基調を日常のリアリズムに維持するなら、その犬が自らもおなじような英語を喋ることは、あり得ない。

この制約を守りとおすなかに、スヌーピーというひとつのキャラクターを、著者は作った。スヌーピーは単に喋れないのではない。彼は考える人だ。その考えを、自分で自分に言うだけではなく、スピーチ・バルーンのなかの台詞として、読者に伝えている。そしてそこに、スヌーピーの独自性がある。スヌーピーは単なる可愛い犬ではない。

屋根の上で仰向けに横たわるスヌーピーを理解するためには、腹ばいになっているときのスヌーピーを理解しなくてはいけない、と僕は考えている。屋根の上で腹ばいになっているスヌーピー、というものがあるからだ。考えていることは明らかに異なる。仰向けのときのスヌーピーは、結論がすでに出ているスヌーピーだ。腹ばいのときは、考えている途中の彼だ。思案している彼、と言ってもいい。どうしようか、どうしたらいいか、どうしたものか、などと考えている彼、というとらえかたも出来る。姿勢の違いは思考の違いだ。

腹ばいになるのは屋根の上だけではない。小屋に体を入れ、頭だけを外に出して、愚痴に近いことを言ったり、妙に弱気になっている様子を見せたりもする。

どこかそのへんの、という言いかたをしていいはずの路面で、腹ばいになっているスヌーピーも存在する。そんなときのスヌーピーには、結論はまだ出ていない。あきらめたわけではないけれど、確固たるものはまだ彼のなかにはない。

屋根の上で仰向けのときには、確固たるものがある。その典型は第一次世界大戦の戦闘機乗りになった自分を想像するスヌーピーだろう。想像とは確固たるものなのだ。

省略しなければやってられない

　自宅から足早に歩いて三分のところに、私鉄の駅と合体したスーパーマーケットがある。買った商品を受け取ったり、その代金を支払ったりするカウンターは、レジと呼ばれている。僕がこの言葉を知ったのは二十代の初めだったろう。もっと前だったかもしれない。レジという日本語は、およそ六十年をへていまも現役であるだけではなく、ごく当然のことのように、完全な日本語になっている。そのレジにいる女性店員に、「レジ袋はいかがなさいますか」と言われた僕は、とっさにはその意味が理解出来なかった。

　レジにはレジ袋というものが用意してあり、かつては無料だったがいまは有料で、サイズにはＬとＬＬがあり、買った品物を入れるためにレジ袋が必要なら、どのサイズを何枚必要としているかを的確に伝え、その分の代金を支払わなくてはいけませんが、さて、あなたはどうしますか、といった事情をすべて省略した彼女は、省略した部分を埋め合わせるものとして、いかがなさいますか、という使用範囲のきわめて広いきまり文句をあてはめ、しかもそれを僕への質問とした。

　このようなことぜんたいを僕がとっさに補って正解を引き出さないことには、スーパーのレジにも立てないことになった。「レジ袋はご入り用ですか」と訊く女性もいる。はい、入り用です、ともし僕が答えたなら、サイズがふたとおりあり、値段がそれぞれ異なっていることを、彼女は説明してくれるのだろうか。

おなじスーパーのレジで、「袋はだいじょうぶですか」という言葉も聞いた。客が持っていたエコ・バッグに買ったものすべてを入れて楽に持てるのかどうか、という意味だった。この内容をこんなふうに省略するために、だいじょうぶですか、というきまり文句が使われている。だいじょうぶですか、というきまり文句も使用範囲はきわめて広い。ある日ある時、町の文具店で僕が直接に体験した例を書いておく。文具店のさまざまな商品を見て歩いていた初老の男性に、なにかお探しですか、と店の人が言った。その男性が答えたのは、だいじょうぶです、のひと言だった。見てまわってるだけだ、店員に用はない、というような意味だろう。

きまり文句という定型をあてはめるだけ、というかたちの省略の向こうには、省略でもしなければ言うべきことが多すぎる、という事情がある、と僕は思う。

駅のような公共の建物でトイレットを清掃している人が入口に置く看板には、ただいま清掃中です、ご協力をお願いします、と書いてある。この場合のご協力とは、掃除している人の邪魔にならないようにしろ、という意味だ。掃除を手伝え、という意味ではない、とネットに書いた外国の人がいるという。

きまり文句のすぐうしろに、本音が隠れている。ご協力をお願いします、というひと言が、お前はなぜ買わないのか、という意味になったりもする。ご理解くださいますよう、というきまり文句も使用される範囲は途方もなく広い。これ以上の文句は言うな、という意味になる場合が多い。ご理解くださいますよう、というきまり文句にも言いかたはいろいろある。何卒ご理解を賜りたくお願い申し上げます、という言いかたは丁寧だが、意味はいま書いたのとおなじだ。なにとぞあらかじめご了承ください、というきまり文句の意味するところは、わかったか、という端的なものだ。こんな文句でも、漢字を多用すると、雰囲気は異なってくる。何卒予め御了承下さい、と書くだけで、すでにそうなっているのだからいまさら文句を言うな、という威圧感が高まる。

外国の人が真剣に日本語を勉強するとき、暗黙の了解、という教科はぜひ欲しい。それは暗黙の了解なのだから、いちいち言わなくてもいいんだ、という論理に支えられた省略が、日本語には多い。省略したところには、きまり文句をあてがっておけばそれでいいんだ、という暗黙の了解の王座にいまも君臨しているのが、主語の省略だろう。

主語の省略は、数多い省略のなかで、最大のものだろう。発せられたその言葉の主体が誰なのか、明示しなくてもいい、という種類の言語で僕たちは生きている。暗黙の了解事項の最たるものは、その言葉を発した人そのものである、という言語だ。誰が言っていることなのかは、わかりきったことじゃないか、と言われればそのとおりでもあるのだが、明示しなくてもいい主語というものは、いろんなふうに使えるはずだ。

何も省略されていない、ただのきまり文句で、日常がとり囲まれてもいる。時下ますますご清栄のこととお慶び申し上げます、というきまり文句のどこに、裏の意味があるだろうか。ありはしない。

バイリンガルはこんなふうに発展する

京都・高島屋の建物には、四条に面して横に長い広告スペースがある。このスペースに、ごく最近、横長のポスターが貼られていた。このポスターの左のほうに、赤い英文字で次のような英文が読めた。Rising again. Save the world from Kyoto JAPAN.

英語に興味のある人はこの英文を読んだだろう。興味のない人は見えていても読まなかったはずだ。外国の人がこのポスターぜんたいを写真に撮り、短い感想とともに、電子メディアに掲載した。「ふたたび蜂起する。京都が世界をやっつける」と、意地悪でもなんでもなく、この英文は翻訳出来る。そのような意味だからだ。

この英文コピーを作った人たちの頭のなかには、「ふたたび京都が世界を救う」というような日本語が、まずあったのではないか、と僕は想像する。そしてこの日本語を英語にするにあたって、次のようなことが起きたのではないか。

「京都」はKyotoだ。「世界」はthe worldだ。「〜を」はfromで、「救う」はsaveだ。これをひとつにつなげると、Save the world from Kyoto. となる。そしてその短い英文が、京都が世界をやっつける、という意味になることなど、思いもしなかったのではなかったか。Rising again. はごく普通の英語だ。ただし、いろんなふうに使われる。

二〇二〇年の冬の日に、自宅に届いた通販カタログの表紙に、「ウェルネスな毎日へのプラスアイテム」とあった。その表紙の次のページには、Get my Platinum Well-be! という英文字があった。この英文字をしばらく眺めた僕は、かねてより感じていたとおり、日本に於けるバイリンガルの新たな道が確実に生まれつつあることを、痛感したのだった。

この英文字のなかの、ふたつの大文字の意味はなにかとか、Well-be という言葉はないので、Well-being の間違いではないか、といった指摘はもはやなんの意味も持たない。

この短い英文字の意味は、「質の高い健康な生活を手に入れよう」という意味だ。なぜそのような意味になるのか説明しよう。

プラチナムはPtという記号と原子番号78を持つただの金属だ。日本では長くプラチナと呼ばれていたが、いまではプラチナムであり、年配者の持つゆとりある高級感、質の高い、高級な、という意味の日本語となった。

「私の東京を探す」という日本語が、かつて電車の中吊りポスターのなかでFind my Tokyoとなったのとおなじく、Get my Platinum Well-be! は「質の高い健康な生活を手に入れよう」となる。

Find や Save そして Get などの正しい使いかたには頓着しないから、結果としては誤用された英語というものになるのだが、その誤用のすぐ裏には日本語のルールがあるのを、見逃したくない、と僕は判断している。誤用のすぐ裏にあって、その誤用を支えているのは、じつは日本語なのだ。

英語としては単なる誤用だけれど、一見したところ英語ふうに英文字で表記された日本語、というものが、すでに日本のなかで普及しているのではないか。日本特有の、としか言いようのないバイリンガルの、新たな発展の方向だ。

日本人によって誤用された英語が、じつは日本語をひきずっていて、そのひきずりかたが誤用を生んでいる、というところが、まず興味深い。日本語に英語をあてはめた、と言ってもいい。日本語のルールにしたがった英語、という言いかたも出来るだろう。

このような英語は、普及していく素地がある、と僕は感じる。もとのルールは日本語なのであり、このルールは多くの日本人がすでに共有している。あてはめる英語は、知っている英単語のなかから、適当に見つくろえばいいのだ。

初めから日本語でやればいいじゃないか、という意見はあるだろう。その意見は正しいが、そのような正しさを超えたところに、必要があるのではないか。日本語では言えないから英語で言ってみる、という必要だ。日本語では言えないことが、英語でなら言えるかもしれない。目ざしている表現の幅に対して、日本語が可能にする幅はせますぎる、と考える人がすでに多いのではないか。

日本語で表記することそのものに対して、なんとなくではあっても、抵抗を覚える人たちが、すでに数多くいるような気がする。従来どおりの日本語のなかに自分の気持ちが吸収され、これは自分の表現ではない、とその人たちは感じるのではないか。

日本語が持っている内向きな力について僕は考える。英語の正しい使いかたよりも、いまの自分の気持ちを誤用でいいから英語で伝えたい、というふうに優先させるなら、正しい使いかたに興味は持てない。

悲惨な現実と幸せな空想と

ドラえもんがドラ焼きを食べている様子を描いたコマを僕はいま見ている。かつてなにかの話のなかで、実際に使用されたひとコマだ。ドラえもんはいままさに口に入れようとしているドラ焼きを右手に持ち、左手にもうひとつ持っている。居間のすわりテーブルに出されたおやつの皿には、さらにふたつのドラ焼きがある。ある日のドラえもんのおやつは、好物のドラ焼きが四つだった。

昔は客間と呼ばれた部屋で、すわりテーブルに座布団で向き合い、ドラえもんはドラ焼きを食べようとしている。ドラえもんはのび太という男の子の家に居候している、未来の世界の猫型ロボットだ。のび太のお父さんは野比のび助といい、事務職の会社勤めで、いまは課長ではないか。家に帰ると丹前に着替え、酒を飲む以外に楽しみのない人、と息子ののび太に言われている。お母さんは玉子といい、専業主婦として家にいる。この玉子さんにとって、ドラえもんは、客人なのだ。

客間のすわりテーブルは客がきたら出すもので、いつも茶の間にあるちゃぶ台とは違う扱いだ。ドラ焼きがふたつ乗った皿の向こうに、湯飲みがひとつ描いてあるのを、見落としてはいけない。玉子さんはドラえもんに四つのドラ焼きを皿に乗せて出し、お茶を添えた。

このドラえもんのひとコマには、ドラえもんがドラ焼きを食べるときの擬音が、すでに描き込んである。パクパク、という擬音だ。おいしいものを勢いよく食べているときの擬音は、このパクパクの他に、モグモグ、モリモリ、ムシャムシャ、というのがあった。咀嚼して飲み下すときの擬音はゴクリであり、「うまい！」「ああ、うまかった」「こんなおいしいものはじめて食ったよ」「こ、こんなおいしいもの食べたことないや」といった台詞をともなうのが常だった。

ドラえもんはふたりの連名ペンネームだった藤子不二雄のうちの、藤本弘さんの作品で、藤本さんは一九三三年十二月の生まれだ。食べるもののおいしさやまずさ、あるいは自分の好みのおやつなどに目覚めてそれを展開させていく年齢が、五歳から十五歳の十年間だとすると藤本さんの場合は一九三八年から一九四八年までであり、たとえばその中の一九四四年について書くなら、当時の日本はアメリカと戦争をしていて、トラック島、サイパン島、マリアナ海、台湾沖、レイテ沖などの戦いですべて大敗を喫しながら、神風で立ち向かおうとしていた。大敗の事実とは違う嘘を国民に向けて発表していたりしたのだから、おいしい食べものなんてどこにあるの、という状況だった。

ドラえもんは二〇二〇年が五十周年になる。だからドラえもんの連載を始めたとき、藤本さんは三十六歳だった。ドラえもんのなかに描かれている日常の景色は一九六〇年代後半のものではないか、と僕は推測している。

味のもとのもと、という物質がドラえもんに登場する。日常のなかにあらわれた頃の味の素の容器によく似た容器に入っていて、味の素とおなじようにこれを振りかけると、どんなにまずいものでも、たちまちおいしくなるという。身辺においしいものをいくつも求める姿勢を延長させるなら、味のもとのもと、といった空想にいきあたるのではないか、と僕は考えている。

ドラえもんの前に作り出したのは、オバケのQ太郎だった。Q太郎は犬が苦手である、という設定だった。だったら今度は猫だ、というきわめて軽い冗談のような展開から、猫のかたちをしたロボットが生まれた。そのロボットは未来の世界から来て、いまは野比のび太という子供の家に居候しているという。

どこでもドア、という物がある。ドア枠とそのドアがあるだけなのだが、ドアを開けてそのなかに入ると、いってみたいな、と空想した場所の、どこへでもいけるという装置だ。秀逸な空想ではないか。どこでもドア、という言葉も素晴らしい。Dの音がふたつ、頭韻してもいる。

四次元ポケットはドラえもんの体にあり、どんな物でも出てくるという、まさに夢のようなポケットだ。ほんやくコンニャクも、すでに多くの人が知っている。このこんにゃくを食べればたちまち何語であれ素晴らしい翻訳が出来るという。描かれているのを見るかぎりでは、こんにゃくを一丁、手に持っているだけだが、これをどうやって食べればいいのか。

うらめしドロップ。これを知っているだろうか。おすそわけガム、というものもある。ドラや菌という細菌はのび太が作った。ドラ焼きが大きくなる装置だ。のび太を押しつぶしそうなほどに、大きくなる。簡単に手に入るおいしいものを、次々に空想していくことを出発点にして、作者はいろんな物を作った。

人の意志や態度を表す「腹」という言葉

わかりやすい日常の具体性で誰をも説得してしまう言葉。それが日本語だ。その場ですぐに思いいたるはずの、人間の体の各部を材料にした言葉が、じつに多い。この連載では頭と心の言葉についてすでに書いた。今回は腹だ。腹、というひと文字は、見るからに日本語が好みそうだ。

腹とは、いったい、何なのか。『新明解国語辞典』は二〇二〇年十一月に第八版になった。その辞典によると、腹には三とおりの意味があるようだ。中央にヘソのある、表あるいは前面と考えられている側と、その内部にある臓物。子が宿る場所としての母の胎内。人が意志や態度を決める働きをつかさどるところ。この三つだ。いまここで問題にしている腹とは、三番目の意味にあてはまる。腹とは、人の意志や態度だ。

世俗のあれやこれやに、次々と対応していくのが、人生というものだ。ほとんどの場合、かたちどおりのほぼ自動的な対応でやりすごせるが、意志や態度をはっきりさせないといけないとき、そこに腹が登場する。

腹という言葉はきわめて端的な言葉だ。代わる言葉はほかにない。ただし、腹をやわらかく言い換えたものとして、おなかがあり、腹でもおなかでもどちらでもいい言葉がいくつかある。腹があまりにも端的だから、やわらかく言い換える必要があるのだろう。どちらでもいい言葉を拾ってみよう。腹は腹、そして、おなかは、おなか、と表記する。音声では「ハラ」だが、文字では腹と書かない言葉は除外した。はらり、はらはら、はらね、はらわた、などだ。

腹が痛いを、おなかが痛い、と言うなら、痛さが違うような気がする。腹をかかえて笑うなら、おなかをかかえて笑ってもいい。腹がへったは、おなかがすいた、と言う。おなかがへった、とも言うだろう。腹ペコは、おなかペコペコと、ペコがふたつ重なる。腹の足し。腹が出る。腹を痛めた子。腹いっぱい。腹具合。腹下し。腹ごなし。腹時計を、おなか時計、と言う人はいるはずだ。腹の皮。腹の虫。腹の虫がおさまらなければ、おなかの虫もおさまらない。ぐうぐう鳴くのは、腹の虫もおなかの虫も、おなじだ。

腹を、おなか、と言い換えるだけで、とたんにおかしくなる。腹、ときまっているのを、おなか、にしてみるのだ。

腹を立てる。これはごく普通の言いかただが、おなかを立てる、と言うとそのおかしさに笑う。腹立ちまぎれは、おなか立ちまぎれだ。お腹立ちです、と言うなら、おなかを立てていらっしゃいます、と言わなくてはいけない。腹をきめる。おなかをきめる。腹が出来ている、という言いかたを、おなかが出来ている、とするなら、いまとりたてて空腹ではない、というような意味になるか。

痛くもない腹をさぐられる、という言いかたがある。これは、痛くもないおなかをさぐられる、としたほうがいいのではないか。腹を割って話をしようよ、とは言わずに、おなかを割って話をしようよ、と言ったほうがいいか。割って、という言いかたも、一例として、開いて、とか、開けて、とかになるといい。おなかを開いて話をしましょう、と人々が言う日が来るのを、僕は待っている。腹をくくる、とは言わずに、おなかをくくる、と言ったほうが、くくる腹ははるかにきれいな感じがする。

腹切り、というものがある。これはハラキリとして、外国の人たちにとっての外来語として定着している。いまさらそれを、オナカキリ、と変更するわけにもいかないだろう。

腹を召す、という言いかたがあるのを、僕は知らなかった。貴人の切腹、だそうだ。召す、という言いかたは、なにごとかをその身に受ける様子の、尊敬語だ。腹も身のうち、という言いかたも、聞いたことはあるけれど、なんだったかなあ、としばらく考えて、ついにわからなかった。大食をいましめる言葉だとは。

腹は借り物、という言いかたも、その意味はつかめなかった。腹は借りてきた物、ということだから、子を宿す母の胎内、という意味から推測して、その腹が借りたものだということは、要するに母親が違う、という意味だ。腹違い、という言葉があるではないか。

おなかが八分とはどういう意味ですか、何時の八分だか書いてなかったのですが、と夕食の席で訊かれたのをいま僕は思い出している。僕とおなじ大学を出て、会社に勤めて三年になる女性だった。僕なら知っているだろうと思い、僕に訊いたのだそうだ。

腹八分目、と僕は記憶しているが、腹八分、という言いかたもあるだろう。ハチブをハチフンと読み、腹をおなかと言い換えた彼女を、いまの僕は祝福している。なにかが起きるなら、まずそれは腹に起きる、としておこう。

彼女のコロッケ、彼のメンチカツ

僕には短編小説集が何冊もある。そのうちの一冊は『物のかたちのバラッド』という表題だ。これは、Ballad Of The Shape Of Things というアメリカの歌の題名を僕が日本語にしたものだ。僕はこの歌をザ・キングストン・トリオのLPで初めて聴いた。トリオの三人の腕前は素晴らしく、笑わせる歌を受けとめていた聴衆は、笑う試験官を待ち構えていた。そしてその瞬間が来たら、盛大に笑った。

この歌を初めて聴いた頃の僕は、短編集を一冊作ろうとしていた。『物のかたちのバラッド』という日本語を、そのままその短編集の題名に使った。いまから十数年は前のことだ。

考えあぐねた結果としてではなく、題名のつけようがなくてこうなったのは、『人生模様』という短編集だ。アメリカの小説家、O・ヘンリーの短編をいくつかオムニバスで白黒の映画にしたものの、日本での題名が『人生模様』だった。その映画ぜんたいとしては、『人生模様』としか言いようはないだろうなとかつての自分が感じたのを思い出し、題名のつけようのない短編集に『人生模様』とつけた。

『人生模様』という題名は、人生の機微に巧みに切り込んだ、しみじみとした味わいの小説を連想させるが、僕のその短編集のなかに、そのような小説はなかった。これが彼らの人生の機微なのだ、と言えなくはなかったとしても。

『夕陽に赤い帆』という短編のこの題名は、アメリカの流行歌Red Sails In The Sunsetの日本における訳名を、そのまま自分の短編の題名に使ったものだ。

一九三五年の歌である『夕陽に赤い帆』を、一九六二年にザ・ビートルズがハンブルグのスター・クラブで演奏し歌っている。ドラムスがピート・ベストからリンゴ・スターに交代したその初日だったという。

この録音を聴いた僕は、かねてより好いていたこの歌を、よりいっそう好きになった。この題名で短編を書きたいという思いは、何年かあと、僕の短編としての、『夕日に赤い帆』に結実した。

アメリカやイギリスの歌の題名の日本語訳を、僕は何度か自分の短編の題名にしている。『人生は野菜スープ』という歌は10ccのLPにある。原題をなんというのか、いまだに知らないままだ。いい題名なので二度使っている。似ても似つかない内容の短編小説を、数年前に書いた。三度目があってもいいのではないか、と勝手に思った僕は、いまこの題名にふさわしい物語を考えているところだ。

『馬鹿が惚れちゃう』という短編は、Why Do Fools Fall In Loveを僕が翻訳したものだ。『昨日は雨を聴いた』という短編を僕は書いたはずだ。英語の原題は、Yesterday I Heard The Rainという。

『今日この頃です』『イツモクルオンナノヒト』『柚子味噌を買います』『今日も海老フライの

人』『ジラレナイシン』『雨のコカコーラ』『苦手なものはありますか』『春は苦いのがいい』など、じつに多くの短編が、それぞれに題名を得ている様子には、我ながら感銘に近いものを覚える。数多くの題名のなかに統一感はまったくない。物語はひとつずつ違っている。だとしたら題名もそれに準じるのは、当然のことだ。

　始めにまず題名があり、あとから内容を考える場合と、書き始めたときにはまだ題名が決まってはいない場合の比率は、半々くらいだろうか。『それもそのはず』『とは言うものの』『それはそれとして』『だから言ったでしょ』『そうは言うけれど』『そこをなんとか』といった題名で短編小説を書きたいと願っているのだが、この願いはかなえられるだろうか。

『彼のオートバイ、彼女の島』という長編小説は、いちばん始めは、コロッケとメンチカツ、という題名にしよう、と考えていた。『老人と海』『戦争と平和』『赤と黒』といった名作のように、「と」のひと文字でふたつの物がつなげられている題名にしによう、と思ったからだ。

　その思いは『彼女のコロッケ、彼のメンチカツ』へと変わり、一挙掲載した『野性時代』に題名を求められたとき、これを提出した。後日、雑誌『野性時代』から連絡があった。ふたつの物はなにか他の物に変えること。そして「彼の」が先にきたほうが日本語としてすわりがいい、という連絡だった。それに対応してすぐに出来たのが、『彼のオートバイ、彼女の島』という題名だった。いちばん最初はひとりだけの記念写真、そして最後には二十数人がいる記念写真へ、という物語の骨子も、このとき出来た。現実の作品では、そうはなっていないようだ。これはどうしたことか。

ギョウニンベン

ギョウニンベンという日本語を突然思い出した。僕の日常とはおそらくなんの関係もなく、記憶の底からギョウニンベンが浮かび上がった。思い出すからには知っている。母親から教わった。僕が十歳くらいの頃か。もっと早く、七歳ほどの頃だったか。行人偏と書く。漢字には左右に別れるものが多い。左側にあるものの総称を偏と呼び、行人偏は「行」という文字が代表を務め、往、徒、復、徳など、たくさんある。

同時に人偏という言葉も教えてもらった。左側にある「人」という部分のことだ。左側の狭い空間に書くのだから、「人」は縦長になる。幼い僕の日本語のなかに漢字が入ってくる年齢だった。それまでは知らなかった漢字をひとつ知ることを、いまの僕の言葉で表現するなら、そこに穴がひとつあき、その穴から外を見るような気分だった、とでもなるだろうか。人偏のある漢字を母親は教えてくれた。仁。優。仲。「ほら見てみい。どの人も縦に長いやろ」と指さして母親は言っていた。当時の僕は、「さて」と「さてさて」とのあいだに論理的なつながりはあるのか、といった問題に真剣にかかわっていた。論理的なつながりなどありっこない、という結論と入れ違いのように、漢字が入ってきたように思う。そして漢字は、日本語のオノマトペと、どこかでつながっている。それが証拠に、と言っていいかと思うが、阪東妻三郎という時代劇俳優のことをバンツマと呼び、おなじく大河内傳次郎のことをオゴデンと日本の人々が言ったのは、僕が生まれるずっと前からだ。バンツマやオゴデンは日本語のオノマトペだ、と僕は理解している。どんなオノマトペがあろうとも、僕は驚かない。幼い僕を夢中にさせ、ノートブックに何ページも書かせたのは、日本語のオノマトペだった。オノマトペとは擬音語の総称のことだ。

十歳くらいの僕は、ドク、とノートブックの第一行に書き、その次の行には、ドクドク、と書いた。三行目には、ドクッ、と書き、四行目には、ドクッドクッ、と書いた。この四つを幼い僕は飽きることなく眺めた。眺めているうちにやがてわかってくるのは、この四者のあいだに論理的な関係はまったくないのだ、ということだった。

ドキドキ。ドッキリ。ドキン。ドカドカ。ドカッ。ドッサリ。ドサッ。ドサリ。ドスン。ドスンバタン。ドテドテ。ドテッ。ドラドラ。ドンドン。こんなふうに書いていくだけで、幼い頃の興奮を思い出す。これらたくさんの言葉のなかに、論理的なつながりがいっさいない事実には、さらなる興奮を幼い僕は覚えた。たくさんの言葉ひとつひとつに、その言葉を使うのにふさわしい状況とその言いかたとがあり、それは人が成長していく現実のなかで、ひとつずつ、現場ごとに、覚えていくほかないのだ。成長の過程のなかでの現場主義には、日本語の秘密が隠されている。

新しいオノマトペが今週もいくつかあった。レベチという言葉が、わかるかどうか。あいつと俺とではレベルが違う、というふうに使う。レベルが違うからレベチなのだ。ギリヅンというのもあった。コンタミがこの僕にすら届いた。汚染された、感染した、というような意味だ。タンカルは炭酸カルシウムのことだ。ではストプラはどうか。ストラテジー・プランナーの略だ。昔ふうに漢字を使うなら、営業本部販売促進課だろうか。

さきほど漢字の左側にあるものを偏と言った。右側にあるものは、つくりだ。旁と書くのだとたったいま知った。音声だけで充分に間に合っていたから、漢字は知らないままだった。

あとがき

『サンデー毎日』という週刊誌に連載したものすべてが、この本一冊にまとまっている。連載は二回におよんだ。最初は二〇一八年の十一月から十二月までだ。その次は二〇一九年の六月から二〇二一年の一月までの、八十回だった。最初の読者になった編集部の佐藤恵さんは、そこからの苦労のぜんたいを引き受けることになった。彼女には深く感謝している。

　連載が七十回近くなると、言葉について自分に書き得ることはもうすべて書いた、あと数回でなにもない、という気持ちになったのだが、一冊の本になるこの機会に読みなおすと、書いてあることは言葉の問題のごく一部分でしかなかったことに、あらためて気づかざるを得ない。これでごく一部分だとは、どういうことなのか。言葉の問題が、それほどに広いから、という答えを正面から眺めて、僕は呆然としている。

　言葉は人によってさまざまに使われるものだ。人によって使われた言葉、というものは厄介をきわめる。この僕は日本語を使ってきた。日常の現実を生きるにあたっては日本語を使い、その日常のなかでなにほどか創造的な世界を作り出すにあたっても、日本語を使ってきた。人によって使われた言葉、というものが、自分のなかにあるではないか。僕が使ってきた日本語。それは、なになのか。日常はほかの多くの人たちとさして変わらないとして、なにほどか創造的な世界を作り出すにあたって用いた日本語は、僕ひとりの日本語なのだから、独特なものなのだと言っていいだろう。

僕ひとりの独特な日本語とは、いったい、なになのか。そんなものが存在するのか。言葉は使いまわしされるものの、典型ではないか。いまこうして書いている文章のどこに、使いまわしではない言葉があるというのか。ひとつもないではないか。

毎日の日常のなかで、時間を作っては、僕はなにほどか創造的な世界について、文章を書いてきた。六十年は続けてきたことだろう。時間を作っては、とたったいま僕は書いた。ここにひとつの鍵があるようだ。日常の時間とは区別された、もうひと種類の時間のなかで、僕が使う日本語とは、なにか。『サンデー毎日』での連載の果てに、僕は新たな主題を見つけたようだ。日常とはすべてを異にするもうひとつの現実のなかで、僕が使う日本語とは、いったいどういうものなのか。これについて書くのは厄介なことだろうか。それとも、思いのほか簡単に、およそ千字ほども使えば、ことは足りてしまうものなのかどうか。やってみないことには、なにもわからない。やるほかない。新たな主題を僕が見つけたとは、こういうことだ。

本書は『サンデー毎日』2018年11月〜12月連載
「時代に翻弄されるコトバたち」
および2019年6月〜2021年1月連載
「コトバのおかしみ、コトバのかなしみ」に加筆・修正し、
書き下ろし「ギョウニンベン」を加えたものです。

*

片岡義男
かたおか・よしお
1939年東京生まれ。
早稲田大学在学中にコラムの執筆や翻訳を始める。
74年「白い波の荒野へ」で小説家としてデビュー。
翌年発表した「スローなブギにしてくれ」で野性時代新人賞受賞。
近著に『いつも来る女の人』『彼らを書く』『窓の外を見てください』
『片岡義男 COMIC SHOW』(共著)など。

言葉の人生

2021年8月30日　第1刷発行

著者
片岡義男
発行者
小柳 学
発行所
株式会社左右社
〒151-0051 東京都渋谷区千駄ヶ谷3-55-12 ヴィラパルテノンB1
TEL: 03-5786-6030 FAX: 03-5786-6032
http://www.sayusha.com
ブックデザイン
鈴木成一デザイン室
装画
アンドーヒロミ
印刷・製本
音羽印刷株式会社

ISBN978-4-86528-041-8